TEALUXE

美国，

天上飞机在飞

蔡天新 著

浙江大学出版社

美国，天上飞机在飞

美国，天上飞机在飞
压弯了鸟雀的腰肢

我想从迈阿密
跳过佛罗里达海峡

去到老哈瓦那
约见诗人卡斯特罗

用我的龙井茶
换他的雪茄烟

美国，天上飞机在飞
我的脚踩着弗吉尼亚

（蔡天新）

目 录

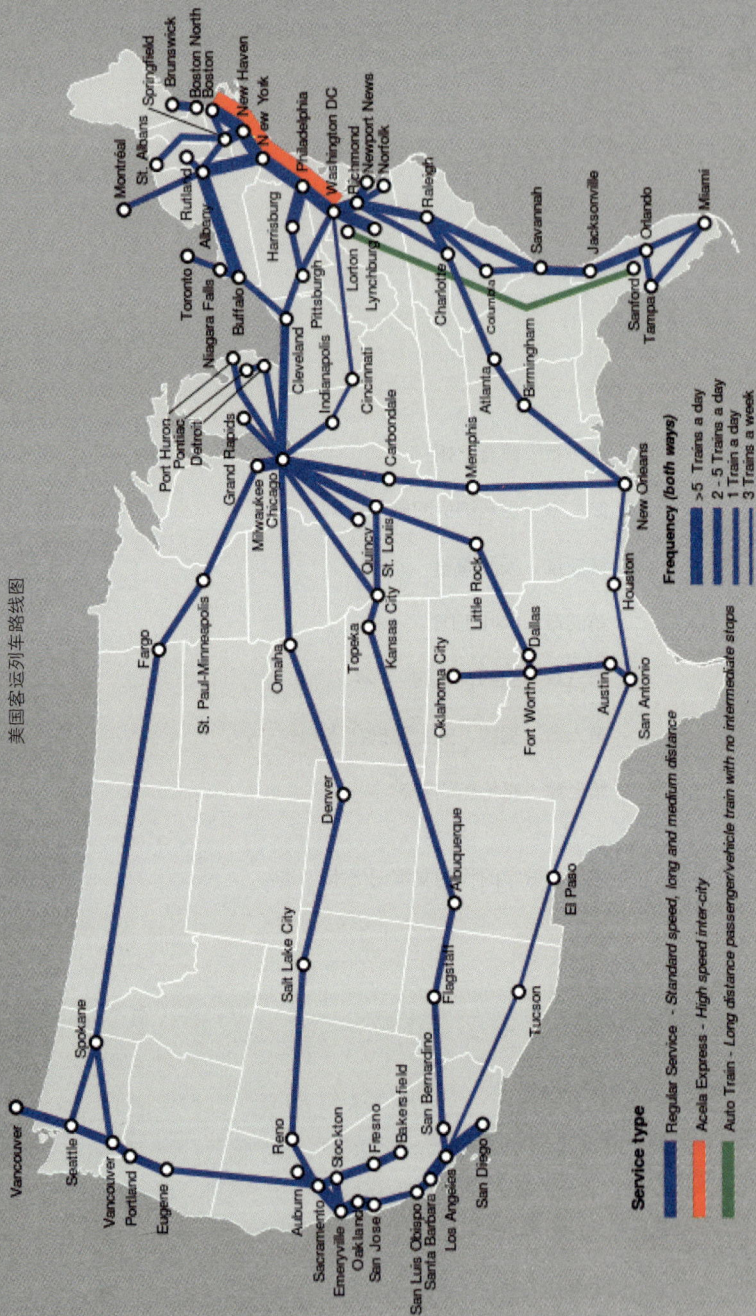

美国客运列车路线图

Service type

Regular Service - Standard speed, long and medium distance

Acela Express - High speed inter-city

Auto Train - Long distance passenger/vehicle train with no intermediate stops

Frequency (both ways)

>5 Trains a day

2 - 5 Trains a day

1 Train a day

3 Trains a week

第一章　黄金之州

小时候我最喜欢地理，可以说地图是我的启蒙老师。这可能与我喜欢看打仗的电影有关，那时候我特别羡慕站在军用地图前手握指挥棒的军官。大约从 10 岁起，每次旅行或随大人旅行之后都要认认真真地按比例画一张旅行图，10 岁以前的旅行则依据母亲和自己的回忆绘成，至今已画满 5 个笔记本。这是我旅行归来最乐意做的一件事，也是我酷爱旅行的一个原因。无疑地图是我求知欲望的源泉，也是我梦幻旅行的开始，我甚至有一个奢望，将来有一天，能有机会出版"天新旅行图集"。

公元 1993 年 9 月 21 日，上海西郊的天空一片晴朗。下午 1 点 30 分，我生命中一个有纪念意义的时刻来临，我乘坐的东方航空公司一架波音 747 飞机在虹桥机场准时起飞。这是我第一次离开中国，也是我难以计数的洲际旅行的头一回。之前申请美国签证也是一桩大事，在填写了许多表格、加盖了许多公章以后，8 月底的一天我还投宿上海的一家旅店，为了翌日上午有一副好精神面见签证官。写到这里，我自然羡慕如今的学子和游客，他们可以获得 10 年有效多次入境的美国签证。可是，也没啥可骄傲的，2000 年我在战乱的哥伦比亚，那里的公民便已享受这一待遇，更何况他们还有许多免签的国家。

飞机离开长江口和崇明岛后，仅用一小时便穿越了东海进入日本领空。从机舱内电视屏幕所显示的地图上可以看出，我们是在福冈和长崎之间飞越九州的，接下来是位于四国和本州之间的濑户内海，广岛在左侧一闪而过，然后是神户和大阪，京都和名古屋，即所谓的关西和关中地区。这些地名我从小熟知，可是亲身游历还需要多年以后。最后，飞机从南面掠过富士山的颈项，由东京湾进入太平洋上空。那一片水域正是 17 年以后，一场罕见的引发海啸和核泄漏事故的 9 级大地震的中心地带。

随着电视画面不时地放大和缩小，我甚至有了恍如隔世的感觉。中国自古以来至元朝年间，称此海域为东海。明朝时，《坤舆万国全图》中此海称为大明海。元明之后，华夏大陆渐有中土之称，此海域称为东海，直到现在。又听说，地球的陆地面积与海洋面积之比为 3∶7，而太平洋占了整个海洋的 45%，也就是说太平洋的面积比陆地面积总和还要大。从前，我曾 10 多次乘船在渤海、黄海、东海和台湾海峡上漂游，也曾见到过南海。我写的许多诗歌都与大海有关，其中一首《古之裸》这样写道：

……她撕破内衣
露出了骇人的乳房

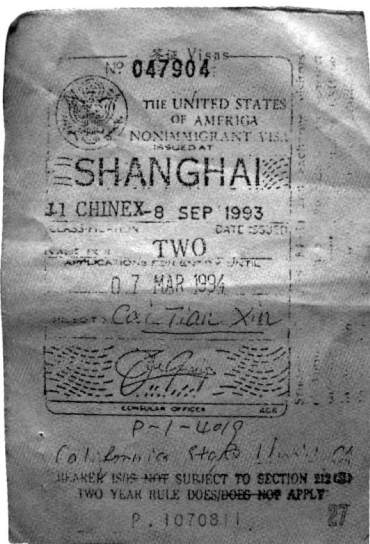

作者的第一个美国签证

这首诗写的是大海的险恶，是我对一次海上风暴的回忆，标题后来成为我的第一部西班牙语版诗集的名字。我还记得孩时曾在《科学画报》（多年以后我成了这家上海出版的科普杂志的专栏作家）上看到这样一幅画面：20世纪初，智利的一次大地震引发的海啸竟然横扫了整个太平洋，来到日本国的海岸，把一艘停泊在横滨港的大船冲到岸边的屋顶上。可是，那天天气却还算晴朗，我怀抱着美好的憧憬。在我和太平洋之间，只隔着偶尔出现的一小片云雾。不过，因为地球自转方向与飞行路线相反，老天黑得特别快，几乎是往常的两倍。

出乎我的意料，飞机自西向东，微微偏北，居然飞到了阿拉斯加（从平面地图上看，我原以为会经过夏威夷的），想必是一条捷径。乘着空姐过来倒水的那会儿，我提出了我的问题，她告诉我，这儿的飞行高度比较低，如果是白天，可以清晰地看见阿留申群岛上的群山、森林和河流。这一点后来被我自己证实。我还发现，上海与洛杉矶之间的空中航路与海路基本一致，只是后者需穿越日韩之间的朝鲜海峡和北海道的津轻海峡。此外，我还留下一个疑问，在从日本飞往美国的途中，我们是否在经过国际日期变更线的同时，也经过了俄罗斯的领海上空？

值得一提的是，就在那次日本9级大地震发生前一个月，我实现了一次环球旅行。也是从上海（浦东机场）飞往美国，只是因为着落地是纽约，飞行距离更远，路线也偏北了许多，横穿了整个北海道和俄罗斯的堪察加半岛。而在大地震后两个月的另一次旅途中，由于飞机是从北京起飞前往华盛顿，甚至不需要经过太平洋，而只是擦过它的属海——鄂霍次克海的边沿。虽然如此，飞行速度在过去的20年内并未有多少改变。

随着黎明的迅速到来，太平洋彼岸的美利坚合众国会是什么样子这个问题开始困扰我。虽然这些年来几乎每天都可以在国内新闻媒介上看到有关美国的报道，美国对我们已不再陌生，可毕竟是第一次踏上这片令许多人梦寐以求的土地。间或，刚刚离别的亲人的脸庞一张张浮现在我的眼前；一会儿，国际奥委会的全体委员将在欧洲名城——蒙特·卡罗投票决定2000年奥运会的举办国……就这样经过了11个半小时的旅行和梦想，我乘坐的飞机于美国西部时间21日上午10时降落在被誉为"天使之城"的洛杉矶国际机场。

2

着落以后我并没有获得新鲜感，灰蒙蒙的跑道、被风吹得杂乱无章的草坪，直到验过了护照，出了安检门，一种忧虑感依然存在，因为事先没有也无法订购去目的地弗雷斯诺的机票。有意思的是，整整 20 年以后，我在微博上偶然看见当年居住在洛杉矶的一位中国作家写的一篇回忆文章，讲到我抵达洛杉矶的同一天，朦胧诗人顾城偕同夫人谢烨离开了此城，经停南太平洋的塔希提岛返回定居的新西兰。这是他们最后一次飞行，因为半个月以后，这对薄命、不甘寂寞的诗坛情侣便双双离世。

洛杉矶国际机场像一个椭圆，形如跑道的车道把乘客接走又送来，各家航空公司的班机停泊在跑道外面的 9 个停机坪上。我无暇浏览四周的风景，因为行李车上放着两只旅行箱和一只旅行包，再说机场附近都是些低矮的房屋，实在没有什么可以引发我的好奇心，倒是我步出海关之前，一只训练有素的大黄狗突然跑到我面前嗅了嗅。很快我打消了乘火车或汽车的念头，事先我曾研究过加利福尼

亚的交通图，发现车站都建在 down town，离开机场非常遥远。我
找到加州一家小航空公司的售票处，买到了当天飞往弗雷斯诺的机
票，这才放心地进了候机厅里的麦当劳。

　　那时候中国很少有麦当劳或肯德基这类美式快餐店，杭州第一家
麦当劳（位于武林广场国际大厦）要到我从美国回来后再过 4 年才正
式开张。但有不少同胞已经在北京、深圳这类一线城市品尝过，那多
半是出于好奇。假如要他们每天吃热狗和汉堡包的话，未必受得了那
份洋罪。不过，孩子们除外，他们因为充分享受到点菜的乐趣而兴高
采烈，复杂的中国菜谱令其却步。幸好我以前的北方生活和不挑食的

在弗雷斯诺加州州大

在州大图书馆前

习惯帮助了我，我很快适应甚至有点喜欢上西式餐饮，只因它节省时间。

下午 3 点，我登上了一架只有 12 个座位的小飞机，大小和直升机差不多，飞行员是唯一的机组人员。飞机先是沿着蓝色的太平洋海岸向北低空飞行，我能看见各式各样的房屋在光秃秃的山峦之间星罗棋布，公路上密密麻麻的汽车像蚂蚁一样排成了长队，一直延伸到看不见的地方。那会儿我满怀好奇，现在知道那是烦人的堵车。不一会儿飞机掉头向东，越过一片不大不小的沙漠，大约一个小时以后，便到了我此行的目的地——弗雷斯诺。

弗雷斯诺（Fresno）位于加州的中心，所谓中央山谷地带，东距内华达山脉不远，海拔 4418 米的惠特尼峰（美国大陆的最高点）

离此只有 100 多公里。西面距海岸线不足 200 公里，但却隔着一座海岸山脉，有点像我后来游历过的中东名城大马士革，与地中海也隔着一座海岸山脉。这里夏季炎热难熬，最高气温在摄氏 40 度以上的多达 40 余天。因此虽然已经到了 9 月下旬，依然骄阳似火。可是，1960 年第八届冬季奥运会的举办地斯阔谷（squaw valley）却在弗雷斯诺东边仅 50 公里处。

由于没有事先通报，州大外办主任克拉森院长正巧又不在办公室，我只得在机场等候了两个钟头，后来还是克拉森院长的秘书打电话给人类学系的一位华裔任教授开车来接。任教授出生在台北，在大学念完本科以后赴美留学，获得哈佛大学的博士学位，他把我送到了学校附近的一家叫"旅行者"（traveller）的小旅店，我在此度过了异国他乡的第一个夜晚。回想起来，这个店名颇有意味，只是当年的我，尚未发现自己有旅行的才能。

加州被称作黄金之州，工业和经济非常发达，即使是作为一个国家，总产值也仅次于日本和德国，在世界上居第三位（在中国崛起之前），而它的人口只有德国的四分之一、日本的六分之一。可弗雷斯诺是农业区，离开旧金山和洛杉矶分别有四五个小时的车程。这里土地相对廉价，居民大都住在平房里，街上几乎看不到 3 层以上的房屋，全城人口 40 多万，在加州也算是老四了，仅次于洛杉矶、圣迭戈和奥克兰，位列大名鼎鼎的旧金山之前。

可是，弗雷斯诺的面积却差不多有北京那么大。1872 年，西班牙殖民者在这里建城，Fresno 在西班牙语里的意思是白蜡树，先用于河名，因河两岸栽有此树，但现在却既没有河流，也见不到白蜡树了。这座城市唯一一所正规的大学就是加州州立大学分校，共有一万多名学生，她是我当时任教的杭州大学众多的姐妹学校之一。加州州立大学是全美也是全世界最大的高等教育体系，共有 19 所分校，但加州州立大学不同于加州大学，属于非研究型大学，教师的主要工作是教学，期刊（虽然都是原版的）和研究基金比较少。

可是，学校名气不大也有好处。抵达不久，理学院汪院长便邀请我吃了一顿美味的生鱼片，那应该是我第一次进日本餐馆。那时候的校际交流不太注意对方研究水准，只要人家是发达国家，愿意缔结姐妹学校关系就可以了，主管外事的学校领导平添一份业绩。汪院长是地道的华人，出生在中国香港，而系主任腊哈博士有着墨西哥血统，他看过我的履历表并和我交谈过以后，提议给了我一个客席教授（Adjunct Professor）的头衔，并为我安排了下学期讲授两门数学课。

我该如何打发剩下来的 4 个月时光呢，长达两天的周末尤其无聊（那会儿中国周末还只休息一天）。校园里空空荡荡的，没有中国校园里的那种舞会，学生们都在校外自己租住的公寓里狂欢。为数不多的中国留学生又忙于去餐馆打工，他们唯一比较固定的娱乐活动就是每周六上午在校园里打打排球，虽说在所有球类项目里我最不擅长的就是排球（我比较喜欢身体的直接对抗，或者一对一的运动），但一年下来，我的球艺却有了长足的进步。

两个星期后的一天下午，我正在翻阅一部纸质已经发黄了的

《美国现代诗选》，当我读到女诗人玛丽安娜·莫尔[*]的诗句："我的诗歌是想象的花园／花园里遍地都是癞蛤蟆"，厨房里的水壶突然鸣响，情急之中我不慎烫伤了手指，却意外地获得了抵达美洲以后的第一首诗《水泡》，其中有这样两句：

> 隆起的水泡像白宫
> 坐落在莫尔小姐的花园里

---

[*] 玛丽安娜·莫尔（1887—1972），艾米丽·迪金森之后美国最重要的女诗人之一，与后者一样，她也终身未嫁。

3

一个多月以后，我终于有了第一次出游的机会。事情来得很突然，一天晚上，州大中国留学生会谭主席打来电话，说他和室友明天去伯克利找工作，问我愿不愿意和他们同车前往。谢天谢地，这还用得着考虑吗？我至今仍然对他心存感激。我记得那天正好是万圣节，下午我和一位俄国犹太人去北郊的米勒顿湖驾驶帆船，玩得十分开心，而此前一天我又在一次美国人组织的雕南瓜比赛中夺得第一名，我的获奖作品是一件漫画式的人物头像，用巧克力饼干做成眼睛和嘴唇，一片枯黄的槭树叶做成鼻子，再把南瓜的藤盖切开，放置成一顶帽子。这一切似乎都预示着，我要交好运气了。

次日一清早，我们三人乘坐美国人切斯特驾驶的一辆老式三菱汽车出发了。切斯特退休以前是本城一所中学的化学老师，他和老伴路易斯都是虔诚的基督教徒。他们的 5 个儿女已经成家立业，分散在全美各地。略显孤独的老两口对中国留学生尤为关怀，几乎视为亲生儿女，有一段时间那位谭主席就免费住在切斯特家里。当然，作为美国

野餐时与东方女孩

式的回报，他要为切斯特的庭园割草浇花。切斯特周末有时会带我们
去野餐，最让我羡慕的是他有一辆房车，卧室、厨房和卫生间一应齐
全的车，他答应下次出游时首先考虑我，这一点不会有人和我竞争，
因为全城任何一个中国人都比我忙碌。

　　自由公路或高速公路（freeway）是美国财富和力量的象征，据说
总长度占了全世界的三分之二。这个比例如今已大幅下降，因为那时
候的中国几乎没有高速公路，至少浙江省离开通第一条（杭甬）高速
尚需三年时间。而在美国，即使是弗雷斯诺这样偏僻的城市，也有 41
号（连接西海岸与约塞米蒂国家公园）和 99 号（从南面的洛杉矶与州
府萨克拉门托）两条公路经过。我们先上了 99 号，后又拐到了 152 号。

　　蔚蓝色的天空、笔直延伸的路面、嗡然鸣响的噪音以及飞速逝去的风景不断刺激我的感官，我脑海里涌现出许多象形文字，我知道这些分属于不同词性的词汇是窗外小汽车、吉普车、面包车和大货车的化身，很快我心里便有了一首诗：

关于鱼的诗

我喜欢把汽车看作单词

单词容易改变词性

比如打一个 U 弯

就可以获得形容词

它们相互撞击，在自由公路上

有时会产生全新的句子

把车开进太平洋吧

海水知道如何润色

我们侧身游出车门

顷刻发现一首关于鱼的诗

没想到的是，这首小诗后来被译成各种西方语言，并成为我的一位德文翻译的最爱，我本人也经常用中文或英文朗诵它。

　　一个半小时后，我们在洛巴洛斯（Los Banos）进入了太平洋海岸最繁忙的 5 号公路，8 个车道并驾齐驱，视野也变得开阔起来。收音机里传出加拿大女歌星卡洛尔·金 20 世纪 70 年代初唱的一首老歌《已经太晚了》(*It's too late*)，美妙动听的音乐，再配上快速行进的汽车的节奏和画面，这种感觉以往只有在电影里才能体会到。在路旁加油站的饮水处，我眼前里突然展开了一幅迷人的风景画：

> 青草遍布美利坚大地
> 从路旁的斜坡到远处的山峰
>
> 风车召唤往昔的记忆
> 葡萄果园修剪停当
>
> 牧场里成群的奶牛相互嬉戏
> 几乎跑到了公路上

这成为我一个月以后完成的八节诗《在路上》的开头。不一会儿我们又到了一座城市利物茂（Livermore），从这里我们西行进入了 580 号公路，将至奥克兰时，山峦起伏，旧金山湾时隐时现，使我相信这里是强盗出没的地方（奥克兰是加州乃至全美犯罪率最高的城市之一，没想到 2015 年夏天，在库里率领下，金州勇士队居然夺得了 NBA 总冠军）。奇怪的是享誉世界的加大伯克利分校离此只有 20 分钟的车程，这一情景让我想起 15 年前的秋天，我沿着京沪线北上求学，快到目的地济南时，窗外依然一片荒芜，心中好生悲凉，后来才得知原来火车晚点了 10 多分钟。

伯克利是一座大学城，人口约 20 万，美国城市的入口处都标有该城的人口，哪怕是几千人的小镇，有的还写上年份，因此我刚进城就知道了。伯克利（Berkeley）城始建于 1865 年，8 年以后才迎来了这座大学。这是我抵达的第一座不以西班牙语命名的美国城市。说起伯克利（贝克莱）*，他本是一位英国大主教的名字。这位大主教多才多艺，集哲学家、教育家和科学家的身份于一身，虽然他在美国只居留过 3 年，对美国早期教育却有很大贡献，故而以他的名字命名此城。

至于化学元素锫（berkelium）的命名，则是由于它的诞生地是伯克利加州大学。更值得一提的是，贝克莱以提出"贝克莱悖论"在数学史上留芳。这个悖论与牛顿创立的微积分学中的一个基本概念——无穷小量有关。牛顿在推导过程中，既把无穷小量作分母进行除法，

---

* 乔治·贝克莱（1685—1753），爱尔兰出身的英国大主教，作为一名哲学家，他以一句"存在即是被感知"留传后世。

又把无穷小量作零，去掉那些包含它的项。贝克莱看出了这个问题，提出了质疑，引发了第二次数学危机。那是 1734 年，直到 19 世纪初，法国数学家柯西建立起极限理论，才化解了这个危机。从这个意义上，伯克利作为世界驰名的综合性大学，还是对得起这个名字的。

穿过市区唯一的主要街道，我们来到了校园，切斯特为寻找一处泊车地费尽心机。美国的名牌大学大多是游览胜地，全年向公众开放，路上遇到几个向我们问路的行人，我们也多次错把游人当学生了。最后，我们终于找到了美国一些跨国公司联合举办的招聘会会场，有 200 多位来自加州各地的中国留学生驱车赶来，他们都想回到中国找一份薪水丰厚又可以时常返回美国的工作。由于来招聘的公司没有几家，因此排起了长队，每个人手里都拿着精心准备的履历表。我到各处转了一圈，没有遇见一张意外的熟面孔，便独自步出了大厅。

伯克利坐落在旧金山湾东岸，倚山而建，走在校园的马路上就可以俯视半个海湾。秋高气爽，放眼远眺，只见旧金山和金门大桥依稀可辨。我深深地吸了一口气，多么令人心怡啊，一首诗的开头立刻就产生了：

从伯克利远眺金门大桥

圣弗兰西斯科掩映在水下

海风从旧金山湾吹来

男男女女漫步在山坡上

完成这首诗以后，我想起了著名的伯克利数学研究所，这是由美籍华裔数学家陈省身先生创办的，他还担任了第一任所长，但研究所却建在半山腰上。陈先生是几何学家，而我的专业是数论，我只在杭州见过陈先生一面，那还是在公众场所。没有料到的是，多年以后，我不仅写了一篇纪念他和华罗庚先生的长文，还在他百岁生日之际，作客他故乡嘉兴学院的"省身讲堂"。

伯克利数学研究所

　　那天我沿着盘山公路往上爬，途见一座雄伟的建筑物，走近一看才知是体育场，想来这就是"加利福尼亚纪念运动场"了。伯克利与邻近的斯坦福大学一年一度的 Big Game 就在这里和斯坦福轮流举行，这项传统的比赛几乎和英国的牛津—剑桥两校之间的划船比赛一样享有盛名。坐在落叶遍地的台阶上，面对可以容纳 7 万多名观众的体育场，一种孤零零的感觉油然而生，我很快又有了一首新作《纪念运动场》，诗中写道：

　　　　仿佛一部失传的希腊史诗

　　　　唯留存下片言只语……

　　这些日子是我一生中最美好的时光，几乎每天都有所获，有时甚至一天能写出 3 首诗歌。记得就在几个月前，我在香港参加了一次数学会议以后，途经深圳逗留一天，当晚和从香港一起来的诗人黄灿然在欧宁的陪同下乘车前往郊外的仙湖植物园。欧宁那年刚刚从深圳大学毕业，他任职的广告公司在仙湖有一座别墅。虽然是盛夏，湖边的夜晚却清凉宜人，我们在石舫上饮酒，跳入湖中裸泳，随后又步行绕湖一周。月色撩人，我们多么希望遇见一群在芦苇丛中翩然起舞的仙女啊！欧宁突然对我说，你应该写首诗作个纪念，可我却没有得到任何灵感，那段时间我总是关在屋子里写作。

　　为了给自己留一点遗憾，我放弃了去数学所的计划，掉转了头，经过萨瑟塔（Sather Tower），来到一处露天咖啡馆。不足 40 平方米的空地，坐满了各式各样的男女，学生、游客、教授、艺术家，难以区分。我要了一份咖啡，找到了一个空位，几乎所有的嘴唇都在运动，叮是你却什么也没有听见，我想这一定与人们说话的语调有关。那时我尚未到过欧洲，没看到过马路两旁随处可见的咖啡馆，心情颇为激动，心想这里真是自由思考的绝妙场所，我甚至想起 20 世纪20 年代巴黎的蒙巴那斯和后来的蒙马尔特，那是现代艺术家荟萃的年代。

　　有人拿出一本书阅读，忽然之间我想起了波兰诗人米沃什＊，这位82 岁高龄的老人从巴黎移居到此已经 30 多年了。1980 年，也即他荣获诺贝尔文学奖的那年，他在伯克利写下了《路过笛卡尔大街》，重又回忆起 23 岁初到巴黎时的情景：

> 我走向塞纳河，腼腼腆腆，一个旅客，
> 一位刚到世界之都来的年轻的野蛮人。

米沃什的这种感受在我后来访问巴黎时并未再现，这不仅因为时光已经流逝了 60 多年，还因为我到过了美国，到过了伯克利。我曾经萌发过在电话里和老诗人交谈几句的念头，但我记不起 Milosz 这个波兰

＊　切斯瓦夫・米沃什（1911—2004），波兰裔美国诗人，出生于俄罗斯（今立陶宛）萨泰伊涅，卒于波兰的克拉科夫。

名字是怎么拼写的了，因此无法在电话簿里找寻他的号码。这的确是一桩让人遗憾的事情，不过，即便记忆正确，他是否按实名登记仍是个问题。况且我后来得知，自从 1989 年以后，他在波兰的克拉科夫和伯克利两地轮流居住，说不准那会儿正在欧洲呢。

　　从伯克利回来后，我决定去听一门作为第一外语的英语课，一来可以提高自己的英文水平，二来可以了解美国学生的课堂纪律，三来也能结交几个朋友。我从厚厚的一册课程大全上随意遴选了一门，便去做了旁听生，我的英语老师名叫米歇尔·哈特，她出生于蒙特利尔，法语才是她的母语。我的新同学全是些墨西哥移民，多数是第二代。加州毗邻墨西哥，由于两国间贫富悬殊，且边境线长达4000多公里，墨西哥人蜂拥而至，他们在美国语言不通、文化程度低，往往只能做些锄草、洗碗、清洁、加油之类的活计。

　　也因为如此，在美国的墨西哥人仍然保留着自己的语言、音乐、舞蹈和生活习性，学校里的墨西哥学生很少与白人来往，可以说他们的社会地位远远比不上黑人。黑人由于擅长歌舞、体育和交际，至少在表面上和白人打成一片，特别是在年轻人中间，黑人和白人亲密无间。我认为，还存在一个重要原因，即在白人眼里黑人显得性感。我曾经和几位欧洲人的后裔讨论过这个问题，他们都认同这个观点。

　　可是，哈特夫人却对自己的墨西哥学生和蔼可亲，她因为没有博士头衔，至今仍是个临时教员，收入只有正式教师的一半，还面临随时被解雇的危险。但她无疑是称职的，并热爱一切美好的事物。在下一个学期她的办公室被换到我的隔壁以后，我们有了更多的了解，她最早把我的一些诗歌译成了英文，由于她不懂中文，我的英文又不算精通，因此进展非常缓慢，可我发现她是真心喜欢我的诗歌，并在她的同事们中间大肆宣扬。在她译的为数不多的诗歌中，至少有一首小诗我自己还算满意，那就是《诗》：

Poem	诗
An	一个
innocent	纯净的
creature	少女
lying	躺在
on the	海边的
sandy shore	沙滩上
her hair	她的
bound by	头发系着
white clouds	白云
both	一齐

《时代》周刊与其出生在中国的创办人亨利·卢斯

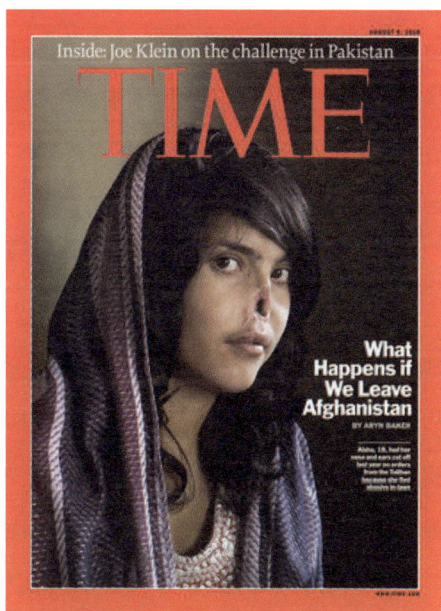

2010 年《时代》周刊：阿富汗女孩比比·爱莎，
她被夫家割去了鼻子和耳朵

swallowed by	被浪花
the sea.	卷走

哈特夫人所做的再创造是把"卷走"译成了swallow，意为"吞没"，她坚持认为在英语里这样味道更好。这首诗和另外一首诗后来被美国国会图书馆收入一本厚厚的年度诗选，并和另外8位美国诗人的作品一起被灌制成配乐磁带《诗歌之声》。

我没有听完整个学期的课程，这是哈特夫人的建议。我这里想顺便提一下，哈特夫人的课没有固定的教材，如果说有的话，那就是《时代》周刊，哈特夫人要求每个学生订阅，周刊上的文章常常被她指定作为阅读理解的内容。《时代》杂志在美国的地位非同寻常，甚至《纽约时报》《华盛顿邮报》、有线电视台和三大电视网都难以与之匹敌。以至于在前总统理查德·尼克松的葬礼上，比尔·克林顿所致的悼词中也引用了《时代》周刊的评价。

2010年夏天，《时代》周刊因封面采用了阿富汗的割鼻女孩比比·爱莎（Bibi Aisha）而引人瞩目。比比出生于1992年，12岁那年，她的叔叔杀死了她未来丈夫家族的一名成员。为了解决家族恩怨，她和妹妹被送给夫家作为补偿，从此饱受摧残和凌辱。最后她选择出逃，被夫家抓回去后，割掉了鼻子和双耳。之后，她得到了喀布尔一处避难所的帮助来到美国，接受整容手术并装上仿生鼻子，重获新生。

多年以后我才了解到，从20世纪初开始，这家赫赫有名的杂志封面人物之所以频现中国人，与它的创办人亨利·卢斯出生在中国，有着浓厚的中国情结不无关系。卢斯的父母是传教士，1897 年来中国山东，翌年在登州（今蓬莱）生下了他，直到 15 岁他才返回美国，后入读耶鲁大学。除了《时代》周刊（1923），他还先后创办《财富》杂志和《生活》周刊，成为 20 世纪的媒体大亨。丘吉尔说过，卢斯是美国最有影响力的 7 个人之一。

6

　　那年 7 月在香港大学召开的国际数论会议上，我认识了多位美国教授，一位是普林斯顿大学的赛尔贝格*，他是美国在世最伟大的数学家之一，另一位是加州州大圣何塞分校的哥德斯通教授。我告诉哥德斯通教授，秋天可能要到加利福尼亚访问，他希望我抵达以后和他联系，我照办了。很快他便给我寄来一封邀请信，希望我出席圣诞前夕在蒙特雷湾召开的西海岸数论会议。州大已开始放寒假，我和系里的一位华裔教授雨果谈起此事，他正巧要在前一天陪夫人温博士去旧金山，便建议我搭乘他们的车子去，我当即同意了。

　　这是一次颇为艰难的旅行，线路可谓迂回曲折。凌晨 5 点我们就出发了，因为早餐吃得急，我在路上晕车并吐了。4 个小时后我们到了旧金山，这个城市处在一个狭长半岛的尖端，由 40 座山丘烘托而成。

★ 阿特勒 · 赛尔贝格（1917—2007），挪威出生的美国数学家，以用初等方法证明素数定理成名，1950 年获菲尔兹奖。

在快到金门大桥时，雨果教授准备好了过桥费，但收费处的值班人员却摆摆手让我们通过。原来，市政府为了鼓励大家少开车，规定载有3位以上的乘客的汽车可以免付。再往北走上大约50公里，我们到了一座叫圣洛莎的小城市，好莱坞著名的悬念大师希区柯克导演的电影《疑影》的故事就发生在这里，片中的男主角是一位被通缉的杀人犯，也是一位勾引风流寡妇的好手。

我们之所以要到圣洛莎来的目的是因为温博士在该城的一所中专里有一次面试机会，一年前她从凤凰城的亚利桑那大学毕业，至今工作仍然没有着落。近年来美国的经济不景气，许多专业的博士都供大于求，她只好到小学校碰碰运气了。稍后，我们在一家小咖啡馆里用午餐，却意外地听到留声机里在播放黑人女歌星特雷西娅·查普曼唱的老歌《快车》和《谈论革命》，这给略显疲惫的我带来了一次意外的惊喜。记得许多年以前我第一次听到她的一盒歌带时，翻来覆去，彻夜聆听。

下午3点，我们掉头南下，又一次经过金门大桥，我们来到唐人街，雨果教授和夫人去杂货店里采购从中国运来的商品，少不了酱菜、豆腐乳之类瓶瓶罐罐的。我虽然刚从中国来不久，但因为自己要开伙，顺便也购买了菜油、调料和日用品。很快，我们又来到大街上，面对着忙忙碌碌的行人，再看看人街上的车水马龙，一种思古之情油然而生：

仿佛又一座白色的罗马城

几十条公路笔直通往山顶

那熙熙攘攘了几个世纪的唐人街
扎辫子的小姑娘变成了摩登女郎

我们在一家叫"燕京"的中国餐馆里用晚餐，雨果教授请客。他是第二代华人，在旧金山度过了中学时代，他介绍说，旧金山的中餐馆是全美国最好吃最便宜的，他们每次来都要饱食一顿。果然如此，3个人30多美元就已经吃得相当不错了。晚上8点，我们顾不得观赏旧金山的夜景，便驱车南下到圣何塞，在雨果教授的一位友人李教授家里借宿。

李教授和哥德斯通教授执教于同一个学校，他是计算机领域的专家，但对数论也颇感兴趣。第二天上午，在我们的邀请之下，李教授欣然和我们一起出发了。和昨天相比，今天的旅行轻松多了，驱车向南出了市区，不久便往西翻过一座小山，来到了圣克鲁斯海滨。在这里我第一次从陆上看见了浩瀚的太平洋，我谢绝了雨果教授的停车建议，因为我头脑里不断涌现出新的诗句，例如：

我在大海的这一边凝望
一个暖和、新奇的冬天

这是一首冠名《序曲》的诗歌的开头。或者，"一切都是水，一切都是水/时间自身的船体掉过头来"，这是《漫游》里的两行，这首小诗全文如下：

漫　游

我在五色的人海里漫游
林间溪流中飘零的一片草叶

一切都是水，一切都是水
时间自身的船体掉过头来

顺着它蜿蜒的航线而下
一座白柱子的宅第耸立在河岸

斑鸠的飞翔划破了天空的宁静
远处已是一片泛紫色的群山

　　我们沿着滨海的 1 号公路缓缓南行，本年度美国最红的电影《本能》的故事就发生在这里，莎朗·斯通扮演的女作家的别墅应在附近，她和男主角探长（小道格拉斯饰）那场惊心动魄的汽车追逐赛就是在这条悬崖公路上进行的。还好，我是第二年夏天在蒙特利尔的一位友人家里才看到这部电影的录像。蒙特雷湾近在咫尺，但我们几乎是绕

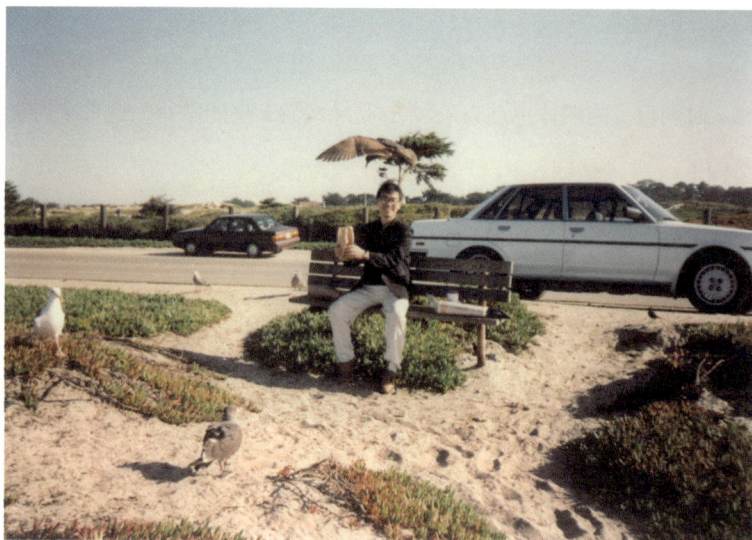

加州海滨的鸟儿。雨果摄

了整整一个海湾才到达目的地阿西洛玛，这是一个别墅式的宾馆，一年一度的美国西海岸数论会议近几年来一直在这里举行。

我们径直奔向会场，我一眼就发现了大块头的哥德斯通教授，他已为我安排好次日下午做报告，那是关于斐波那契数列的一个问题。那时我还没有发现，这个数列与最古老的数学难题——完美数问题之间存在着一种奇妙的关系。西海岸会议不分组，所有报告时间限在一刻钟。另外，报告的形式也多种多样，不一定是完成了的论文，也可以提出一个问题，一个猜测，甚至一个想法，会场的气氛异常活跃。顺便提一下，斐波那契是 13 世纪的意大利数学家，他是中世纪欧洲最重要的数学家，以提出著名的"兔子问题"为后世称道，至今世界各国每年仍有许多硕士甚或博士论文是研究这个方向的。

西海岸数论会议主办地——阿西洛玛的大堂

　　同样值得一提的是，那时哥德斯通教授尚未与一位匈牙利数学家和一位土耳其数学家合作，做出让他们蜚声世界的相邻素数差上界的里程碑式工作。这项工作后来又被大器晚成的华裔数学家张益唐发扬光大，取得了孪生素数猜想研究真正重要的突破。2014 年，他们 4 个人共同获得了象征数论领域最高荣誉的柯尔奖（Cole Prize）。

　　正当圣诞花开放的时节，到处可见装饰一新的圣诞树。来时我们经过著名的德蒙特大街和日落大道，成群的鸥鸟盘旋在头顶。阿西洛玛三面环水，树木郁郁葱葱，典雅而宁静，到了晚上，还可以见到野鹿出没窗外。附近的卡梅尔有一段 17 英里长的海滨，风光旖旎，在美国可谓家喻户晓。卡梅尔也是美国艺术家的聚集地，1913 年，家境富裕的美国诗人罗宾逊·杰弗斯和他追求了 8 年的女子尤娜结婚后定居此地，他们自己动手采石，建了一栋石屋和一座傲临峭壁的石塔，从而把爱默生式的个人主义发展到了令人吃惊的地步。

正如批评家彼得·琼斯在《美国诗人五十家》一书里指出的，杰弗斯对于过分热烈的辞藻的追求损害了他的诗歌。诗人面对大海的秀丽景色唱道：

> 这海岸高呼着需要，
> 一如所有美丽的地方。

可以说，杰弗斯的诗歌占领了一个残酷的逃避主义世界，在他去世两年以后，波兰诗人米沃什开始频频访问卡梅尔，直到他为杰弗斯写下了一首悼亡诗《卡梅尔》。

归途我们经过萨利纳斯，又引发了我的一番联想，这个只有几万人口的小镇是小说家约翰·斯坦贝克的出生地。斯坦贝克是爱尔兰人和德国人的混血后裔，从童年时代起他就自食其力，后来他进入附近的斯坦福大学，半工半读，终于因贫穷而没能完成学业。23岁那年他搭乘一艘运牛的木船去纽约，试图发表他的早期作品，但是没有成功，只得返回家乡。1962年，曾经放弃了普利策奖的斯坦贝克获得了诺贝尔文学奖，这一回他没有拒绝，对美国人来说这个奖来得也正是时候，因为几个月前他们刚刚失去了威廉·福克纳，而更早一些时候，欧内斯特·海明威因不堪忍受疾病的痛苦开枪自杀。

　　3 天的海岸之行匆匆结束，汽车的里程表上显示，此次旅行行程 1027 英里，平均每天 550 多公里。回到弗雷斯诺的当夜，我便接获洛杉矶方向的录音电话，故乡的友人兰邀请我去过圣诞节。虽然我预感到，两次衔接得太近的旅行对写作会有损害，但"天使之城"的魅力又是不可抗拒的。况且圣诞节对于美国人来说就像是我们的春节，校园里早已空空荡荡。

　　24 日早上，切斯特驱车把我送到 down town，他送我一双毛线织的大袜子作为圣诞礼物，我则回赠他一盒江南丝竹乐带。10 点整，我乘上一辆过路的灰狗出发了，宽大明亮的车厢，柔软舒适的靠座，相当于国内的豪华大巴。这个圣诞节，大西洋岸边的美国总统克林顿和第一夫人希拉里的日子可不大好过，两天前阿肯色州的·位女子声称这位前州长对她有过性骚扰，美国的所有新闻媒介都做了披露。可是与 4 年以后的拉链门事件（我恰好又一次访美）相比，只是小菜一碟。而在加勒比海的古巴，菲德尔·卡斯特罗的独生女阿琳娜头戴假发、怀揣西班牙假护照逃离了哈瓦那，她于昨天经马德里抵达纽约要求 asylum（政治避难）。

一路所见与前两次北上的情景截然相反，光秃秃的山峦，见不到草地和牧场，有些地方还十分荒凉，这正是几个月前我在小飞机上所见到的，大约行驶 4 个小时以后，邻座的旅客告诉我已经进入了洛杉矶市区，也只是看到一些平房和两层的楼房，我不由得发出了是乡村还是城市的感叹。很快我了解到，洛杉矶原本是一些小城镇组成的。20 世纪初，洛杉矶附近的一些地方因为水源不足而被迫合并过来。洛市之所以散漫的另一个原因是地震的繁多，再加上美国西部开发比较晚，使得今日的洛杉矶拥有全世界最为发达的高速公路网和立交桥。这曾经使我为中国未来交通的现代化深深忧虑，直到第二年我旅行到了日本，才从东京四通八达的铁路网和关中农村小城镇的房前屋后看到了希望，日本人利用菜园子的空地停车。

在汽车站的出口处，我见到了前来迎接的兰的丈夫萧博士和女儿爱米丽，萧毕业于普林斯顿大学，专攻地质学，现在是著名的雪佛莱（Shevron）石油公司的高级职员。萧来美国已经 9 年了，他结婚以前我们曾在兰的家里见过一面，现在可是有些发福。爱米丽出生在美国，中文说得结结巴巴的。从车站到他们家足足又开了一个小时，据说还算近的呢，萧家在一个叫 Brea 的卫星城，他每天上班单程就要两个钟头。我下了车，刚准备摁门铃，萧夫人已经把门打开了。多年不见，兰还是过去的老样子。外语系出身的兰现在南加大的东方图书馆工作，上半天班，兼攻文学硕士。

兰还像以前一样喜欢热闹，平安之夜请来了不少客人，其中有萧的同事和萧的普林斯顿校友，令我意外的是兰还请来了她的中学同学、加大洛杉矶分校攻读医学博士的天，天的母亲和夫人虹。天和我同龄，我们的母亲从前在同一所乡村中学教书，我们出生不久便在一起玩耍。这是一次美好的中国式的聚会，萧夫人十分乐意地带领我们参观了新居。令我和主人意想不到的是，由于石油业的不景气，他们全家后来被迫离开加州和美国，被公司派到大洋洲的澳大利亚、巴布亚新几内亚岛以及沙特阿拉伯的沙漠边缘工作，直到如今。更有意思的是，他们每到一个新的国度，都会添加新的人口。

一觉醒来，已是阳光明媚的圣诞节早晨，萧开车送我到迪士尼乐园，门口是一片车的海洋，这个停车场差不多有天安门广场那么大。萧用他的本地身份证为我买了一张七折的门票，我便独自一个汇入了人海。西海岸的气候真是美妙，大冬天只需穿一件衬衣，而东面肉眼可见的山峰终年积雪，驱车两个小时就可以到达滑雪场。迪士尼乐园是由著名的电影制片人沃尔特·迪士尼所建，1954年正式开放，据说他创造的米老鼠形象数量之多仅次于耶稣蒙难像和释迦牟尼像。

迪士尼乐园以它特有的奇观异景和完美的服务，每年都吸引着来自全世界数以千万计的游客，诸如"冒险家乐园"、"迷幻之宫"、"荒原"、"明日世界"，等等，其中包括了一切有精确技术构造和令人兴奋而又安全的玩意儿，玩遍的话至少要三天三夜。在我看来，迪士尼乐园中最有趣的或许是那一系列的人物造型，他们随声波冲动气阀或水阀而动作。的确，乐园充分利用了水的奇妙功能，我在潜水艇里遨游

洛杉矶市中心

时也获得一些全新的经验：

　　　　是一片复叶或枝条

　　　　踩着水上的天花板

　　1964 年，基于沃尔特·迪士尼这位"艺术家兼演出经纪人在为一个时代提供娱乐的过程中所做的创造"，白宫主人林登·约翰逊授予他总统自由勋章。那会儿迪士尼乐园只有洛杉矶一家，后来又依次在奥兰多、东京、巴黎和香港建成。虽然如此，当我后来旅行抵达另外 4 座拥有迪士尼乐园的城市时（第五个将会是上海，预计 2015 年底建成开放），再也没有兴致游览了，因为它们主要是仿造的。

　　当晚我跟萧家三口一起去天家，这对医学博士做了一桌丰盛的菜肴。在那里我还见到了故友昱，他也被邀请来作客。昱比我年长一岁，和我同年上的大学，他来美国快 10 年了，居然连个硕士学位也不拿，平日很少和同胞交往，倒是与白人同事混得熟。他一直保持着两大嗜好——桥牌和射击，却连加州的州界也没有走出，在中国留学生当中，昱无疑是个性鲜明的一位。

　　第二天一早，昱开着一辆老式福特汽车来接我，还带来了他的女友，一位相貌平平却富有理解力的河北女子。我们先到了洛杉矶最著名的海滩桑塔莫尼卡，一条宽阔的木制码头伸向太平洋，很像青岛的栈桥，只是这儿附近多了平缓的沙滩。后来我在一家报纸上读到一条特大新闻，一位美国科学家声称，至迟在 2050 年，一度失陷在太平洋的一块陆地将再次崛起，一个叫莱伍利亚的第八洲会出现在离桑塔莫尼卡海滨不远的洋面上，对此我表示怀疑。

午餐后我们驱车来到著名的日落大道，两旁是高大的棕榈树。一年以后的夏天，英国名演员休·格兰特就是在此地和一个黑人妓女勾搭，被新闻界曝光的。此前他因为主演《四个婚礼和一个葬礼》风光无限，此后他因为主演《诺丁山》东山再起。接着我们来到了好莱坞区，这里的街道很平常，但却是享誉世界的电影王国，美国每年四分之三的影片出自该区。正如很久以前在电影里看到的一样，远山（好莱坞山）的顶上刻着"HOLLYWOOD"这9个巨形字母，大名鼎鼎的格里菲斯天文台就在那山头。

在著名的中国剧院门前的小广场上，我找到了我仰慕的"瑞典女王"——葛丽泰·嘉宝的手印。在1995年《华盛顿邮报》推举出的顶尖名人中，嘉宝被选为百年来最伟大的女演员。此后，昱和他的女友把我送回到兰家，那是我和昱的最后一次见面。我始终无法相信，我们分别一年以后，昱会为了这个女子铤而走险，开枪杀死了他的情敌。昱被判处有期徒刑35年，先后羁押在内华达西部和加利福尼亚北部的监狱里，多年以后，他的家人才开始获准从中国来美探视，可是离获释仍然遥远。

我在洛杉矶的最后两天，是在亨廷顿图书馆和洛杉矶艺术博物馆里度过的。前者以收藏英国18世纪画家庚斯博罗的代表作《蓝衣少年》和康斯坦布尔的一些风景画以及雅致精美的日本玫瑰花园闻名；后者则搜集了几乎所有现代主义画家的作品，这是我第一次有幸亲眼看见大师的原作，可惜名作极少，还好我是在去纽约以前到达洛杉矶的。值得一提的是，庚斯博罗的其他作品和他同时代主要画家的作品一样，都收藏在伦敦的不列颠泰特美术馆里。我未曾料到的是，21 世纪 20 年代，我的侄儿姗姗会申请投资移民到洛杉矶，他选择的是纽约哈德逊广场的地基项目，这存在一定的风险，在此我预祝他好运。同时也让我想起，那首脍炙人口的民谣《加州旅馆》，由洛杉矶的老鹰乐队于 70 年代演唱，歌词的末尾写道：You can checkout any time you like, but you can never leave。

在将要结束圣诞旅行前夕，我的一位友人意外地把我带到了比弗利山庄，那是百万富翁们居住的地方，从罗纳德·里根到迈克尔·杰克逊都在此购置房产。我们驱车来到一个叫 Bel Air 的山头，这个地名以及它的邮政编码在美国都是尽人皆知的，我被领到一座豪华的别墅，外出的主人和我的友人有一种特殊的关系。当我们在悬崖边的游泳池旁稍歇并啜饮一杯咖啡，天空忽然放晴，隐约可见远处市中心孤零零的几座摩天大楼，我不禁想起了一年前在组诗《幽居之歌》开篇《天使的早餐》里写下的诗句：

预言家的嘴，幻想的前额。

　　5 天的圣诞之旅结束了，我谢绝了主人的挽留，没有等到新年帕萨迪纳的玫瑰花车游行，便搭乘我未来学生 J 的便车返回弗雷斯诺。这位出生在高雄后来随父母移居洛杉矶的年轻人，以每小时 90 英里的速度穿过迷雾，3 个小时我们就到家了。只见我的美国室友已经患上了流行性感冒，当地的主要报纸《弗雷斯诺蜜蜂报》头版头条的标题是 "Flu Season Hit Vally Just In Time For New Year"，而中文《世界日报》则以较大的篇幅报道了顾城，以及他在新西兰激流岛用斧头杀妻而后自尽的消息，这则迟到的新闻在我的头脑里演变成顾城的两行诗句（《内画》）：

> 我们从没有到达玫瑰
>
> 或者摸摸大地柔和的发丝

不知为什么，我对顾城的回忆一直伴随着这两行诗句，即使后来发现

数论课上的学生。作者摄

"柔和"一词在原诗中应为"绿色"。有一个晚上,当我在日记簿上写下"诗歌是我可以携带的家园"时,洛杉矶发生了强烈地震,我们在弗雷斯诺也能感觉到,那一天正好是马丁·路德·金日[*]。

在这多灾多难的一月的最后一天,新学期开始了,我第一次走上了美国的大学讲台,讲授《微积分》和《数论基础》两门课,外加每周一次对一位研究生的个别指导。任务不算轻,好在学生总共只有20多位,J在《微积分》班上,他陪读的妻子后来成了我的义务理发师。

---

[*] 马丁·路德·金(1929—1968),美国黑人民权运动领袖,曾发表演讲"我有一个梦想",后遇刺身亡。每年1月的第三个星期一为马丁·路德·金日(他的生日为1月15日),这是唯一一个纪念黑人的美国联邦假日。

跳乡村舞的房东吉姆。作者摄

学生中除了白人、黑人、墨西哥人以外，还有几位中国香港人，他们来自全校各个院系，另外一个班则都是数学系的三年级学生。

开始我多少有点紧张，备课也特别认真，因我从来没有在外国读过书。很快我就发现，这些学生的水平不如中国的学生，而我的英文表达能力在大学时就已经不错，加上数学的英文词汇特别简单，公式占了一大半，因此感觉越来越轻松。"微积分"的课程有好几位教师同时开设，学生们在开学前两周有选择的自由，结果我的学生不仅没有溜掉，反而多出来两个。

说起我指导的那位研究生凯萨琳显然是一位投老师所好的女孩，常常和我大谈美国的名胜风光，我看她不是可造之才，无法向她灌输深奥的数论技巧。有一次我和系主任腊哈博士谈起凯萨琳，他也直摇头叹气，解释说州大招不来好学生，大都是为了一纸文凭。没有优秀的学生，我趁机埋头于数论研究，在办公室里写了两篇论文。

可是，每当我回到冷清清的公寓，一种孤独感常常袭来。有一次，我在庭院拍卖（yard sale）买到一台破旧的收音机，录音和放音的功能已坏，但收音绝对没有问题。这对我来说足够了，我喜欢稍纵即逝的音乐，而不愿把美妙的曲子录下来。音乐使我灵感来临时不会很快离去，在《冬日的变奏》[*]中，有一节是专写音乐的：

> 我看见树木与房舍之间的
> 早晨的大海缓慢下来
> 太阳倾身在空气里捕捉
> 那无法捕捉到的东西

　　终于有一天，冬奥会在挪威的利勒哈默尔揭幕，我的烦闷情绪一扫而光。美国民众和新闻媒体也予以了极大的关注，一个重要原因是此前不久发生了花样滑冰运动员哈丁涉嫌刺伤队友南希·克利根事件，她们甚至上了《时代》杂志的封面，这一丑闻的影响力持续了半年，直到前橄榄球明星 O. J. 辛普森被控杀死前妻和其情人才得以消减。南希后来输给了一位乌克兰小姑娘而获得亚军（中国的陈露名列第三），哈丁则一败涂地，但她们后来都发了大财。

　　南希被邀请去了迪士尼，她的酬金是 200 万美元，而臭名昭著的哈丁也被一家日本公司看中。财大气粗的日本人声称，迪士尼给南希

---

[*]　这首诗的英译文后来入选西雅图出版的由王清平编选的中国当代诗选《推开窗子》，*Push Open the Window*, Copper Canyon Press, 2011。

多少，他们就给哈丁多少。美国花样滑冰协会也不甘落后，冬奥运一闭幕，就邀请取得前八名的运动员来美国巡回表演，弗雷斯诺是其中的一站。有不少中国留学生前去为陈露喝彩助阵，她的知名度也因为那次行刺事件而大增，以至于退役以后选择在美国生活。

　　在春天快要来临之际，我搬家了，原来的室友交了一位女友。这回我与 3 个 30 多岁的美国单身汉住在了一起，房东吉姆经营着一家保险公司，他长得高大英俊，颇有艺术修养，会多种乐器，还是一位挺不错男高音。他四室二厅的宅院有 1000 多平方米，栽着 10 多种果树，还有半个篮球场，再加上常年在外的邻居有一座游泳池托他照管，我戏称之为"吉姆庄园"。吉姆有时带我去出席乡村舞会，甚至到附近的国家森林公园里滑雪，在郊外的一座牧场上，我亲眼看见了一幅难忘的景象：

　　　　一个女郎跨上了马鞍
　　　　那镶花边的丝裙裂开了

　　　　四围的黑暗迅速聚拢
　　　　她驰入一座森林的边缘

9

在来到美国半年以后，我终于有了第一次走出加利福尼亚的机会。次年 3 月的最后一个周末，我和 6 位朋友约好租车去内华达的拉斯维加斯一游。拉斯维加斯原是一座荒漠之城，在弗雷斯诺东南方向约 500 英里处。19 世纪末，从犹太州来的移民在此地开掘出一泓泉水，使之成为一片富饶的牧场。Las Vegas 在西班牙语里的意思是"富饶的平原"，美国人都亲切地叫它维加斯。20 世纪以来，随着太平洋铁路的铺设，特别是美国经济大萧条时期的到来和附近科罗拉多河上胡佛大坝的开工，大批民工和逃难的人来到维加斯。

1931 年，维加斯获得了最大的一笔意外之财，联邦政府批准此地赌博合法化。很快，它就成为美国乃至全世界最著名的赌城。与欧洲和加勒比海的同行——蒙特·卡罗、波多黎各、巴哈马群岛一样，维加斯的赌场卡西诺（casino）也设在饭店的低层。只不过其奢华堪称世界之最。著名的"海市蜃楼"（Mirage）饭店的大厅里种植着热带丛林里才有的稀奇古怪的参天植物，另一个大厅里几只极其名贵的白虎隔着玻璃和游人相望。附近"恺撒宫殿"栩栩如生的群雕之上伪装的蓝天白云给人以错觉，仿佛自己置身于户外。稍远处，"胡佛金字塔"内有一条"尼罗河"，游客们可以乘船畅游一番，而门外巨大的"斯芬克斯"是一家超级商场。

每年，维加斯都以她迷人的牌桌、转盘，豪华舒适的饭店，花样不断翻新的娱乐表演，以及重量级的拳王争霸战吸引着各国数以千万计的游客（网球明星阿加西和格拉芙后来甚至定居此地）。在走马观花一番之后，我选定了一家叫马克西姆的卡西诺。宽畅大厅的入口是一些吃钱和吐钱的机器，有许多小孩和老人喜欢这种游戏，他们偶尔会发出惊喜的尖叫。往里有一种大轮盘的游戏，和阿拉伯数字有关，大

拉斯维加斯的牌桌。作者摄

佛莱蒙大街上的游人。作者摄

多是成年人在玩，我觉得这是机器游戏的翻版，只不过现在把内部运
转过程呈现在赌客面前，这符合成年人的内心需要。而小孩和老人只
关心结果，并从中体会到某种神秘感。

对这两种玩法，我始终没有兴趣，唯独黑色杰克（俗称 21 点）能
够吸引我，我在桌边观摩了几副牌，很快掌握了它的玩法，并加入到
了这一流行的游戏中。我的牌友中既有大腹便便的老翁，也有年轻美
貌的女子，赌客和庄家都在不停地更换。这种游戏既有亲身的参与，
又有不安的等待。我跟随一位背运的庄家不断挪位，形势一度看好，
但最后终于因体力不支而败下阵来。

这时候东方已经大白，我们驱车 50 英里来到科罗拉多河上的胡佛
水坝。此河是内华达州和亚利桑那州的界河，也是加利福尼亚州和亚

利桑那州的界河，更有趣的是，内华达与加利福尼亚两州的分界线是两条直线。胡佛水坝建成于 1936 年，坝高 221 米，可谓雄伟壮丽，是闻名全美的游览胜地。此外，胡佛水坝还有着"拉斯维加斯之母"的美誉，正是在它开工的第二年，为了丰富成千上万单身工人的业余生活，联邦政府才让 50 英里外的维加斯赌博合法化。我们下车步行到了对岸，在亚利桑那吃了一顿美妙的午餐。同时也付出了惨重的代价，胡佛水坝之行使我梦寐以求的死谷之旅化为泡影。

死谷是一沙漠地沟，位于靠近内华达州的加州境内，最低处海拔低于海平面 85 米，是美洲大陆的最低点，夏季平均气温高达摄氏 52 度，年平均降水量仅 41 毫米。本来我们只需绕道 100 多英里就可以在归途经过死谷的，现在却因时间的关系，再加上一天多的劳累，大伙儿都想直接回家了，我一个人无法扭转乾坤。幸好多年以后，我有机会造访了全球的最低点——死海（-422 米），并在约旦和以色列两处地方下海游泳过。可是，这次旅行仍值得我记忆：

　　我试着叙述，那难以叙述的经历

　　我的过去，我生命之书的一页

　　那个夏天，在去往维加斯的旅途中

　　七个东方人：中国人、印度人和马来西亚人

　　挤在一辆租来的老式汽车里

　　如何躲避警察目光的侵扰

　　说实话，旅途本身就是一次冒险，因为我们共有 7 个人，虽然租的是道奇 6 缸马力至少 2.7 的那种大车。不过，我的同伴中除了驾驶员是大块头的美国人以外，其余五位都小巧玲珑，包括中国香港、印度和马来西亚的 4 位女生。路上见到警车就让其中两位把头低下，在一座小镇吃饭时遇到一个警察，他用怀疑的眼光扫了我们一眼，吓得我们离开时只走了 5 个人。出镇以后，司机把 3 位乘客甩在马路上，再回去捎另外两个。也正因为如此，我们觉得特别刺激好玩。

　　当我们返回弗雷斯诺，愚人节将要来临，可我的学生们并没有带给我惊奇。再过几天，我就要开始美国的第一次远足。一个月前，伊利诺伊大学的一位数学教授写信邀请我参加在那里举行的一年一度的数论会议，我把这封信交给腊哈教授，他立刻为我四处活动，从汪院长那里要来 200 美元，从克拉森院长那里要来 400 美元，又拨出主任基金 250 美元，凑足了我的会议费用。我本可以往返乘坐飞机的，但我毫不犹豫地选择了火车，腊哈教授理解我的心思，同意给我的学生放假（调课）两周。

第二章　伊利诺伊的旅行

1

　　长大以后我才发现，我们绚丽多姿的生命是由一次又一次奇妙的旅行组成的。即使是最容易让人慵倦的春天，一旦有了计划中的一次旅行，心情也就完全不一样了。我在急不可待地企盼中又度过了3天。4月2日，位于加州中央的圣瓦莱山谷阳光明媚，气温升至摄氏28度，丹尼尔开车送我到弗雷斯诺火车站。这是一个过路小站，四周没有围起的栅栏，售票厅兼候车室不过50来平方米，每天仅有4对往返于旧金山和洛杉矶的Amtrak（美国铁路公司American Track的简称）经过。虽然如此，乘车的旅客仍寥寥可数，且多为妇女、儿童和老人。

　　短途Amtrak一般不需要对号，也不必提前买票。路上停靠了几个小站，两小时以后我们来到了铁路线的终点——贝克斯菲尔德。再往前，就是浩瀚无际的莫哈韦沙漠了。加利福尼亚这个地方真是奇妙，高山和洼地、大海和沙漠离得那么近，夏季奥运会（两届）和冬季奥运会都在这里举行过。我们换乘Amtrak的专用汽车，只见车站外面的马路上七八辆公共汽车一字儿排开，每辆车的窗玻璃上都标有目的地城市的名字，除了洛杉矶以外，还有维加斯、棕榈泉、帕萨迪纳，以及海滨城市圣莫尼卡、长滩和圣巴巴拉。

当我们到达洛杉矶，天色完全黑下来了，联合火车站的候车大厅里悬挂着各色各样华丽的吊灯，木质地板亮铮铮的，舒适的沙发椅上留出了许多空位。从洛杉矶始发的远途客车每天只有5列，开往西雅图的"海岸星光"和开往迈阿密的"日落快车"（后者是唯一横贯美国大陆的火车），另外3列都是发往芝加哥的，北路的"沙漠之风"经过盐湖城、丹佛和奥马哈，中路的"西南主线"经过阿尔伯克基和堪萨斯城，南路的"德克萨期鹰"经过凤凰城、达拉斯和圣路易斯。

为了能够游览科罗拉多大峡谷，我选择了"西南主线"。我在车站酒吧间里度过了两个多小时的剩余时光。一小杯葡萄酒加上美妙的音乐，足以使人产生无穷无尽的遐想。我喜欢酒吧间靠近住家，住家衰落了，对世界是一个信号，一首民谣的开头这样唱到。我从来不指望酒能带来灵感，对我来说，酒只是一份温馨、一种回忆，是陪伴我眺望时光流逝的妙龄女郎。我还发现，人处于幻想状态时酒量会倍增。

九点一刻，列车准时离站。经过立交桥上方时，看见密集的灯光像湍急的流水一样呼啸而过，这座城市简直就像是一座巨型炼钢厂，丝毫看不出来，两个月前这里刚刚发生过一次强烈地震。大概洛杉矶人灾难见多了，早已具备很好的应对能力，倒是在文化方面颇有欠缺。洛杉矶是世界电影之都，却不曾为美国贡献过一位像模像样的作家，从这个意义上说它又是一座文化沙漠，怪不得近年来连一些好莱坞明

洛杉矶联合火车站

星也纷纷移居纽约。

　　为了第二天有精神游览大峡谷，我特意花70美元买了一张卧铺票，在以后的几个月里，我将在北美的火车上度过20多个昼夜，相当于大学9年全部旅行的三分之一，而今晚是唯一一次奢侈的享受。美国的长途客车都为双层，6个卫生间设在楼下，我的包厢里有两个铺位，另一张床空着。我把灯熄灭，这样可以使头脑处于一片虚无之中。车轮和铁轨的撞击声犹如钟摆，既能催人入眠，也能使人清醒。

大约午夜时分，我们到了小镇巴斯托，"沙漠之风"从这里分离出去，几天前我们去维加斯的路上也曾在此地稍歇。那以后，我在一片新鲜的土地上睡着了，我做了一个梦，梦中我站在了大西洋岸边，一个巨浪扑打过来……醒来时已经到了亚利桑那州，晨光照射在玻璃窗上，形成一个扇形的聚光点。火车在森林中行进，看不见一丝人烟，远方山巅的积雪，像白色的金字塔。

我起床，洗漱完毕，来到了隔壁的餐车，女招待见我独自一人，便问我是否愿意与人共进早餐，我点头同意。她把我领到一对老人面前，我们互相道了早安，并做了自我介绍。乔治是宾夕法尼亚的一位退休工程师，她的太太裘迪是个家庭主妇。没想到的是，乔治和裘迪也是第一次乘坐长途火车，由此可见，火车在美国早已不是主要的交通工具。乔治夫妇刚刚到洛杉矶看过女儿一家，现在准备去大峡谷。

与中国一样，美国火车上的饭菜又贵又不好吃。可今天是第一餐，卧铺车厢的乘客又是免费享用，咖啡、吐司、煎蛋，我吃得津津有味，热情的交谈差点使我错过一次写作的时机，法国诗人阿波利奈尔在长诗《地带》中告诫说：

这是你早晨的诗歌而报纸是你的散文

果然，窗外的随意一瞥给了我灵感：

一条小路从左边伸出

　　像我握叉的那只手臂

这样的诗句纯粹是信手拈来，并非像有些时候那样拼命想把某种精神
投射到相似的形象上，后一种努力往往是徒劳的。几个月以前，我在
那首《序曲》里曾写道：

　　诗是掺和了记忆的一个个圈套
　　等待为之怦然心动的人和事物

2

　　早上 7 点 25 分，火车正点到达弗拉格斯塔夫，这是铁路沿线离大
峡谷最近的城市，以旅游业为主要工业，相当于安徽黄山附近的屯溪。
我启程前已订好著名的假日旅店的一间客房，一下火车便和另外几位
旅客一起被旅店派来的小面包车接走。登过记，安置好行李，司机又
把我们送回到火车站，一辆开往大峡谷的大客车正要出发，一个小时
以后我们就到了举世闻名的科罗拉多大峡谷。

　　科罗拉多（Corolado）是美国一条大河的名字（胡佛水坝在大峡
谷的下游），它在西班牙语里的意思是红褐色，后也用来为源头的州命
名，它的入海处却在墨西哥境内的加利福尼亚湾。科罗拉多河流经亚
利桑那州的西北部，有一段 200 多英里长的奇异景观，两岸悬崖、峭
壁、险峰比比皆是，各种花岗岩、片麻石裸露在外，色彩纷呈，在阳
光下变幻莫测，十分迷人。我在修有栏杆的悬崖边徜徉，劲风吹动着
灌木丛，一只可爱的松鼠从崖缝中钻了出来，挺直起细长的腰杆，亲
吻我的手指。我结识了一位来自京都的日本男孩小林秀雄，他的父亲

是日本驻美国大使馆的外交官，他去了一趟华盛顿之后，便乘坐灰狗在北美东奔西跑。

　　我们两人一起随人流往谷底走，一路都是土路，迂回曲折，据说美国人不喜欢走石阶。游人络绎不绝，望不到尽头，像是中国电影里的一个镜头，一支游击队正在向山下进发，不过眼下这支队伍来自全世界。大约走了个把小时，忽见路边一块牌子上写着：此处高出河面约 1500 米，如果没有带足够的干粮和水请不要再往下走。我一下子愣住了，从这里到科罗拉多河往返一趟比上下五岳或黄山都要艰难，况且此时日头已微微偏西，我决定返回山顶，而小林秀雄却早有准备，他打算在山下旅店过夜。

　　我们只得就此分手，小林说大学毕业以后会来中国旅游，届时一

委婉曲折的科罗拉多河

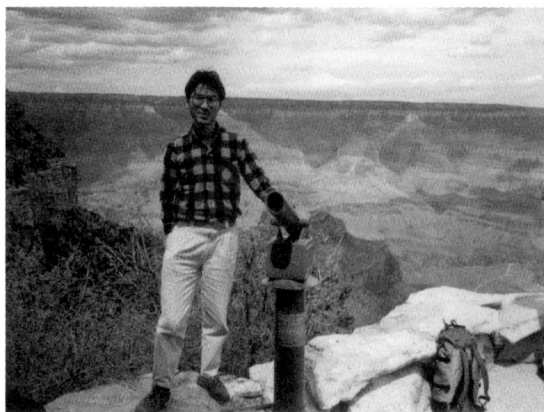

俯瞰科罗拉多大峡谷

定来杭州看我。当我回到山顶，只见乔治和裘迪依偎在栏杆旁，正是黄昏时分，在夕阳的映照下，远处的崖石看上去格外多姿多彩。原先我以为假日旅店会像电影里那样富有情调，结果根本不是，唯一有点感觉的地方是大门外的露天热水池，几个小孩在那里戏水。毕竟，假日旅店在美国只是大众旅店。

这是一个孤零零的夜晚，我躲在房间里看电视，却意外地获悉有着传奇经历的苏联作家索尔仁尼琴在流亡美国多年后获准返回莫斯科，我不禁想起另一位先期回国的美籍乌克兰钢琴大师霍洛维茨，这位年近九旬的老人坐在钢琴前简直就像一位天使，他尤其擅长肖邦和舒伯特。可是不知道为何，我对俄罗斯诗歌始终没有特别的兴趣，哪怕是曼德尔施塔姆*，我记得美国诗人华莱士·斯蒂文斯在《夏日的变奏》

---

* 曼德尔施塔姆（1891—1938）成年后没离开过苏联，死于海参崴附近的转运营；霍洛维茨（1903—1989）年轻时便移居美国，客死纽约并葬在岳父托斯卡尼尼的意大利家族墓地；索尔仁尼琴（1918—2008）56岁被逐出苏联，流亡20年后返回祖国，死于莫斯科家中。

一诗中意味深长地谈道：

> ……月亮跟随着太阳，像一位
> 俄罗斯诗人的作品译成了法文

翌日早上，我犯了一个不可饶恕的低级错误：误了火车，原来我只注意今天是夏时制的开始以及时区的变更（从太平洋时间变成山地时间），却没留意火车时刻表也作了相应调整。我赶到车站时已经没有乘客，只剩下一位工作人员（也是站长），他告诉我"西南主线"半小时以前就开走了。这是一个悲伤的时刻，这条铁路每天仅有一趟东去的客车，我想拦截门外马路上行驶的汽车，但站长告诉我前方地势起伏不平，火车速度更快。当他说起明天的"西南主线"有可能满员时，我几乎绝望了，因为我了解长途 Amtrak 和灰狗一样全都对号。

我怏然不悦地回到旅店，路上被我用电话召回的那位司机也显得无精打采，他知道误了火车的乘客是很难给小费的。这是一个艰难的日子，我体会到了度日如年的感觉，头脑里突然冒出两行诗句：

> 她在自己母亲的婚礼上
> 啜饮着一杯香槟酒

虽然气温仍然很低，窗外却是阳光明媚，高原上的云低低的，汽车满世界奔跑。晚餐时我遇见一位母亲领着 3 个孩子，她不同凡响的气质引起我的好奇，我问她是否是家庭主妇，她笑着点了点头，接着又说，她曾在芝加哥大学取得经济学博士学位。

　　愉快的交谈给了我许多安慰，我忽然想起12年前的那个夏天，我在萧甬线上第一次误了火车，结果却遇见初恋的女友。10点整，我料定"西南主线"已经离开洛杉矶，便给车站打了电话，站长说明天他会帮我弄上车去的，我这才放下心来，但我已买好的从芝加哥往返纽约的车票只能作废了，我必须要放弃去纽约旅行的计划吗？

我终于又乘坐上"西南主线"。亚利桑那州只有200多万人口，面积却相当于两个山东省，这里是美国西部粗犷地貌的典型代表。从弗拉格斯塔夫向东人烟更加稀少，与前方主要车站阿尔伯克基距离350英里，中间只有两个小站。间或可见一块块突兀的岩石露出地平线，宛如几滴沾在法国吐司上的番茄酱，这就是我们在西部电影里常常看见的风景了。Arizona一词来源于印第安比马语arizonac，意为小泉，在西班牙语里省略了c，据说这个泉现在墨西哥境内。

从车窗两侧望出去，水仍然十分奇缺，我试着用诗歌来描述，"枯草在去往天国的途中／等待一场春天的雨水"，"一座无人经过的铁桥／显露出一条干涸的河流"，或者：

　　一个蓄满水的湖泊带来的惊奇
　　逊色于黄昏时分白桦林的美丽

第一颗原子弹试验地，洛斯阿拉莫斯

　　进入新墨西哥以后，土地的颜色愈来愈深，路旁的石块碎成了片断，高压电线自北向南，通往德克萨斯的埃尔帕索。没过多久，窗外意外地出现了一片广袤的草原，奶牛在富饶的牧场里打盹，日复一日，消磨着时光。午后两点，火车到达新墨西哥最大的城市阿尔伯克基，站台上有许多印第安人摆设的货摊。阿尔伯克基是西班牙驻北美和中美的第一任总督的名字，更为古老的是东北方向 100 公里处的州府圣塔菲。

　　圣塔菲系西班牙传教士于 1609 年所建，是欧洲人在密西西比河以西设立的第一个殖民地，虽然 Amtrak 并不经过圣塔菲，这条铁路却以"圣塔菲"命名。新墨西哥的人口只有亚利桑那的一半，面积却又多出两万平方公里，这里的铀产量居各州之首，因此很自然的成为美国的核工业基地，南部的小镇洛斯阿拉莫斯以制造出世界上第一枚原子弹闻名。后来我在蒙特利尔了解到，我的一位大学故友就在洛斯阿拉莫斯实验室工作，我想他将来是很难回国了。火车往东偏北方向行驶，经过另一座叫拉斯维加斯的城市，景色有了新的变化：

> 一场森林大火留下的遗骸
> 对未来更具启示的意义
>
> 恰如一个批评家脱去外衣
> 而露出诗人的本来面目

将近黄昏时分，火车驶进了科罗拉多州，我们路过的只是它的东南一隅，这里是落基山脉的分支，火车缓慢地在山坡上爬行，夕阳一会儿从左侧移到到了右侧，凌乱的石块、灰草和红土，积雪比云彩还要高，放学的儿童乘坐吉普，在没有编号的公路上行驶。科罗拉多是加利福尼亚通往芝加哥的必经之地，我在往后的旅行中还要多次路过，这一回只是打个照面而已，3个半小时后我们就出了州界进入了堪萨斯。钟表又向前拨快了一小时，即由山地时间变成了中部时间。

Kansas 源于印第安苏人的语言，Kansa 意为刮南风地方的人，法国人在词尾加上了 s，变成了名词复数。堪萨斯是美国大陆的地理中心，也就是说，从西海岸到东海岸的旅行到这里走了一半。火车上第二个夜晚的感受与第一个夜晚真是不同，第一个夜晚主要是新鲜感，第二个夜晚更多的则是对夜晚本身的感受。"黑夜的羽毛笼罩着大地／双足踩着河上圆圆的卵石",漆黑的夜幕使我们无法分辩窗外的景物:

> 只有夜晚才能使你看清自己
> 除了夜晚我们依恋的还有什么
>
> 夜晚是我们的扶手和床榻
> 是我们的医务人员

翌日早晨天刚蒙蒙亮,火车停靠在密苏里的堪萨斯城车站,堪萨斯城位于两个州的交界处,密苏里河和堪萨斯河也在此汇合。密苏里河习惯上被称作密西西比河的最大支流,原因是其流向与密西西比河垂直。实际上,这是一个地理学的误会,因为从长度来看,密苏里河才是主流,6262公里的总长就是从它的源头算起的。堪萨斯城是"圣塔菲"铁路线上唯一一座比较大的城市,"西南主线"在此停留20分钟,再往前,就是以芝加哥为首的"五湖工业区"了,那是美国的经济和文化心脏之一。

密苏里之所以可以纳入以芝加哥为中心的文化圈，我们且举几个美国历史上的大作家为例，首先是马克·吐温★，这位幽默大师于1835 年出生在密苏里州的佛罗里达镇，在密西西比河边的小城汉尼拔（Hannibal）长大，21 岁那年，马克·吐温乘船沿密西西比河南下去新奥尔良，向往着从那里转道去巴西，他在船上结识了一位老舵手，跟他做了一年半的徒弟。20 年以后，他以童年生活和当水手的经历写成了小说《哈克贝里·费恩历险记》。"这是我们所有书中最好的一部，"欧内斯特·海明威后来这样评价说，"所有美国文学都起源于这本书。"

从汉尼拔沿着密西西比河向南大约 70 英里，就到了密苏里的第一大城市圣路易斯。在《哈克贝里·费恩历险记》出版后的第四年，这座城市 10 个月内诞生了两位伟大的诗人：玛丽安娜·莫尔和托马斯·艾

★ 马克·吐温（1835—1910），美国作家，晚年所著长篇自传因涉及与女秘书的隐私，嘱托死后一百年方可出版。

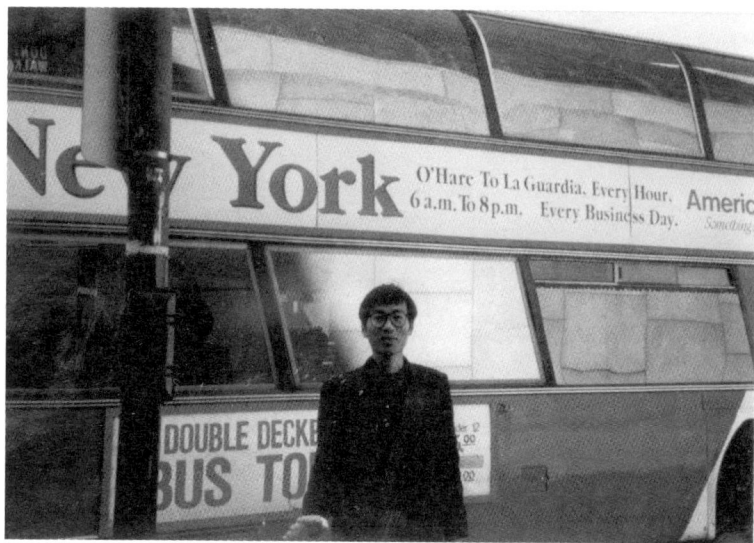

漫步芝加哥街头

略特。艾略特在这里生活了 17 年，离开故乡 30 多年以后，已经加入
英国籍的诗人重又回忆起少年时代的往事，以及故乡的这条河流。他
在晚期的杰作《四个四重奏》之三《干燥的萨尔维吉斯》里写道：

> ……起初人们只是把它看作一条边界
> 有用，但不值得信赖，像一个运输商

在密苏里、艾奥瓦和伊利诺伊三个州的交界处我第一次见到了密
西西比河，这是我孩提时代就听说了的河流，清澈的流水和窄窄的河
道让我想起兰州的黄河。火车沿着密西西比河河岸走了一会儿，在唯
一的艾奥瓦小站麦迪逊堡作了短促的停留，即穿过一座铁桥来到伊利
诺伊。伊利诺伊地势平缓，人口 1000 多万，仅次于加利福尼亚州、纽

约、德克萨斯和宾夕法尼亚，是中部第一大州。Illini 在法语里意为完美无瑕和有才艺的人，Illinois 即优秀的部落。

火车继续沿河行进，一场洪水留下来的树林，包围了一座白色的教堂。在格尔斯堡我们与"沙漠之风"再次相聚，但很快又分开了。列车播音员用温和的语调告诉我们，格尔斯堡是卡尔·桑德堡的出生地，这位 32 岁才发现自己写作才华的诗人在一首诗中称芝加哥是"世界的屠宰场"，他的另一首描述芝加哥的诗《雾》只有 6 行，经常被选入各种诗集，据说是"按字数计算稿费拿得最多的美国诗"。桑德堡也是阿尔伯特·林肯的传记作者，林肯虽然出生在肯塔基，但他在 25 岁时就当选为伊利诺伊州的议员，他也有和马克·吐温一样在密西西比河上做水手的经历。

在火车到达芝加哥之前，我们还有 3 个小时的时间，我和邻座刚上车的少女攀谈起来，她叫劳拉，与 14 世纪意大利诗人彼得拉克的缪斯、小乔治·布什总统夫人同名。劳拉的家乡在靠近威斯康星的洛克福德，现在迪卡尔布的北伊利诺伊大学艺术系读书。劳拉美丽端庄，彬彬有礼，言谈举止明显与其他美国女孩不同。后来我了解到，劳拉很小的时候父亲就离家出走了，母亲无法继续供养她上学，她只得半工半读。劳拉送给我一幅她画的小画作纪念，画中一个赤足的男孩正俯身捕捉一只螃蟹。这不由使我想起葛尔维·肯耐尔*的诗《第一支歌》，

★　葛尔维·肯耐尔（Galway Kinnell，1927—），美国诗人，曾于 1983 年访华。他说过，假如有一天世界看似完美无缺了，那样也就无人可以写出诗歌了。

马克·吐温漫画像（1908，名利场）

诗的开头是这样的：

> 那是暮霭时分，在伊利诺伊，一个小男孩，
>
> 运了一天粪，伏在篱墙上，
>
> 一个瘦瘦的小家伙，困乏得想哭。

我在许多年以前初读这首诗时就喜欢上了肯耐尔，尤其是他的七节诗《熊》，宗教意味浓厚，体现了诗人内心崇高的感情，是我读过的最优秀的诗篇之一，而我至今对这位诗人的生平了解甚少。

　　4月6日下午4点，"西南主线"终于抵达了目的地芝加哥联合火车站，这是北美最大的车站，出乎我的意料，它建在地下，顶上是一片摩天大厦。依照 Amtrak 的规定，芝加哥和纽约都属于美国的东区，从弗雷斯诺往返这两座城市的票价相差无几，故我干脆事先买了去纽约的车票，倘若前天早上我不误点，现在该到纽约了，我原计划是在那里做5小时的停留。虽然车票在一个星期内仍然有效，但我不想错过后天上午在厄巴纳开幕的数论会议，没办法我只好把纽约之行推迟到夏天。很快我通过免费电话咨询找到车站附近的一家假日旅店，条件不如弗拉格斯塔夫的那家，价格却高出一倍，谁让我是在芝加哥呢？

5

芝加哥位于伊利诺伊州的东北角，濒临密歇根湖，是美国乃至全世界最大的湖港和铁路枢纽，长途 Amtrak 有三分之二是从这里出发或作为终点。它的周围是美国中部开化得较早的几个州——伊利诺伊、印第安纳、俄亥俄和艾奥瓦，一个多世纪以来芝加哥一直是仅次于纽约的美国第二大城市，直到近些年来洛杉矶和旧金山的崛起才使它的经济和文化地位动摇了。

芝加哥是一座内陆城市，在上个世纪末，在波士顿的衰微和纽约的兴盛之间有一段间歇，芝加哥正是利用这个时机和纽约一起双双崛起。从 1893 年约翰·洛克菲勒捐赠 260 万美元创办芝加哥大学，到 1974 年西尔斯·罗巴克公司在怀克大道上竖起 443.2 米高的总部大楼，芝加哥一直是美国人瞩目的焦点，现在人们的热情又转移到芝加哥公牛队和迈克尔·乔丹身上了，虽然乔丹本人这个赛季暂时把他的热情转移到棒球上。

洛克菲勒是石油大王，被认为是美国历史上最富有的人，他在大萧条之前的资产是 9 亿美元，按照 2001 年的币值，高达 2000 亿美元，而该年世界首富比尔·盖茨的资产仅为 587 亿美元，他活到了 98 岁高龄，其中 41 年是在退休以后度过的。洛克菲勒把他的大部分财产投给慈善事业，"我最好的投资就是芝加哥大学"。这所大学的校训是"提升知识、充实人生"，其学生和教授中有近 90 位获得诺贝尔奖，包括物理学家费米、杨振宁和李政道，后者也是浙大校友。

在文化领域，芝加哥也曾一度可以与纽约相抗衡，1899 年 8 月 1 日，还在哈佛大学求学的华莱士·斯蒂文斯在日记中写道："现代精神是那样地芝加哥化，那样地明显，那样地无须人们思考。"1900 年出版的小说《嘉莉姐妹》虽然只为它的作者西欧多·德莱塞带来 68.4 美元的稿费，却为美国文学开辟了一个新的天地。之后芝加哥又接连贡献出了小说家舍伍德·安德森、厄普顿·辛克莱和辛克莱·刘易斯，这几位以及以卡尔·桑德堡为首的芝加哥诗派都在美国现代文学史上占有重要的地位。

除此以外，还有哈丽特·门罗小姐编辑的《诗刊》，这份小刊物得到了芝加哥一批有文化修养的资产者的资助，一度成为美国现代主义运动的前沿阵地。1915 年，门罗小姐在她的海外编辑艾兹拉·庞德的一再坚持下，在《诗刊》上率先发表了 T. S. 艾略特的第一首重要诗作《J. 阿尔弗莱德·普鲁弗洛克的情歌》，在此以前庞德已把叶芝等人的诗歌介绍到芝加哥。

7 日上午 10 点，我首先步行来到旅店附近的西尔斯大厦，过去 20 年来它一直是全世界最高的摩天大楼。我花 6.5 美元买了一张门票，排

登临西尔斯大厦顶楼

队乘电梯来到顶层，只见整个芝加哥一览无余，东面一侧就是浩渺的密歇根湖了，晨雾尚未散尽，犹如浴室里的水蒸气弥漫了大玻璃，我甚至想起了马赛尔·杜尚的同名画作，萨姆·亨特在评论这幅著名的表现色情主题的现成艺术品时谈到，独身生活往往是同创造性的心理失常有关系的。

我在闹哄哄的人丛中逗留了片刻，即乘电梯下楼，之后漫步走向湖滨大道。在 19 世纪 80 年代，30 岁出头的波兰青年亨利克·显克维支在游历了西欧之后来到美国，他也在芝加哥逗留了一天。这位东欧历史上第一位获得诺贝尔文学奖的小说家在致友人的信中，对芝加哥作了这样的描述：

密歇根湖边的海军码头。作者摄

　　……它规模宏大，令人钦羡，它的街道都是超乎寻常的宽阔。

　　……人行道高高地突起在街道的水平线之上，人行道的宽阔和用来堆砌的石板之大都令人惊奇。

而我眼前芝加哥的街道除了整洁有序以外似乎与我们杭州的街道不相上下。

　　芝加哥素有"风城"的别号，虽然已经是4月，这一天的阳光又非常好，气温却不到20摄氏度，街上的行人寥若晨星。比较《今日美国报》上的世界城市气象图，芝加哥今天是全球最冷的大城市，我一时无法相信，要知道这里的纬度不到42度，大约相当于罗马城：

> 我付给芝加哥一张旅行支票
> 却受到比莫斯科更冷漠的欢迎

我记得当时确有一位重要人物抵达俄罗斯，却想不起来是哪个国家的元首了。

整个下午我在湖边徜徉，很难想象，把30多个太湖放在一起的水域究竟有多宽广。那时我尚未到达里海，这个介于俄罗斯、阿塞拜疆、伊朗、土库曼斯坦和哈萨克斯坦5国之间的咸水湖面积相当于170个太湖。我让时间溶化在碧蓝的湖水里，是一个湖养育了一座城市，而这个湖和城市对我来说都是一样的陌生。帆樯林立，从加拿大吹来的寒风，在宽敞的滨湖大道上与满街行驶的汽车进行着百米赛跑。"城市是一片湖水／房屋是一片湖水／天空是一片湖水"，我把手伸入湖中，湖水冰凉刺骨，说实话，芝加哥对我来说并没有特别值得留恋的地方：

> 我用假日旅店的窗玻璃测量
> 西尔斯大厦不及我的手指高

晚上 7 点 30 分，我乘坐"新奥尔良"号离开芝加哥南下，这只是
两个多小时的短途旅行，相当于从杭州到上海，美国的 Amtrak 虽然
远远不如我后来乘坐过的日本新干线或法国高速火车，但比起那时候
中国的特别快车来还是稍许走得快一些（与现在的高铁则无法相提并
论）。伊利诺伊大学位于双城尚佩恩 – 厄巴纳，有 3 万多名学生，在该
州的地位仅次于芝加哥大学，它的图书馆藏量在美国名列前茅，甚至
可以与国会图书馆媲美。

数学系的印度籍博士生哈里在站台上迎候，因为时间比较晚了，
我不想参加在一位教授家里举行的欢迎酒会，哈里开车把我直接送到
学校附近的一个旅馆，并给了我一份会议的日程表和与会者名单。这
是一个有冰箱和灶台的客房，可供小住数月的访问学者使用。我打开
写字桌上的台灯，一个十分熟悉的中国名字映入了我的眼帘：楼。楼
是我的大学老师，是他和他的夫人姚老师发现了我的数学才能，并把
我推荐给我后来的导师潘承洞，一位大名鼎鼎的数论学家。我因此放

厄巴纳伊利诺伊大学

弃了我大学时的专业控制论而改攻数论，直到如今。

　　显然楼老师也注意到了我的到来，第二天上午开幕式之前他找到了我，师生十几年没有见面了，自然有许多话要说。因为年轻时一场致命的大病而变得肥胖的楼老师尽管年过半百，谈锋却依然不减当年。他自幼天资聪颖，中学时代曾获得上海市数学竞赛的亚军，他和姚老师都是当年复旦大学的高才生，他们的独养儿子捷则青出于蓝而胜于蓝，不仅赢得了上海市的冠军，而且在他们全家移居加拿大以后又夺得了北美洲中学生数学竞赛的冠军，楼老师随身携带着一张刊登有捷照片的英文报纸，捷甚至成了加拿大人的骄傲。

　　两位老师大学毕业时正碰上"文化大革命"，这场劫难结束时他们在济南缝纫机厂当工人，楼老师通过潘师的一位牌友的引见得以认识了酷爱桥牌的数学家，为此他不得不突击学会了这门技艺。我可以想象，楼老师是如何迫不及待地在第一次桌上较量之后就亮出了底牌，在潘师面前发表他对黎曼猜想零点密度估计问题的见解。潘师爱才心切，当即表示要把两位老师调进山大。不料工厂头头得知后不肯放人，说既然会算数目那就在厂里做会计吧，最后还是潘师通过省里关系才搞定。

　　简短的开幕式之后，学术报告开始了，由于厄巴纳附近缺少风景名胜，且是例行年会，与会者并不多。会议不分组，我的报告安排在第二天上午。中午我和楼老师到街上的麦当劳吃了顿快餐，在付账这个问题上我们之间又发生中国人经常有的小争执，我是他的学生，而他是东道主。楼老师十年前从上海的一所大学来伊大访问，继而得了个博士学位，此后在加拿大新苏格兰省的哈利法克斯找到了工作。

楼老师依然充满了青春的活力，不仅在谈话方面，他带我参观了伊大的校园，我对学生会大楼陈设之豪华颇感意外。随后我们来到图书馆，找到位于地下第四层的中文书库，这个地点本身就让我吃了一惊，楼老师在一堆线装书中翻出一套清代的黄皮书，这套书记载了清代各个年代的进士名录。楼家祖上在清朝就出了4位进士，楼老师的爷爷更是中了状元。我对这个200多平方米的中文书库十分好奇，果然有几位从北京和南京来的访问学者正在这里查阅古代中国的有关资料。

当晚我们和所有与会者一起出席了哈泼斯坦教授家里举行的酒会，伊大是美国解析数论研究的中心，喜欢抽大烟斗的哈泼斯坦教授则是依大这一领域的首席权威，也是楼老师的又一个恩师，他是人到中年才被高额的薪水引诱到美国的英国数学家之一。哈泼斯坦教授是第一个认可陈景润有关哥德巴赫猜想方面工作的外国数学家，并在他的名著《筛法》里冠之以"陈氏定理"。7年前他应我导师的邀请来到山东大学讲学，曾用一本美国侦探小说和我交换了英文版的鲁迅散文集《野草》，我惊讶70高龄的老教授对此事记忆犹新，他的夫人是一位画家。

酒会结束之前，我送给哈波斯坦教授夫妇一份由房东吉姆翻译的诗歌《芙蓉湖》（*Lotus Lake*）打印件。据我的师弟展涛教授（曾先后担任过母校山东大学和吉林大学的校长）所言，一年以后他飞赴伊利诺伊大学出席为庆祝哈泼斯坦教授退休召开的学术会议，在教授家的酒会上见到我的这首小诗依然张贴在客厅里。2014年初，当88岁的哈泼斯坦在伊利诺伊家去世的消息传来时，我才了解到他的身世。哈泼斯坦是斯洛伐克人，12岁搭乘运载儿童的难民火车，由布拉格抵达伦敦，他从此归化为英国人，并于1980年抵达美国。这首诗的汉语原文如下：

芙蓉湖

一次我驾舟在芙蓉湖上
一位少女在岸边沉入遐思
她夏装的扣眼里闪烁着微光
我驶近她，向她发出邀请

她惊讶，继而露出了笑容
暮色来到我们中间，缩短了
万物的距离。一颗隐微的痣
比书籍亲近，比星辰遥远

此诗作于1992年夏天，芙蓉湖是厦门大学校内的一个湖，而厦大是数学家陈景润的母校。遗憾的是，我忘记告诉哈泼斯坦教授这一点了，否则他一定更珍惜这首诗了。酒会结束以后，大卫开车把我送回了旅馆，这一天正好是周末，我感觉意犹未尽，便独自信步向校园方向走去。厄巴纳是一座大学城，城市的一切都是为大学服务的，这与弗雷斯诺州大截然不同，后者的一切是为了城市服务的。不过弗雷斯诺附近 100 英里内有 3 座国家公园（这在美国的大学是绝无仅有的），离开蒙特雷海湾也只有 3 个小时的车程，每逢周末校园里冷冷清清的，叫人想起中年移居纽约的英国大诗人奥登的诗句：

……和那些头脑空旷得

像八月的学校的……

但在尚佩恩－厄巴纳，周末学生们无处可去，于是大学城变成了跳舞城。老远我就听见了附近的街道上传来了节奏强劲的迪斯科音乐，只见设计得五花八门的舞池星罗棋布，我走进一间木制的房屋，双层的舞池像是越战时期美军士兵的瞭望所。这间不足 50 平方米的小屋，竟然容纳了一百多位狂舞的男男女女，在这里我第一次目睹了性别的紊乱现象。我与一位穿红裙子的墨西哥女孩对跳了一阵子，终于不堪忍受机械的往复运动而返回旅店。

第三天会议继续进行，上午我作了一个关于任意数域理想集上的加性函数的报告。标题有点抽象，恕我不在此处解释了。在全部报告结束后，楼老师把我领到了尚佩恩的一位牧师家里，这位牧师名叫鲍伯，是斯堪的纳维亚人的后裔，他是楼老师以前的房东。鲍伯一家五口，生活十分清贫，我们在他家吃了一顿便餐。这是我第一次在美国人家里用餐，鲍伯与我聊起宗教，一旁的楼老师声称自己已经是基督徒了。

　　初次与牧师近距离接触，我告诉鲍伯，我对《圣经》没有研究，但是读完了《古兰经》。在我眼里，前者是一部小说，而后者则是诗篇。鲍伯对此也表示赞同，在他的言谈中，有一个比喻给我留下了深刻的印象，就是人与人犹如河流的两岸，唯有通过上帝这座桥才能沟通。后来鲍伯展示给我看，有关这个比喻的插图出现在教会印刷的小册子上。我开玩笑说，单凭这个比喻就可以获得神学博士学位。后来我了解到，这个比喻是由一位欧洲传教士在中国台湾发明的。

7

10 日上午，两天的会议一结束，我立刻踏上了归途，先是乘坐"新奥尔良"号到芝加哥。为了避免走回头路，下午 3 点，我换乘"加利福尼亚和风"去旧金山。这趟火车在很长一段距离与开往洛杉矶的"沙漠之风"连在一起，共用一辆机车。我们一路向西，在过了盖尔斯堡之后，天色渐渐暗了下来，火车将在 6 个小时内横穿整个艾奥瓦州。艾奥瓦是北美金丝雀的故乡，也是美国最大的粮仓之一。

将近午夜时分，火车开到了艾奥瓦的西部边界，这里曾是盛产臭鼬的地区。臭鼬即黄鼠狼，专食鸟类，会捕杀老鼠、田鼠和土松鼠，更以会散发难闻的气味闻名，它的皮能够制成漂亮的皮革，因而十分昂贵。但艾奥瓦的臭鼬身上长满了黑白两色的斑点，不像别的地方那样有许多人捕杀，才得以自由繁殖。据说印第安人吃臭鼬很有胃口，可我却连它的气味都没有闻到，倒是听到了一个有根有据的传说*。

---

* 臭鼬在印第安语里拼成 Shekagua，法国人发音为 Chicago（芝加哥），据说当时法国人热衷于在此地收购名贵的臭鼬毛皮。

美国大诗人罗伯特·洛厄尔曾写过一首诗《臭鼬出来时》，这首诗从幽默到讽刺挖苦，最后达到了洛厄尔所谓的"一种模棱两可的肯定"，诗中有他对臭鼬的细心观察：

> 只有臭鼬们，在月光下
>
> 寻找一口吃食
>
> 它们列队踏步开向大街

这首献给女诗人伊丽莎白·毕晓普的诗成为洛厄尔 1959 年出版的诗集《人生写照》的压卷之作，也是他的作品中被选入集子最多的一首。《人生写照》不仅为洛厄尔赢得了第二年的全国图书奖，同时也揭开了风靡美国的"自白派诗歌"运动的序幕。西方人对鼬所怀的敬意令我着实感动，爱尔兰诗人谢默斯·希尼也在一首冠名《鼬》的诗中写道：

> ……夜复一夜
>
> 我期待她如期待访客

值得一提的是，2011 年 2 月 8 日是毕晓普一白周年诞辰，《空中的词语：伊丽莎白·毕晓普与罗伯特·洛厄尔通信全集》正式上市，厚厚的长达六七百页。我刚好重访新英格兰，在哈佛书店里看到了。翌年岁杪，依据这本通信集改编的戏剧《亲爱的伊丽莎白》在耶鲁戏院首

青年时代的伊丽莎白·毕晓普

演，之后，这出戏在美国名校轮流上演。又过了一年，毕晓普生活了18年的巴西上映了一部她的传记影片《抵达月光》。同年，毕晓普和洛厄尔的生前好友希尼在伦敦去世，而在我乘坐火车游览美国的翌年他方才获得诺贝尔文学奖。时间都去哪儿了呢？

火车驶过密苏里河，就到了内布拉斯加的奥马哈，这里有美国最大的牛市场，往北不远的地方原来是印第安苏人的居住地，他们的部落就叫马哈族。奥马哈实际上是所谓大西部的开始，从地图上看内布拉斯加是美国比较扁平的一个州。但就是这个100多万人口以畜牧业为主的小州，它的大学却赢得了上个赛季全美橄榄球联赛的亚军，这几乎是一个奇迹，要知道美国人酷爱橄榄球，能够进入这项赛事前20名的大学，她的校友和当地的居民都会引以为荣，并成为大学财政的一大收入和吸引中学生的一张王牌。

弗雷斯诺州大的橄榄球队每年在联赛的第20名上下徘徊，这成为这所大学师生唯一的骄傲。我曾经在弗雷斯诺州看过一场与怀俄明大学的比赛，观众们早在开赛前数个小时就来到了体育场外面的草坪上聚餐，那种热烈的气氛丝毫不亚于电视上看到的欧洲五大足球联赛和欧冠联赛。比赛结果，主队以34∶14的悬殊比分战胜对手，那个周末整座城市的居民简直就像过节一样。

当我们抵达科罗拉多的州府丹佛，已经是早上8点多了，窗外雪花飞舞，白茫茫的一片，幸好Amtrak有高效率的中央空调，可以调节斜度的高靠座非常舒适，使乘客们能够在夜晚得以充分休息。美国铁路的轨距与中国的一样，但每排少了一个位子，中间的过道也宽敞一些，相当于如今我们动车或高铁的一等车厢。丹佛是我最早记住的美国城市之一，原因很简单，它与著名乡村歌手约翰·丹佛同名。

隔着过道，我和邻座的一位洋和尚亲遐攀谈起来，亲遐出生于汽车城底特律，地地道道的美国白人。亲遐23岁时就出家到了加利福尼亚北部的"万佛城"，后在当地有名的一所佛学院获得硕士学位，目前"在职"攻读博士学位，这是他10多年来第一次回家看望父母。亲遐会讲一口流利的汉语，一路默读中文经书，吃随身携带的素食，我没有见到他与任何人交谈过。当我问起下次什么时候才能再回家乡时，亲遐神色黯然，回答说他也许永远见不到年迈多病的母亲了。我无意探听他心中的秘密，只是感叹这世上的事无奇不有。

　　火车将在丹佛停留一个小时，这使我们有足够的时间出站吃早餐。再往前，就到落基山脉的中段了，要翻越这座海拔 3000 米高的山脉，需要两辆机车的牵引。尽管如此，从丹佛到格伦伍德泉直线距离不足 200 公里，却走了整整 6 个小时。似乎有过不完的山峰在前方等待，白雪飘飘，美不胜收的风光尽在眼前，据乘务员小姐说，"加利福尼亚和风"往返落基山脉都是在白天，这是铁路公司为了吸引旅客有意安排的，美国的航空业和高速公路非常发达，作为唯一的铁路客运公司Amtrak 的主要服务对象是喜欢观光的旅客。

　　当然情况并不完全如此，车上至少还有几个酒鬼。我在休闲车厢里认识了一位建筑工人比尔，一个不到 40 岁的单身汉，他刚在内布拉斯加的首府林肯干完一项工程，准备回内华达老家休息几天，再转到亚利桑那的图森去做工。他说活是累了点，薪水还马马虎虎。比尔一路不停地抽烟喝酒，醉了就躺倒在休闲车厢的地毯上睡觉。

　　Amtrak 的休闲车厢在列车的中部，楼下是咖啡室，有小卖部，也可以玩纸牌什么的，楼上供人聊天、抽烟、观赏风景或看电视，那高高突起的篷盖是有机玻璃做的。

没有人出来劝阻或与之搭讪，因此当我在众目睽睽之下主动和他说话，他显得特别高兴，一定要买酒给我喝，我拗不过他，只好要了一罐百威啤酒。和比尔的交谈让我感到亲切，弗朗兹·卡夫卡说过："智力劳动把人推出了人的群体。相反，手工艺把人引向群体。"相比之下，体力劳动者本身就在群体之中。

自打经过离落基山国家公园最近的城市格兰比（Granby），火车一直沿着科罗拉多河岸行进。顺坡而下，细小的水流激起的波澜荡漾在河面，没有船只敢在上面航行。入夜，火车在一个小站停靠时喧闹了好一会儿，一位乘客走下站台，他回来时悄声告诉大家，一个酗酒的青年死于车上，我赶紧去找比尔，只见他正呼呼地躺在座位底下睡觉，"一个死了，另一个还活着"，约翰·阿胥伯莱描述纽约街头艺术家的诗句也可以用在这里。我被这件事触动，写了一首《科罗拉多河》：

> 他不曾让你的水波浸润
> 他的尸体搬下了车

子夜时分，火车抵达犹他州的州府盐湖城，美国的州府通常都是不知名的小城市，盐湖城和丹佛却例外，它们是本州最大的城市。著名的 NBA 劲旅犹他爵士队的本部就设在盐湖城，体格健壮的卡尔·马龙被认为是 NBA 球员中最有魅力的一位，当身患艾滋病的魔术师约翰

亚历山大·冯·洪堡塑像，竖立于柏林大学校门口

逊复出时，只有马龙明确表示反对。同时我还想起了查尔斯·巴克利，这位凤凰城太阳队的领军人物也极富个性，他在商业广告片的镜头里表情丰富，令人难忘。巴克利退役以后又在中国声名鹊起也与大嘴和姚明有关，身为解说员的他为此在屏幕前亲吻了驴屁股。

前面提到，因为东面有一座落基山脉，我们注定要在黑暗中穿过著名的大盐湖和大盐湖沙漠。巧得很，在犹他州的西面也有一座内华达山脉，犹他（Utah）一词来源于印第安尤特人（Ute），其含义为山峰之间。每当我和美国人谈起"犹他"和"犹太"在中文里发音几乎一样时，他们都感到非常意外，更为有趣或巧合的是，盐湖城的旧称就叫"新耶路撒冷"。我们在盐湖城停留了70分钟，"沙漠之风"上的旅客从这里与我们告别，他们由另一列机车牵引，向南经过拉斯维加斯去往洛杉矶。

当又一个黎明来临，火车早已经进入内华达的州界。铁轨南侧是大盆地。辽阔坦荡的牧场，肥壮的牛羊吃着青草，燕子低翔在晨曦中，牧人的帐篷和汽车映衬着远山的积雪。再往西，我们见到了洪堡河并与之结伴同行了数个小时，亚历山大·冯·洪堡*是著名的德国地理学家和探险家，他于20世纪初曾来美洲作过考察，洪堡也是1806年支持29岁的"数学王子"高斯出任哥廷根天文台台长的强有力人士之一，

---

* 亚历山大·冯·洪堡（1769—1859）是德国自然科学家和探险家，洪堡奖学金以其命名。其兄威廉·冯·洪堡（1767—1835）则是德国语言学家、哲学家、外交家和教育家，洪堡大学以其命名。

以他命名的奖学金为全世界尤其是 40 岁以下的学者所向往：

　　　一条河流形成的迷雾
　　　阻拦不住列车的高速行驶

　　　唯有太阳从背后追来
　　　将我们赶入一个不期的隧洞

洪堡河最后注入位处内华达和加利福尼亚交界的太和湖，太和湖水质清纯，风景秀美，被称作 lake in the sky（天上的湖泊）。

9

12 日上午 9 点，火车到达雷诺。雷诺是美国著名的三大赌城之一，被戏称为"全世界最大的小城市"。比尔在此下车，我们在站台上作别，合影留念。比尔给了我他父母的地址和电话，说有机会来雷诺可以借住他家，他年迈孤寂的父母一定会欢迎的。我也向他发出邀请，但我知道，依照他目前的经济状况，是不可能有机会出国旅行的。

大约一个小时以后，我们到达了加利福尼亚的 Truckee 车站，去太和湖游览的乘客在此下车。再往前，就是内华达山脉了，在濒临地中海的安达卢西亚也有一座同名山脉，由此可见，又是西班牙人最早来到这里。火车又开始爬坡，这段长达 4 个多小时的山路完全出乎我的意料，现在只有一列机车牵引了，火车比攀越落基山脉时跑得更慢。

午后两点，火车终于停靠在加州的首府萨克拉门托，这个小城市的绿化相当不错，附近的戴维斯有加大的一所分校，铁路两侧的房屋颇有点北非的风格。萨克拉门托河出现在眼前，并与我们相伴了片刻，这条河流发源于加州北部，诗人加里·斯奈德在海上和东方漂泊了 10 年之后，和他的日本妻子玛萨居住在一座叫塞拉的山麓，他们的家是否安置在河边我不得而知。萨克拉门托河向南最后了注入旧金山湾，米沃什的在《拆散的笔记簿》为我们描绘过这条河流：

> 船只，岛屿中间的黑兽，
> 水上和天上灰色的冬天。

　　将近黄昏时分，火车抵达奥克兰，这里是太平洋铁路的终点站，所有的乘客都下车了。我与亲遐和尚在此作揖告别，然后换乘 Amtrak 的专用汽车穿过海湾大桥，这座桥梁有 10 多公里长，大约相当于 5 座金门大桥，其中跨越水域就有 7 公里。桥上的道路畅通无阻，大约 10 分钟后我们就到了旧金山市区。旧金山虽然只有几十万人口，却是一座文化名城，这里既是小说家杰克·伦敦和诗人罗伯特·弗洛斯特的出生地，又是"垮掉的一代"的主要活动地点和著名的旧金山文艺复兴运动的发祥地。

　　很久以后，我从一份资料上了解到，诗人艾伦·金斯伯格曾于 1986 年访问过山东大学。遗憾的是，当时仍在母校就读的我却对此事毫无所知。近郊的伯克利和斯坦福拥有两所世界一流的大学，这一点甚至纽约和芝加哥都比不上。还有迷人的海湾风光和四季宜人的海洋性气候，使旧金山成为美国人最喜爱的城市。虽然连续 7 次毁灭性的火灾和 1906 年的那场大地震夺去了成千上万人的生命，美国人依然对她充满了真情厚意。

20 世纪之初，一位著名的拳击手说过，他宁愿是旧金山巴特里（Battery）大街上一根破裂的灯柱，也不稀罕富丽堂皇的纽约华尔道夫－阿斯特里亚（Waldorf-Astoria）饭店*。爱挑剔的英国旅行者吉卜林**一方面对芝加哥表示了不恭，"看到它之后，我就再也不想看到它了"；另一方面又叹惜说，"旧金山唯一的遗憾是——难以离去"。

可我似乎注定了要在这里作又一次短促的停留，半个小时以后即要乘车南下。我惦记着两个班的学生，明天上午还有两节课。夕阳西下，整个旧金山沐浴在一片柔和的霞光之中，我站在水边的码头上，眺望海湾的另一头：

> 城市像帆船的桅杆一样林立
> 奥克兰，海华德，弗莱蒙特……
>
> 可大海并不偏爱繁华的灯火
> 更愿意在黑暗里摸索，重重地摔倒

---

* 华尔道夫是德国的一座小镇，美国大富豪 J. J. 阿斯特的出生地，他是发明家和科幻小说家，华尔道夫－阿斯特里亚饭店的创建人。1911 年，阿斯特死在"泰坦尼克"号沉船事故，他那怀孕 7 个月的妻子幸免于难。

** 吉卜林（1865—1936），英国小说家、诗人，出生于印度孟买，6 岁回到英国，1907 年获诺贝尔文学奖，迄今仍是获奖者中最年轻的一位。

吉姆庄园的歌咏会。作者摄

将近子夜时分，我结束了长达 8700 多公里的旅行，悄然返回到出发地"吉姆庄园"。我发现，那里似乎比以往更为热闹了。在下一次更为漫长的旅行之前，我要静心地等待两个月。

第三章　天涯海角

春天犹如少女时代一样既美好又短暂，在完全摆脱了严寒的纠缠以后，没过多久夏季那灼热的太阳就从云层后面探出了白色的脑袋。在中国的江南，春天靠雨水得以维持生命，而在干燥的圣瓦莱山谷，多雨的时节却在冬天，我曾有幸亲眼看见一幅奇景，在海拔只有几十米的弗雷斯诺，白云低低地沿着房前屋后飘动，仿佛置身于黄山西海的排云亭。

6月尚未来临，弗雷斯诺的气温已逼近华氏100度*，我的学生们开始复习迎考，虽然他们的数学水平不高，但到我办公室来提问的学生中却没有一个试图探听考卷的内容，考试时也不见有作弊的嫌疑。尽管我降低了标准，仍有6位同学不及格，他们只好等将来再重修了，

---

* 约为摄氏37.8度。华氏由荷兰人华伦海特（Fahrenheit）于1714年制定，通用于英语国家；而摄氏由瑞典人摄尔西乌斯（Celsius）于1742年制定，通用于采用米制的国家和科学研究。

作客波克别墅。芭芭拉摄

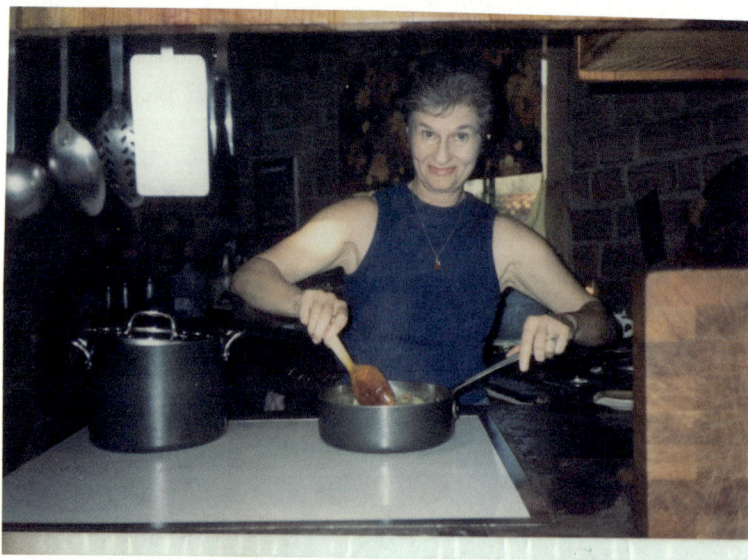

厨师芭芭拉。作者摄

比起全校三分之一的不及格率，我班上的学生已经算幸运了，据说高不及格率也是美国大学财政收入的一个来源。考试前一周，教学秘书在我的学生中间进行了一次民意测验，虽然是例行公事，对我来说却颇有意义。我在10个项目上的平均得分竟大大超出了许多正式教师的得分，当然这个结果是在我对学生的成绩做出评分以后才被告知。

5月的最后一天，也即学期结束的第二天，我的同事波克教授邀请我去他的乡间别墅作客，我欣然接受了。在此以前的一个周末，我和系主任腊哈等七八位同事曾应邀前往波克家里度过一个愉快的下午并共进晚餐。波克夫人芭芭拉热情好客，即使用中国人的眼光去衡量也是标准的"贤妻良母"，芭芭拉毕业于哈佛大学，那天她还即席为我们演奏了钢琴，一位男士自告奋勇唱起了舒伯特的《鳟鱼》。

波克的家位于北郊一座小山的顶上，一栋木制的平房分隔成五六个房间，门前铺着细碎的石子路，前院一只风铃轻轻摇响。这里虽然算不上富人区，但在我看来比起洛杉矶的比弗利山庄更加清幽惬意。附近200米以内没有别的人家，波克已年过花甲，一年只上一学期课，他与前妻的3个孩子都已经成家立业，在外地工作，芭芭拉生的小儿子还在北加州念书，通常要到圣诞节才会回来，因此平常家里只有老两口，他们最大的共同爱好是登山，这也是他们选择此地居住的原因之一。

波克把我从城里接回家的第二天早晨，我们驱车前往约塞米蒂国家公园。这是加利福尼亚最有名的风景名胜了，几个星期前我在一份报纸上了解到，去年约塞米蒂接纳的游客人数超过了大名鼎鼎的黄石

食客波克。作者摄

公园，在美国位居第三，名列前两位的分别是大雾山国家公园和科罗拉多大峡谷。大雾山其实并不怎么样，只不过位于人口稠密的东部，在田纳西和北卡罗来纳的交界处，那附近没有别的名山大川。

　　只一个小时就到了公路的尽头，我们弃车步行，头戴太阳帽，腰挂行军壶，芭芭拉在前，波克押后。他们走路的姿势显示出自己是登山的行家，但当我得知他们攀登此山已逾千次时，仍然惊讶不已。一路都是隐秘的小道，没有什么引人注目的景色，间或会遇上一条清澈的小溪，一根横卧的树干成了天然的独木桥。经过两个半小时的跋涉，我们来到了光秃秃的山顶，此处以俗称"冰河点"闻名美国，其名声之大犹如黄山的"光明顶"。只有这时才能领略到约塞米蒂的美丽，好

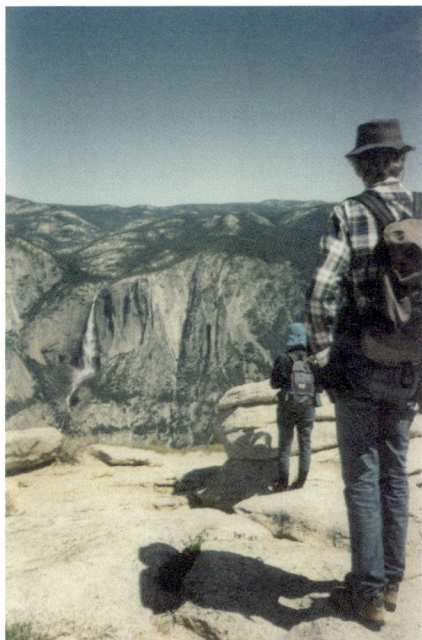

与波克夫妇游约塞米蒂。作者摄

几条白练似的瀑布悬挂在远处，还有一些奇异的崖石，令我忆起家乡邻县的雁荡山，不过这儿视野更开阔，气势更雄伟一些。

夏日炎炎，攀上山顶的游人寥寥可数，我们抄一条近路返回山谷。汽车沿着一条溪流缓缓而行，两岸树木葱郁，几座风格迥异的别墅镶嵌其中，地势渐高，间或可见飞瀑闪过窗外，给我带来一首诗的灵感：

到那边，到那边，到山中
卡门小姐在歌剧里这样唱到

　　我们抵达著名的约塞米蒂瀑布，这是北美落差最大的瀑布，总长2400多英尺，分上下两截，其中上截直落1400多英尺，相当于9个尼亚加拉瀑布。我们在一家意大利餐馆用午餐，看得见风景的窗子设计得特别高。席间我和波克夫妇谈起黄山的秀丽景色，他们听得入了迷。1995年秋天，波克和芭芭拉果真飞抵杭州，还带来了他们的儿子和准媳妇，我们如约陪他们去了黄山。黄山的3天让他们惊叹不已，波克和芭芭拉都认为，这是他们一生见过的最美的景色，此乃后话。此乃后话。4年以后，他们又一次来到杭州，那次我们全家陪他们去了苏州和富阳。当晚我们返回"波克山庄"，第三天早上，波克亲自开车把我送回城里。

弗雷斯诺夏季炎热，州大暑假长达 3 个月。由于我教书有功，外办主任把我的签证延长了一年（后来只利用了一个多月）。一些中国留学生建议去打工攒钱，我就托他们帮我寻找中餐馆。放假了，学生们纷纷涌向餐馆，对他们来说，祖先的"四大发明"不能提供任何实际帮助，但是倘若没有西方人都爱吃的中国菜，大多数人恐怕难以维持生计（尤其是初来乍到时），更谈不上完成学业了。也正因为"中国菜"好吃，世界各地到处都有中国餐馆，中国人的海外生存能力特别强，也导致了中国人的签证特别困难。在外国签证官看来，似乎每个中国人都有海外生存能力和移民倾向。

不过，对于那时一月只有区区三四百美元津贴的中国访问学者来说，利用假期打工也是每位同胞都可以理解的选择，包括我本人在内。只是这时候找活无疑比平常更难，况且我既没有经验，又不会开车，好不容易才发现一家韩国人的餐馆需要侍者，离"吉姆庄园"骑车只需一刻钟，当然是我那辆十档的变速车了。记得那家饭店的老板叫斯蒂普，是一个面目严峻的中年人，会说一口流利的中国话。

　　原来，所谓亚裔美国人基本上都是华人，他们的祖先到了朝鲜半岛、日本或者东南亚的某个国家，经过若干代以后再漂洋过海移民到美国，这些人骨子里已变成韩国人、越南人或马来西亚人什么的，可是饮食习惯仍没有多大改变。虽说头一天我就赚到了 38 美元，但半个

散场后的巴西队员和球迷。作者摄

月的打工生涯实在没有什么值得回忆的，不过是为我将要开始的旅行准备一点盘缠而已。

出发之前，我见到了弗雷斯诺最负盛名的诗人菲利普·莱文，他原本执教于州大，一年前才退休，不过仍保留办公室。我们通过几封信和电话，他并介绍远在芝加哥的华裔诗人李立杨和我认识。令我喜出望外的是，有一天他来我办公室造访。66 岁的他头发早已经花白，中等的身材略显消瘦。莱文出生在汽车城底特律的一个俄国犹太人家庭，母亲是书商，5 岁时父亲便去世了。

乡村（弗雷斯诺）和工业（底特律）是他诗歌的两个主题，有趣的是，我和莱汶都有会见古巴领导人卡斯特罗的愿望，这是在他阅读我的诗歌《美国，天上飞机在飞》时获得印证的，或许，桀骜不驯的气质容易诱发诗人的好感，我们还谈到了长城和科罗拉多大峡谷。我见到莱文那年，他的诗集《简单的真理》出版了，翌年获得了普利策奖。又过了 3 年，我们在美国东海岸乔治亚州的一座小镇爱森斯的一家酒吧里再次相遇，我向他表达了迟到的祝贺。再后来，他又被任命为美国的桂冠诗人。

当然，诗中的卡斯特罗是指哥哥菲德尔，虽说切·格瓦拉更具诗人气质，但他早在 1967 年便已辞别人世。而当 2011 年，菲德尔正式让位给他的弟弟劳尔·卡斯特罗，又一次让世界惊讶。不过，这首诗的标题被用来作书名，却与卡斯特罗无关，而是与美利坚留给我的初次印象，以及那时我少有机会乘坐飞机有关。事实上，20 世纪 90 年代是美国历史上最强盛的年代，刚好处于苏联解体和 9·11 事件之间。

那会儿，球迷们翘首以待的世界杯足球赛正紧锣密鼓，即将首次在美利坚的土地上揭幕。夺冠大热门巴西队分在 A 组，他们早早来到加利福尼亚安营扎寨，先在北部的圣何塞参加了几场热身赛，接着南下来到弗雷斯诺。弗雷斯诺由于接纳了众多喜爱足球的墨西哥移民，在这里安排几场热身赛是顺理成章的。墨西哥队和瑞典队已先期来此亮相，他们以 2：2 握手言和。众所周知，美国人对足球不太感兴趣，他们把橄榄球叫足球 football，而管足球叫 soccer，虽然那场比赛观众爆满，当地三家电视台没有肯转播的，原因很简单，全城大约一半墨西哥人都到现场去观看了。

6 月 12 日下午，巴西队的最后一场热身赛在州大橄榄球场举行，对手是没能入围的萨尔瓦多国家队。这不是一场势均力敌的比赛（很多年以后我到访与中国没有外交关系的洪都拉斯，发现这个中美洲小国有一对双子星城市，就如同巴西有圣保罗和里约热内卢一样），我料定能容纳 7 万观众的球场一定有空座，正巧室友司各特和他的一位朋友要去学校，我便搭乘他的汽车在开赛之际赶到。路上我把美国人对足球的无知着实取笑了一番，他们两人憋了一肚子气。当车子开到体育场的入口处时，司各特在我的屁股上推了一巴掌，便一溜烟开走了，他的同伴还指手画脚地对我做鬼脸。

我整了整西装短裤的后袋，正准备去一旁的售票亭买票，检票员开起了玩笑（他们误以为我是在掏票子）："你的朋友把你的票子藏起来了。"我微微吃惊，忽然又计上眉头，装模作样地继续寻找，一脸镇定自若的表情，我把扑克牌的心理学用上了。结果呢，自然是摸遍了

桂冠诗人菲利普·莱文和他的获奖诗集

所有口袋都一无所获，我叹了口气自言自语说看来我只好重买一张了，两位好心的检票员信以为真，笑着摆摆手说："算了伙计，进去吧。""谢谢！"我当时的得意心情就甭提了。天知道，这是我在访美期间仅有的几次"例外"行动之一。

果然不出我的所料，"独狼"罗马里奥和贝贝托正处于鼎盛时期，穿黄色球衣的巴西队控制了整个比赛的结局，相比之下，苏格拉底的弟弟拉伊已开始走下坡路，1992年丰田杯比赛时他还大出风头，一人包揽了两粒漂亮的进球，为圣保罗队捧得丰田杯立下头功，我的一位朋友戏称他"移动了人墙"。拉伊此次比赛却是作为替补队员上场，尽管如此，他与罗马里奥、贝贝托各中一元，使巴西人令人信服地赢得了比赛。这场球与两年后在北京举行的英格兰对中国队的比赛十分相似，当时英国人也为即将揭幕的欧锦赛练脚，不同的只是后来身为东道主的英格兰被德国人挡在了决赛之外。

许多巴西球迷追随国家队来到了弗雷斯诺，占据了满满一个看台，他们载歌载舞，直到球赛结束以后仍经久不散。拉丁民族的激情是人所共知的，一年一度的里约热内卢狂欢节是全世界规模最大的一个，能赶上2月（巴西的夏天）去一回里约是我一生最大的愿望之一。我被现场的狂热气氛感染，逐级走下台阶，当我越过正在向国内作直播节目的萨尔瓦多解说员，到达离巴西队歇脚5米远的地方，一位警察拦住了我。见此情景，我身后那些巴西球迷们爆发出一阵善意的哄笑，那会儿我感觉自己也成了一名铁杆球迷。

最让我感动的一幕发生在比赛结束以后。随着主裁判的一声哨响，球员们在保安人员的簇拥之下像潮水一样退去，突然之间，我发现一个国籍不明的球迷跑进球场紧随着贝贝托，他一边与心目中的英雄说话，一边弯腰用手摸摸他的小腿，这真令人终生难忘。一年以后我来到巴塞罗那，另一位巴西球星罗纳尔多开始崭露头角，我这才发现，这位未来的"世界足球先生"在整个美国世界杯赛期间（也包括弗雷斯诺的那场热身赛）一直坐在替补席上，只是还没有得到"外星人"的绰号。也就是说，17 岁的罗纳尔多和巴西队的主教练佩雷拉都曾在离我 5 米远的地方。

这场比赛仿佛是特意为我举行的一次壮行，因为此前一天，从万里之外的哈利法克斯寄来了公函，邀请我出席下月初在那里召开的加拿大第四届数论会议。主办单位在我的论文被录用以后，为我提供了部分旅费，我的老师楼博士就生活在那座城市里，他和全家都希望我能在夏天去那里住上一段时间。

3

哈利法克斯位于加拿大的最东端，是新斯科舍省的首府，后者是一座伸入大西洋的半岛，大约在纽约东北方向 1000 公里处，必须要横穿整个美洲大陆才能到达。从各方面因素综合考虑，长途汽车对我来说是最适宜的交通工具，正好灰狗公司*为吸引游客，打出了 68 美元可以去美国任何一座城市的广告。我和波士顿的友人贝岭取得了联系，他邀请我途经那儿小住一段时间。我对波士顿向往已久，同时它又是离新斯科舍最近的美国名城，我计划到波士顿以后再办理签证手续，这差点酿成了一个大错。幸好出发之前，我拨通了加拿大驻波士顿领事馆的电话，得知原来波士顿并不办理签证业务，只有少数几个领事馆如纽约、洛杉矶、休斯敦、西雅图、底特律和布法罗才能办理。我

★ 灰狗公司（Greyhound）创建于 1914 年，而 Amtrak 公司 1971 年才成立。灰狗公司总部原先设在明尼苏达（容易让人想起那里有支森林狼篮球队），目前迁到德克萨斯的达拉斯。

于是不得不临时改变行程，先到洛杉矶取得签证，再从那里去东海岸。

21日上午，司各特开车送我到长途汽车站，当我搭乘一班延误了的汽车抵达洛杉矶时，虹到车站迎接，她正好下班路过，这是我在九个月内第四次来到洛杉矶。当晚我借宿UCLA（洛杉矶加大），天由于假期为老板（导师）加班做实验，身体十分虚弱，神经衰落的毛病又犯了。美国的博士后待遇比较低，他们租的"地震棚"离自由公路不远，彻夜可以听见汽车的轰鸣声。

次日早上，虹开车送我到市中心的加拿大领事馆，down town的停车费特贵，她约好时间来接我，便去做她的事情了。天和虹是一对恩爱的夫妻，他们出国前是上海第一医学院（现复旦大学医学院）的同学，与我见到的大多数老朋友一样，他们很少想到出远门旅行，总觉得在美国以后有的是机会。虹告诉我，他们新近洗了礼，入了基督教，这在已婚中国留学生中十分普遍，当他们在异国他乡养育后代时，也非常需要教会和教友们提供的帮助。我见过简化了的受洗仪式，牧师在众教友面前，将水轻轻洒在受洗人的额上。

这是我第一次在国外申请签证，当天上午可取的承诺让人兴奋，可42美元的手续费外加14美元的快速摄影（我原以为只需在护照上加盖一个公章即可）可谓昂贵。在签证室的门上我还看到一张告示，大意是说，从某月某日起韩国人一律免签证，这一定与韩国近年来经济地位的上升有关系。我的感觉是又悲又喜，毕竟两个小时我就拿到了签证，这在中国往往需要几个月的时间，虽然也是一帮加拿大人，更多的让我看到了一种希望。

作者的第一个加拿大签证

写到这里，我想起一年以后在巴塞罗那参加会议。有一天，我去市中心寻访意大利领事馆，一位能讲几句蹩脚英语的加泰罗尼亚人错把我指引到摩洛哥领事馆。摩洛哥是个北非小国，隔着地中海和直布罗陀海峡与西班牙相望，领事馆里有许多衣着整齐、外表亮丽的女秘书，我成了那里唯一的老外，从一进门那些北非女子就簇拥着我问长问短，这种情景就像中国刚刚开放时引进外资欢迎外商一样，我在诧异之余才发现自己走错了地方，不过那是一个可爱的错误。

当晚我兴致颇高，洛杉矶的几位老友或者来电，或者驱车来看我，半年不见，他们比上一回可要忙多了，尤其是兰，她又怀上了一个孩子。更令我高兴的是，休斯敦火箭队终于如愿以偿以 4：3 击败了纽约尼克斯队，首次赢得了 NBA 总冠军。在我还没有到达纽约之前，我内心倾向于火箭队，并非我预见到有一天姚明会来火箭队。而是因为，我喜欢奥拉朱旺胜于尤因，我发现从尼日利亚来的"大梦"奥拉朱旺一脸冠军相。记得我和三位室友还打过赌，他们都是尼克斯队的球迷，因为除了丹是本地人以外，吉姆和司各特分别来自东海岸的马里兰和新泽西。我们常常在"吉姆庄园"的篮球场上打"半篮"，有时还邀请几位黑人朋友一起玩，我学会了一种叫"三人转"的游戏。

　　在我来洛杉矶的前后几天里，这座城市还接连发生了两起举世瞩目的大事，它们碰巧也与体育有关。一是世界杯足球赛正式开始，在揭幕战上德国以 1：0 小胜玻利维亚；二是前橄榄球巨星 O. J. 辛普森被控犯有双重谋杀罪，随之展开了长达一年多的审讯。令我久久难以忘怀的是，当电视摄像机镜头对准跟随辛普森汽车的警车，缓缓行驶到他日落大道的家时，整个美国都屏住呼吸。高速公路上另一方向行驶的汽车全停了下来，正在现场直播的 NBA 总决赛也被迫切到右下角的小画面里，我感觉到当时所有的美国人关心的只是辛普森会不会在车里开枪自杀。那段时间洛杉矶可是出尽风头，加上此前不久发生的大地震和白人警察殴打黑人事件，洛杉矶似乎有意与纽约抢镜头，怪不得近年来《洛杉矶时报》的印数迅速攀升，大有赶超老大哥《纽约时报》的势头。

4

　23 日午后，天和虹一块送我到 down town 的灰狗车站，这里离联合火车站非常近了，灰狗和 Amtrak 既是一对竞争对手，又是相互依赖的伙伴，它们常常交流乘客，所以在美国大多数城市灰狗和 Amtrak 总是紧挨着。下午 3 点钟，巴士准时离站，车身上画着一只狂奔的大灰狗。不一会我们就上了 10 号自由公路，10 个车道的路面上挤满了各式各样的车辆，井然有序，蔚为壮观，这是全世界最繁忙的公路了，从洛杉矶直达佛罗里达的杰克逊维尔。很快我们又拐到其他公路上，为了打发时光，我开始数数，计算每分钟迎面驶过的汽车，90、80、70……公路上的行车越来越稀少，旁边的村镇几乎绝迹。

　将近 5 个钟头以后，我们来到了拉斯维加斯，有半个小时的停车时间。华灯初上，赌城一派繁荣景象，每个大饭店前面门庭若市，尤其是铁路旁的"海市蜃楼"（Mirage）和新建的"大金字塔"，任何事物只要利用得当，都是大有可为的。但是由于"神奇小子"泰森的入狱，这座城市已经很久没像从前那样风光了。有人下车去买饮料和食品，也有人去站旁的小卡西诺赌上一把。我给在内华达大学工作的两位老邻居挂了电话，因为时间匆忙，我请他们不要到车站来。这类通话和我们身处两地时大不一样，不仅给友人，也给自己带来了惊喜，这是一种"近亲的喜悦"。

　　汽车在茫茫的夜色中进入一片未知的世界，我这个人只要是没有去过的地方，无论使用何种交通工具都不会在意。这条路线接近Amtrak的"沙漠之风"，对我来说是陌生的，我们先后经过了内华达和亚利桑那的一个角落，犹他州在漫漫长夜里过去了。那时候我绝没有想到，没过多少年，中国大地上也有无数乘客在高速公路上过夜。当天空逐渐放亮，我们已经过了科罗拉多州的边界，不知不觉司机已经

新型的灰狗长途汽车

换过两个了。虽然车尾有卫生间，每隔一小时仍会在休息处小憩，而每隔四小时要休整半个钟头，乘客们可以去快餐店里吃顿便饭，也可以从自动售报机里取其所需，我因此即时了解到世界杯的最新消息。

赛前被各国媒体普遍看好的"黑马"哥伦比亚以 1∶3 负于罗马尼亚，而夺标大热门意大利也以 0∶1 输给了爱尔兰。我始终以为，体育消息是对人的肌体和血液的有益补偿，关心体育的人身体要好过那些对体育不闻不问的人。我还发现，美国的长途车司机和乘客一起用餐，他们有时自带食物，我没有看见饭店老板有任何贿赂的嫌疑，更不曾见店主宰客或女郎出没了。到达丹佛以后，连汽车也换了一辆，从西海岸到东海岸到这里走了三分之一，正好是 24 个小时。

又一个夜晚来临，我们继续向东横穿了内布拉斯加和艾奥瓦两州，进入伊利诺伊之后，我真有些感觉疲惫了。就这样我又一次来到芝加哥，已经是第三天下午了，不可思议的是，我们只比预定的时间晚了 5 分钟。为了调剂一下心情，我通过站上的公用电话拨通了设在萨克拉门托的 MCI（美国三家主要长途电话公司之一）中文免费服务部，我利用暗号接通了来自江苏常熟的话务员辛迪。一次业务上的通话使我们有机会交谈，当我得知辛迪毕业于上海华东师大中文系，便提起了她的校友宋琳的名字，果然她是宋琳诗歌的读者，她因此轻而易举地以少量的优惠条件说服我从原来的 AT&T 公司转到了 MCI。

美国的电话公司出于竞争的需要，不断地想出新招鼓励用户"跳槽"，结果吃亏的当然是电话公司自己了，没有比中国人更会利用这一点了。现在轮到我求助辛迪了，我和她寒暄了几句，便请她想法接通波士顿贝岭的家，她冒着被炒鱿鱼的危险帮了我的忙，我告诉贝岭我抵达的准确时间，他表示会到车站接我。真没想到远在巴黎的宋琳在漫长的旅行中助我一臂之力，我的疲劳顿时烟消云散。遗憾的是，我不知道辛迪的中文名字，也恐怕永远没有机会面谢了。这时我才发现，自己就在离西尔斯大厦不远的地方，我又一次靠近芝加哥的心脏，她不愧是北美最主要的交通枢纽。

5

告别芝加哥不久，我们来到了印第安纳，汽车先是沿着密歇根湖的湖岸行驶，首先经过的是芝加哥的卫星城加利（Gary），那是歌王迈克尔·杰克逊的出生地。他的曾祖母是黑奴的后代，并且有印第安人血统，迈克尔在一家9个孩子里排行老七，而小妹珍妮也贵为美国流行乐四大天后，另外三位是麦当娜、惠特尼·休斯顿和玛丽亚·凯莉。那年杰克逊娶了"猫王"的独女丽莎·普雷斯利，这则新闻轰动一时。迈克尔是第一次结婚，而丽莎已经是第二次了，这段婚姻维持了两年。丽莎后来又结了两次婚，其中与演员尼古拉斯·凯奇的婚姻仅仅维持了3个多月。

离开密歇根湖畔，便来到了印第安纳和密歇根的州界附近。一望无际的平原，绿油油的庄稼和郁郁葱葱的树林交替出现，湿度明显增加了。印第安纳是连接美国东部和中西部地区的"十字路口"，从地名来看，这儿是北美印第安人的真正居所，位于中部的州府印第安纳波利斯（Indianapolis）是印第安人最早建立起来的定居点之一，polis 在希腊语里的意思是城市，那儿既有神投手罗杰·米勒率领的 NBA 劲旅步行者队，也有北美洲最大的 F1 赛车场。米勒属于以出色的个人技术见长的一类运动员，他可以是任意一支"梦之队"的一员干将，却永远都不可能统率一支队伍夺取总冠军。

大约两个半小时后我们来到了俄亥俄州，与科罗拉多一样，俄亥俄也是以河流命名的州。俄亥俄河属于密西西比河的一大支流，同时也是俄亥俄与南面的肯塔基和西弗吉尼亚两州的界河。20 多年前，拳王阿里因为不堪忍受白人对自己的种族歧视，把他获得的唯一一块奥运会金牌扔进了俄亥俄河。我在电视里看见阿里时，常常会想起奥拉朱旺，我把他看作是长得更高的阿里。他俩至少有两个共同点：大方脸，说话时身体摇晃。

虽说俄亥俄的面积与印第安纳差不离，人口却要多出一倍，克利夫兰、辛辛那提、哥伦布和托莱多在北美也算得上是大城市了。我们先经过西北部的托莱多，这座伊利湖畔的港口城市名字似曾相识，她也是西班牙中部城市和省名，在古罗马统治时期还曾是国都。据说美国的托莱多因此受到了西班牙文化的影响，就像有时候一个人的取名会对他或她产生深远弥久的影响一样。多年以后，我曾在马德里南部的那座古城度过两个周末，发现那座画家埃尔·格列柯的小城还保留着中世纪的风貌。

从托莱多往北几十公里处就是著名的汽车城底特律，后者位于美国和加拿大的交界处，也是连接休伦湖和伊利湖的水上要道。本来，Detroit 在法文里的意思就是峡地，它是我北美之旅中擦肩而过的最大

詹姆斯对抗姚明，北京
（2008）。取自白宫网站

的城市。我在英国作家狄更斯的回忆录中读到，一个世纪以前，从芝
加哥去纽约必须要经过底特律，那时从芝加哥到此地坐火车需一天一
夜，而现在走高速公路只要三个多钟头。作为美国第五大城市，底特
律是美国梦的体现，通用、福特和克莱斯勒三大汽车公司的总部所在
地。难以料想，它会在 2013 年申请破产保护、房价跌至一美元而成为
最悲惨的城市。

那天，我们的灰狗一路向东，沿着伊利湖南岸去往与底特律隔湖
相望的克利夫兰*，这样在错过底特律的同时，也错过了辛辛那提和州
府哥伦布。前者与印第安波利斯一样，也举办一年一度的网球大师赛，
这是仅次于四大满贯的赛事；后者是俄亥俄州立大学所在地，该校主
编的《数论杂志》（*Journal of Number Theory*）是数论专业的最高刊物，

---

* 罗弗 · 克利夫兰（1837—1908），美国第 22 任和第 24 任总统，他是唯一一位竞
选连任失败后又东山再起的美国总统。

不过我要等到新千年才开始在这家杂志发表文章。事实上，过去的 5 年里，我和我的学生已有 5 篇论文亮相该刊。

值得一提的是，克利夫兰的命名并非为了纪念同名的美国总统（据说共有 7 位美国总统出生在俄亥俄州，但克利夫兰总统却出生在新泽西州），而是与一位名叫克利夫兰的将军有关，这位将军也是克利夫兰城的筹建者。不难想象，近年来战绩不佳的 NBA 老牌劲旅克利夫兰骑士队的命名恐怕也来源于此了。在新千年到来之后，骑士队曾东山再起，他们因为有了"小皇帝"勒布朗·詹姆斯一度成为夺冠热门，可惜最终未能如愿。詹姆斯后来转投迈阿密热队，与韦德、波什组成三巨头成就了两冠王。如今小皇帝又回到克利夫兰，且第一季就杀入总决赛，可惜左膀右臂受伤，孤掌难鸣，再度饮恨，败给了奥克兰的金州勇士。

出人意料的是，我们的灰狗在克利夫兰停留了将近一个钟头，原因是前一段路程开得太快了。一场暴雨过后，带来了一丝凉意，天色很快暗了下来，四周笼罩在一片迷蒙的灰色中：

> ……知道我们迷上了
>
> 那深深的惊奇，我们的故土

这是哈特·克莱恩的诗句（《桥》）。这位从小在克利夫长大的诗人，尽管他的作品风格与故土非常协调，却首先在美国以外广为人知。

克莱恩 17 岁那年离开了家乡，只身前往古巴和法国，他于 1920

年返回美国，定居纽约，成为嗜酒成性的同性恋者。1932 年，克莱恩第一次结婚没多久就发现失败已无可挽回。同年 4 月，他在墨西哥返回美国的旅途中，从奥里扎巴号客轮上投水自尽，年仅 33 岁。

又过一个小时，公路延伸到了宾夕法尼亚。宾州是美国第四大州，关于它的名字的来历，我倾向于其中的一种解释，即 penn 是威尔士语，意为头部和高地，这不仅符合此地的地理特征（宾州多丘陵和森林），同时也意味着她是美国的文化之邦，尤其是 19 世纪末 20 世纪初，这儿简直成了大诗人的摇篮，首先是华莱士·斯蒂文斯和罗宾逊·杰弗斯分别出生在东部的雷丁和西部的钢城匹兹堡，稍后埃兹拉·庞德在温考德镇长大，他后来就读于费城的宾州大学，在那里他结识了威廉·卡洛·威廉斯和 H. D.（希尔达·杜利特尔），H. D. 后来又就读于同一座城市的布林莫尔（Bym Mawr）学院，并与玛丽安娜·莫尔成为同窗好友。

汽车在黑夜中不觉穿越了宾夕法尼亚，接着是小巧玲珑的新泽西州，经过一座叫佩特森（Paterson）的小镇，东方微微露出了鱼肚白。佩特森既是艾仑·金斯伯格长大的地方，又是威廉斯五卷本的长诗《佩特森》的施洗地，这首"把一个人与一座城市相等同的诗"作于战后的 1946 年至 1951 年间。几年以后，金斯伯格的成名诗作《嚎叫及其他》出版时，年逾古稀的威廉斯欣然应允为他"精神上的小老乡"作序。

当第四个早晨来临时，前方的地势更加起伏不平，公路在一片沼泽地和湖泊群之间穿行，很长一段时间里见不到一丝人烟。有一种强烈的愿望呼之欲出，就要到达西方世界最繁华的大都会纽约了，对我来说，这无疑是生命中的一个重要时刻。

6

26 日上午 7 时,终于抵达了曼哈顿岛上的纽约车站,灰狗并不像我原先期望的那样从布鲁克林大桥上面跑过,而是从哈得逊河底下的林肯隧道里钻了过去。我们还来不及浮出水面,就要下车了——车站在地下。我因此没有瞧见曼哈顿岛上的摩天大楼,这是我们在荧屏里经常见到的,看来我只能等到一个月以后重返纽约时再细细浏览了。

大约 8 点钟,我爬上一辆开往波士顿的汽车。我又犯了一个不大不小的错误,10 分钟后它就开动了,而我车票上写着的发车时间是 8 点半,我本该乘坐的那辆汽车将沿着美丽的大西洋海岸行进,我不得不把与大西洋的会面推迟了 3 天。这倒没什么,令人惋惜的是这样一来就绕过了罗德岛——美国面积最小的一个州,那成了我此次北美之旅的一件憾事。直到 17 年以后,这个遗憾才获得弥补,我在罗德岛首府普罗维登斯的布朗大学悠闲地度过了两个星期。

汽车向北沿着偏僻的街道行驶,不一会就到了哈莱姆区,这儿是黑人聚集的地方,又脏又乱不亚于我见过的任何地方。时间还早,路上的行人稀少，司机开足了马力，就像在自由公路上一样。很快我们就出了曼哈顿岛，进入了新英格兰自由公路。右侧是著名的长岛海湾，海面上有薄雾，能见度比较低，我们无法看清对岸的岛屿。

长岛之长令人称奇，相当于从上海到杭州，而它的最宽处也不过30多公里。其实，由于长岛与曼哈顿岛只隔着一条窄窄的东河，在许多人眼里，它已经不是岛屿，而是一座半岛。无论如何，我只能留待下次造访长岛了，那里还坐落着19世纪大诗人华尔特·惠特曼的故里。

恍惚之间，我注意到，灰狗上的乘客全是一些新面孔，自从离开洛杉矶以后，车子已换了4辆，司机换了14个。坐汽车最无聊的就是无法与人交流，就像在小饭馆吃面条一样，热气腾腾的，顾客自个儿忙个不停，哪来闲情逸致与人说话呢。再往前，我们来到了康涅狄格州。康州属于新英格兰六州之一，工业非常发达，但乡村气息更为浓郁，途径一片黑森林时，我似乎听到了马车的铃声：

　　　他乘一辆玻璃马车

　　　驶过康涅狄格州

华莱士·斯蒂文斯在他的名诗《观察黑鸟的十三种方式》里这样写道，我觉得康涅狄格的英文发音悦耳动听，在诗中非常和谐，是其他州名不可替代的。窗外飞逝而去的景色，极像中国的江南，气候也差不多，多雨湿润，夏季炎热，只是这里冬天要冷得多，常常见到大雪封山的

诗人惠特曼故里，纽约长岛

惠特曼纪念馆里的诗人肖像。作者摄

报道，《黑鸟》诗的背景就是在一片雪地里展开的。我乘坐的汽车不也是一辆"玻璃马车"吗？我突发奇想，并为之陶醉。

到达耶鲁大学的所在地纽黑文（也是国际网联大奖赛的巡回站之一）以后，汽车转向正北，像箭一样笔直离开了海岸。经过州府哈特福德时，我见到了清澈的康涅狄格河，原来康州也是因河流得名的，只不过这条河流相对来说比较瘦小。这也符合新英格兰的地理特征，康州的人口只有浙江的十六分之一，面积不足浙江的八分之一，相当于绍兴或宁波：

河在流，

黑鸟一定在飞。

我忽然明白了为什么斯蒂文斯那颗精明的商人脑袋里紧接着又蹦出这样两行诗句，我错过了罗德岛州，却意外地获得了斯蒂文斯的陪伴，应该无悔了。斯蒂文斯后半生的40年一直在哈特福德度过，并担任该城一家保险公司的副总经理。"我是我所漫步的世界"，斯蒂文斯如是说。从哈特福德沿康涅狄格河向南约30公里处，有一座叫哈达姆（Haddam）的小镇，也出现在《黑鸟》诗中的第七节：

噢哈达姆瘦弱的男人

你为什么幻想金鸟？

我们几乎沿着一条对角线斜穿了康涅狄格和马萨诸塞叠加起来的长方形，当汽车进入马萨诸塞州境内时，甚至这个诱人的地名也抵御不住睡意对我的侵袭，我打了一个盹。午后一点，我抵达了本次灰狗的终点站——波士顿。整整70个小时，这是我耗时最久的一次陆上旅行。1991年深秋，我从重庆乘船顺长江而下至上海，曾用了5天5夜。

7

走出波士顿车站，我并没有见到贝岭的影子，虽然我们从未见过面，但至少看过对方的照片。我返回到候车室，耐心地等了一刻钟，一位个头与我相仿的披发男子走近我。不用猜他就是贝岭了，贝岭把他的现任女友爱米向我作了介绍。原来他们刚才将另外一个先期到达的中国人接走了，路上交谈了几句才发现不对劲，于是又把他扔下赶回车站。我们大笑不止，随后便乘上爱米那辆破旧不堪的老爷车摇摇晃晃地往坎布里奇方向驶去。坎布里奇，这不是那首著名的探戈舞曲的名字吗?

贝岭出生于上海，自幼在北京长大，曾执教深圳大学，在为数众多的新一代诗人中，贝岭属于早慧的一个，同时他也是一位著名的诗歌活动家。在那个特殊的年代，他和另一位上海诗人孟浪一起，穿梭于北京、上海和杭州等地，使南北方的诗人们相互感知。5 年前贝岭以布朗大学访问学者身份抵美，开始了另一种生活，目前他正赋闲在家。其时，他那命运多舛的《倾向》杂志刚刚在波士顿创办，正在筹备第二期。

爱米是美国白人，会说一些简单的中文，她曾多次去中国，学中文也学中医推拿。爱米现在一家与中国有业务往来的公司里做秘书，她和贝岭临时的家与哈佛大学只有一街之隔。值得一提的是，在我抵达波士顿的第二年秋天，孟浪也来到了美国，他成了罗德岛州的布朗大学驻校诗人。这也使得 4 年以后，我与孟浪有机会在新英格兰谋面。而当 2011 年夏天，我到布朗大学短暂访学时，这两位均早已离去，只剩下另一个北京诗人雪迪还留在普罗维登斯。

当天晚上，贝岭把我安顿在附近美国友人马一龙（Mahlon Meyer）家里。一龙是个单身汉，最近新租了一套两居室，全新的家具和油漆，他把一间开着两面窗子的卧室让给了我。一龙会说一口流利的汉语，

哈佛广场地铁口

算得上是个中国通，他也是白居易的崇拜者。一次他遇上一位从罗德岛来的留学生，两人就白居易和杜甫哪个是更伟大的诗人争得面红耳赤，我想他一定是读了英国汉学家阿瑟·惠利的译著。一龙在哈佛获得汉语言文学硕士学位以后打算放弃学业，目前正在找工作，他的理想是当一家美国公司的驻华商务代理。

坎布里奇的 3 天是我旅行中最轻松惬意的时光，哈佛大学早早就放假了，偌大的校园里空空荡荡，偶尔碰见的几个人也都是像我这样的游客。我喜欢躺在喷水池边的草坪上仰望天空，多少才智出众的人物曾在此徘徊留恋。美国没有一所大学能够像哈佛那样产生了如此众多的诗人，但他们中的一些人与哈佛的关系却耐人寻味。

首先来看 T. S. 艾略特，他先后在哈佛念了 8 年的哲学，但后来参加贝特兰·罗素的研究班，并接受谢尔登出国奖学金去牛津，却完全是为了有机会重返欧洲，为他的诗歌写作创造他认为适宜的环境。接下来看 E. E. 卡明斯，他就出生于坎布里奇，当他在父亲执教的英语系获得古典文学硕士学位以后，突然决定放弃学术生涯，到纽约一家邮购公司去做工人。卡明斯更钟情于非英语文学，他的一句身体力行的名言是：我要乘上火车迅速驶入巴黎的现在。至于大花卉主的儿子西欧多·罗特克，更公开声称恨透了母校；而黑山学院院长查尔斯·奥尔森，用他自己的话来说，他在哈佛期间"没有受到教育"。

另一方面，哈佛也堪称 20 世纪哲学家的摇篮，从早期的威廉·詹姆斯和乔治·桑塔亚那到晚近的威拉德·蒯因和纳尔逊·古德曼，都在此度过了学术生涯的大部分时光。我特别想到了阿尔弗莱德·怀特海和查尔斯·皮尔士，前者是罗素的老师，作为数学教授从英国退休后才被聘为哈佛哲学教授，他的《科学与近代世界》是一部无所不包的自然哲学论著，书中把 17 世纪称为"天才的世纪"。后者出生在坎布里奇，父亲是哈佛的数学教授。

皮尔士早年专攻数学，并且是一位有成就的数学家，在符号逻辑方面也有不少重要的发现，他被认为是符号学的两个创立者之一（另一位是瑞士语言学家索绪尔）。可他的主要职业是美国海岸测量局的高级职员，在从事科学工作之余，致力于哲学研究，撰写了卷帙浩繁的论著。皮尔士由于不措意于所处社会的要求标准而落落寡合（罗素语），未能走上大学的讲台，在他一生的最后 25 年里贫病交迫。而现在，皮尔士已被公认为是实用主义哲学的创始人。人们发现，早在威廉·詹姆斯仍在从事心理学研究时，皮尔士便在一篇文章中阐明了实用主义的基本原则，即任何一个概念的全部内容和意义在于它所引起的效果。

有一次，我在一幢维多利亚式的红砖建筑前伫立良久，我在想这是否是电影《爱情故事》的男主人翁先辈所赠。美国的名牌大学历来有邀请大建筑师的传统，剑桥河畔的三幢哈佛已婚学生公寓出自名建筑师塞特之手，德国包豪斯学院第一任院长格罗皮厄斯为哈佛设计了一幢研究生公寓。最能让哈佛人引以为荣的是，瑞士出生的法国建筑大师勒·柯布西耶仉他 80 高龄时亲手设计了卡莲特视觉艺术中心，这是他晚期粗野主义风格的代表作，也是他除参与联合国总部大厦设计以外在北美建造的唯一一座建筑。我有幸参观了这个艺术中心，柯布西耶把它的内部设计成一个大而堂皇、有极好的自然光和能够再度分

哈佛校园里的石头喷泉

　　隔的连续空间。

　　与校园里的冷清形成对比，通往市区的交通要道哈佛广场热闹非凡，这里有直达市中心的地铁车站，广场中心一家三角形的小型书店里销售的除了报纸以外全是色情画报。在这堆不堪入目的画报中《花花公子》和《花花小姐》算是绝对"文雅"的了，我当时的惊讶程度可想而知，后来有人告诉我在美国越是有名的大学在性观念方面越开放。广场一侧有一露天咖啡座，桌子和座椅摆设得乱糟糟的，这里的气氛与西海岸的伯克利加大相差甚远。唯一给我留下深刻印象的是，路边有一个黑人乞丐，他手里拿着一叠报纸，一边吆喝，一边向迎面走来的行人施礼兜售。

　　"卖报啦，卖报啦，美丽的公主，来一张！"

　　"女士，您这顶帽子真好看！"

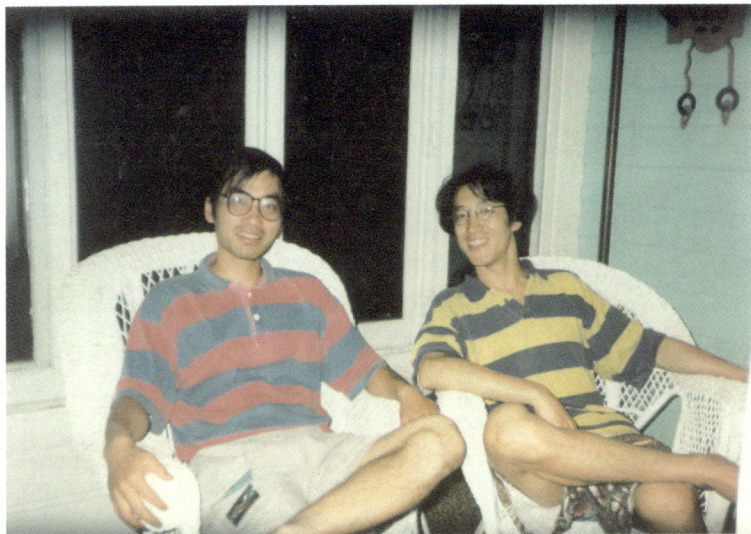

在贝岭家中。爱米摄

"先生，您气质非凡！"

他说的全是恭维话，屡遭拒绝以后也不气馁。所有人听了都笑嘻嘻的，个别的还真停下脚步，塞给他几个硬币，却没有一人取走报纸。我方才明白，原来他卖报是假，要钱是真，美国人连要饭也讲面子，他手里的报纸不知是猴年马月的，时间一分一秒地流逝，他的音调始终未变。

临走前的一天，贝岭陪我去了哈佛燕京图书馆，这几天的确难为他了，几乎每餐都由他亲自掌勺，夜里我们又聊到两三点钟。过去5年来，贝岭可谓尝尽了生活的酸甜苦辣，那个夏天他再次处境不妙（两个月以后又柳暗花明）。燕京图书馆是全美最著名的中文图书馆，是用清政府的庚子赔款建造起来的，馆内不仅有许多国内罕见的线装书，也有不少中文现刊，我可以不费力气地在此找到我写的文字。我

麻省理工学院的圆顶大楼

在签到簿上留下了自己的名字，只见最新一行签名是：郑小瑛，中国著名的女指挥家，而她早年就读的却是金陵女子大学生物系。

那天下午，我们提着一堆脏衣服去一家洗衣店，20多台洗衣机和烘干机昼夜运转，只需塞进几个硬币再等上个把小时就可以拿到洗净晾干的衣服。老板娘四十开外，是一位精明能干的上海人，她每天工作4个小时，只收取干洗的西服，快到下班时干洗店的工人会来取走。哈佛的单身汉很多，周围尽是些住公寓的人，洗衣店的生意非常之好。老板娘告诉我们，她去年来美探亲，一年就把10万美元的贷款投资给挣回来了，今年的纯收入比她在麻省理工学院（和哈佛一街之隔）教书的丈夫的工资要多出好几倍。

8

哈佛的 3 天休整，让我完全恢复了体力，29 日下午，我告别了贝岭和坎布里奇，独自乘红线地铁去汽车南站，在到达查尔斯河之前火车钻出了地面，从一座斜拉桥上穿过。我才想起，这几天竟然无心去逛大街，幸好波士顿的 down town 与我见过的其他美国城市没有什么两样。我也没有去波士顿近郊的康科德和瓦尔登湖，那只能留待下次再弥补了。康科德是美国独立战争的始发地，也曾是作家爱默生、霍桑和梭罗的隐居地，后者的散文名著即《瓦尔登湖》。

到达南站不久，我爬上了一辆正要出发的汽车。波士顿以北的路线不属于灰狗公司，车上的乘客稀稀落落，汽车向北开出了市区，在过了波士顿湾大桥后我见到了一个赛马场，接着是濒临马萨诸塞湾的一片沼泽地。再往前，我终于如愿以偿，第一次见到了大西洋。这是一次有益的会晤，我暗中许下了愿望，要到大西洋彼岸的另一边去走一趟。但我却未曾料到，之后我会如此频繁地造访欧洲。

大约一个小时以后，我们进入了新罕布什尔州。新罕布什尔的面

1998 年夏天，作者在瓦尔登湖畔

积虽比麻省要大，但海岸线长度只有几十公里，犹如一只巨大漏斗的小嘴一样。巧得很，我们唯一途经的小镇就是朴次茅斯。朴次茅斯，这不是中学历史书上就有的地名吗？ 1620 年，英国的一些清教徒乘坐"五月花"号船抵达此地，揭开了美洲历史新的一页。想到这里，我的心跳明显加快了。

可是，后来我发现，原来"五月花"号抵达的是位于麻省东南的普利茅斯（Plymouth），而非新罕布什尔州的朴次茅斯（Portsmouth）。当年"五月花"号船就是从英格兰西南的港口城市普利茅斯启航，该船用的商号也是已在英国政府注册过的普利茅斯公司。但记忆的错误却给我带来灵感，我在汽车上写作了离开加利福尼亚后的第一首诗《波士顿以北》，诗中有这样 4 行：

在海的拐弯处

　　朴次茅斯小镇

安详而宁静

　　像一颗暗夜的痣

下午 6 点，我们来到缅因州的港口城市波特兰。从车站到海滨有一段距离，好心的司机在路上把我撂下，一位过路的年轻人驾车送我到了码头。缅因在 1820 年以前一直是马萨诸塞的一部分，我在英国地名索引上找不到 Maine 这个词。这也难怪，缅因本是法国的一个省名。此地毗邻魁北克，后者是加拿大的法语区。

波特兰是缅因最大的城市和港口，也是诗人朗费罗*的出生地，朗费罗的祖先就是乘坐"五月花号"船从英国来的清教徒，他的主要作品是3首长篇叙事诗，其中包括《海华莎之歌》（1855）和《迈尔斯·斯坦狄什的求婚》（1858）。前者作为第一部描写印第安人的诗史闻名，1893年，客居纽约的捷克作曲家德沃夏克受其影响写出了著名的《e小调（自新大陆）交响曲》；后者根据普利茅斯移民的传说改写，大意是讲一个军官请好友代自己求婚，结果却成全了别人。此诗当时在英语世界广受欢迎，据说在伦敦一天就卖出了一万册，可谓奇迹，而现在早已被大众遗忘了。

我在加州时就探听到，波特兰每隔一天有船开往加拿大的新斯科舍省，果然一艘5层楼高的游船停泊在码头上，她的名字叫"苏格兰王子"。夜幕徐徐降临，"苏格兰王子"号上灯火通明，在宁静的港口显得特别耀眼。我在候船室的阅报栏里获悉，非洲新军尼日利亚以3：0轻松击败了拥有欧洲足球先生斯托依科维奇的保加利亚，遗憾的是后来它还是被挤出了八强。人们更未曾料到，两年以后在亚特兰大，尼日利亚人会卷土重来，他们以两个3：2战胜了咄咄逼人的巴西队和阿根廷队，第一次为非洲夺取了奥运会足球冠军。

★ 朗费罗（1807—1882），19世纪最著名的美国诗人。流经他故乡波士顿的查尔斯河把该市一分为二，市区跨越此河有两座桥梁，一座叫哈佛，另一座叫朗费罗。

9

晚上7点30分，"苏格兰王子"号满载着1000多名旅客，悄悄地驶离了波特兰港。轮船和船员是美国的，乘客也几乎都是美国人，新斯科舍半岛气候凉爽，人们喜欢去那里避暑消夏。当地的民风朴实，治安情况良好，许多新英格兰人在那异国的乡间购置房产，营造别墅。他们有的全家出动，有的邀请亲朋好友，这些人大都来自美国北方，因为南方人更愿意去加勒比海的某个岛国。登船以后我才知道，原来游船的目的地——加拿大的新斯科舍省本意也是"新苏格兰"★。

还在码头的入口处，就有一位高个子绅士手拿相机，站在绘有彩色图案的硬纸板做的"门"后面，把每位旅客进来时刹那间的表情拍摄下来，他的身边是一位微笑天使，背景是"苏格兰王子"号游船。很快所

★ 新斯科舍（Nova Scotia）最初为法国的殖民地，后被英国占有。1621年，英王詹姆斯一世（原为苏格兰国王）用故乡名字的拉丁语命名了这块新土地，也趁机卖弄了一下自己的学问。

有的照片已经冲印出来挂在甲板上，旅客满意的话可以花 10 美元取走，我仔细地一张张看过来，美国人果然是笑口常开，他们喜欢"动"和"闹"，掌声也相对"廉价"，怪不得杰克逊·波洛克发明了"行动绘画"。

我没有看中自己的形象，却买了一张印有"苏格兰王子"号的明信片，写上若干行文字和地址，投进了船上两个邮筒中的一个。它们分属两个不同的国家，当然了，需要选用正确的邮票。既然是游船，酒吧、舞厅、电影院和卡西诺自然必不可少，美国虽然法律严明，赌博只有内华达州合法，但其他地方的一些娱乐场所也可以不受约束，这是政府财政收入的一个来源。很多人没有购买卧铺票，准备玩个通宵。

新斯科舍民居

　　午夜时分，我在上甲板遇见一个叫爱德华的中年男子，他已经把身上所带的数千美元现金输个精光。爱德华是个工人，住在新罕布什尔州的首府康科德，他告诉我自从 5 年前妻子与他离婚以后，每年的"离婚纪念日"他都要乘坐一次"苏格兰王子"号。这里有他蜜月旅行留下的踪迹，每次他都预先买好次日下午的回程票，再到卡西诺豪赌一番，每次都要把一年的积蓄输掉，他说就当是到国外度假，也没有什么好遗憾的，回到家里新的一年又开始了。这是赌徒的豪言壮语，也不失为一小部分美国人的生活方式。

　　后半夜海上起了大雾，天上的星星全隐退了，游船已驶入公海，甲板和船舱摇晃起来，旅客们纷纷从睡梦中醒来。恍惚之间我想起来，这就是英国人赫伯特·威尔斯在《世界史纲》里谈到过的那一片海域。这位以写作《时间机器》和《隐身人》两部科幻小说闻名的作家，在第一次世界的隆隆炮声中开始构想他的历史学著作，他在《美洲在历史上的出现》一节里大致作了如下描述：

　　……早在哥伦布发现新大陆以前两个多世纪，汉堡的日耳曼商人们就定期从挪威西部的港口城市卑尔根出发，穿过灰暗冰冷的挪威海到达冰岛，从同族的冰岛人那里他们知道了有个叫格陵兰的地方，不仅如此，那些冒险的航海家们已经发现了更远的一块陆地，他们管它叫作文兰，人们常开玩笑说，谁想要过与世隔绝的生活，可以到文兰去定居。这个被冰岛人叫作文兰的地方极有可能就是现在的新斯科舍半岛（也有人认为是新英格兰）。

当又一个黎明来临时，我幸运地看到了大西洋辉煌的日出，尽管这与我在中国海上多次看到的日出没什么两样，此番的心情却有点特别，这是一个对我来说遥远的完全陌生的国度。上午9点，"苏格兰王子"号稳稳地停靠在新斯科舍省南端的港口城市雅默斯（Yamouth），这里离我旅行目的地哈利法克斯市还有200公里。我走下游船的活动舷梯，首次踏上了加拿大的土地，虽然还只是漂浮在海上的码头，但一股巨大新奇的激流迅速涌遍我的全身。

新斯科舍省与北京相差12个时区，刚好在地球的另一端，即使对一个居住在加利福尼亚的人来说，新斯科舍也是相隔万里的天涯海角了。这时候却发生了一件意想不到的事情，就因为我是船上唯一的东方人，手持的又是中国护照，海关官员很不客气地把我请进了办公室，他们仔细查验了电脑里的资料，甚至打开了我的旅行包。我忽然有一种旅途中从未有过的寂寞感，更为糟糕的是，当我匆匆走出码头，与游船相衔接的公共汽车已经开走了，那是当天唯一一趟发往省城哈利法克斯的班车。

第四章　枫叶王国

6 月的最后一天，一觉醒来，我发现自己已置身于一个新的国度，清凉宜人，仿佛从夏天回到了春天。10 点钟，我走出了雅默斯的轮船码头，一个新的棘手的问题等待着我，我误了一天一班开往省城的公共汽车，但这与我 4 月在科罗拉多大峡谷的遭遇不一样。一方面这一次是由于海关官员的故意刁难耽隔了时间，另一方面雅默斯距离我的目的地哈利法克斯已经不远了。我可以电请我的老师楼博士开车来接，但我不想给他沉重的躯体增加负担。我脑子里闪过的第一个念头是搭乘便车，这个主意的产生可能来源于电影。

许多美国人的汽车随船运到，我在出口处说通门卫，挥手拦住几辆汽车问话，遗憾的是他们要去的大多是一些半岛南部的村镇，我有点后悔昨晚没有在游船上开展"外交活动"。我也试探讨雅默斯街头的几位司机，加拿大人的冷漠让我吃惊，他们甚至连耸耸肩表示遗憾的习惯都没有。幸好我在加利福尼亚时对此已略有所闻，加拿大人对富裕的邻国怀有敌意，他们错把我当成美国佬了。这个世界真是没有办

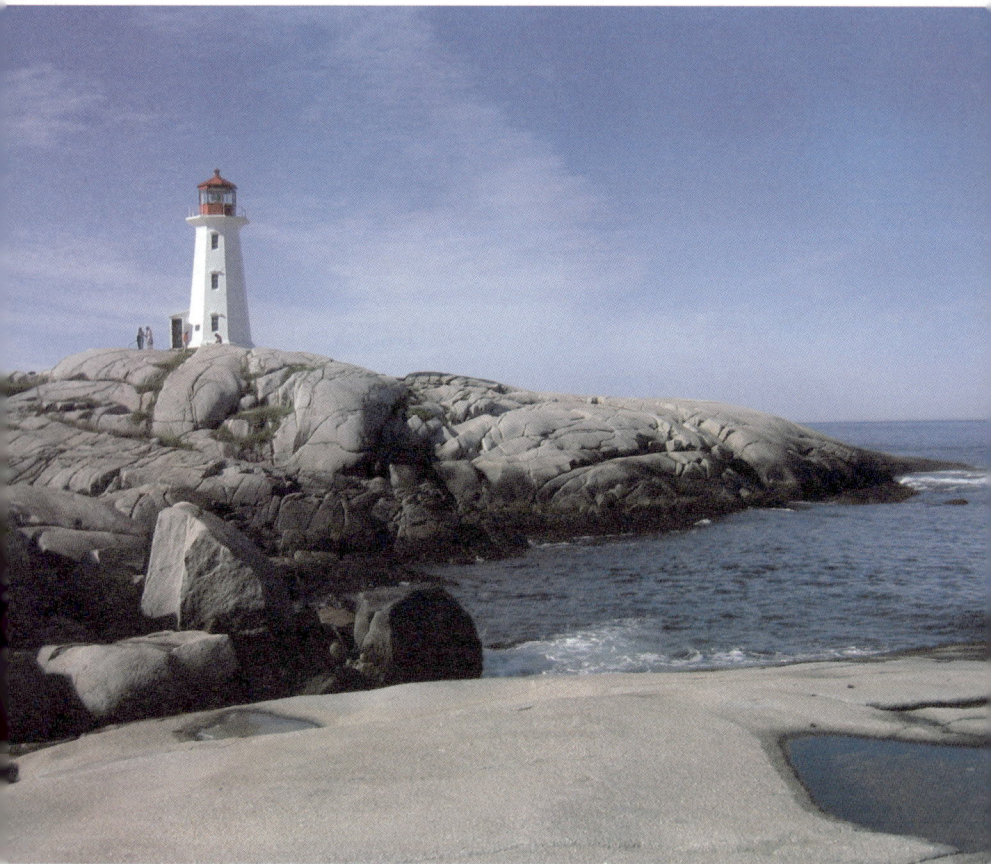

匹格斯小猪海湾的灯塔——新斯科舍的标志

法，谁都喜欢自己感觉良好。

我丝毫没有灰心，毕竟漫长的旅行只剩下最后一站了。我开始观察这个小镇，除了从事旅游业的以外，大多数雅默斯人以捕鱼为生，临海的街道让我想起外婆的老家石浦镇和舟山群岛上的沈家门，只是这里的规模和人口少了许多。我在一家杂货店买了一瓶饮料和食物，美元在加拿大特别吃香，女店主告诉我，附近一位居民常用面包车接送游客，我请她帮助打电话询问一下。巧得很，旅行社刚要此人去哈利法克斯接几位游客，50加元可以把我捎上，真是太幸运了，我连声向店主道谢。

10分钟后，我便坐上那辆面包车。这位个体户导游名叫尤金，年纪比我略大，由于经常和游客打交道，与美国人接触比较多，性格很是开朗。他告诉我美国人到这里造别墅的主要原因是地产低廉，当然加拿大政府也采取鼓励的政策。尤金说，这些美国人都不是富翁，最多是一些中产阶级，看看他们开的汽车就知道啦。

我们沿着新斯科舍唯一一条省级公路行进，路面窄窄的，只有两辆汽车可以通过，路面质量不如中国90年代建造的公路，路上行车十分稀少，好几分钟才遇上一辆迎面驶来的汽车，我又见到了久违的以公里标示的指示牌，加拿大也像她昔日的宗主国大不列颠一样汽车靠左行驶。公路两旁的村落屈指可数，大片的土地没有种上庄稼，这也难怪，加拿大地域辽阔，人口密度只有新疆的三分之一，每年所需的小麦还不到年产量的四分之一。经过两个多小时的行程，我们到达了哈利法克斯，又花了近半个钟头才找到楼家。

听到门铃的声音我的两位老师出来迎接，还有他们的宝贝儿子捷，上一次我在济南见到他时还没有上小学，现在已经是安大略省滑铁卢大学的三年级学生了。姚老师比以前老了许多，她属于小巧玲珑却十分精干的那一类上海女子。不同的是，她既是一个贤妻良母，又有着聪慧的大脑。多年以前很长一段时间，她都是中国解析数论界唯一的女学者，来加拿大后为了生计，她改行搞起了计算机。我依然记得当年在山东大学，她给我们17人的"少年班"上课的情景。

姚老师的循循善诱和楼老师的夸张跳跃形成了鲜明的对照，当年那个"小班"集中了全年级160多位同学的精华，他们中的大多数是山东省数学竞赛的优胜者，我是少数几个例外之一。我参加高考那年，浙江还没有举行过一届数学竞赛呢。这17人中有一些在国内做了教授，更多的到了海外谋生，我们谈起往昔的同学，师生的情谊诉说不尽。

第二天，正好是捷的生日，又逢加拿大国庆，我们从商店里取回一些小国旗，两条红杠之间的白带子上镶着一片红枫叶，这大概是全世界最容易认出的国旗了。姚在家里大摆宴席，请来了10多位客人，清一色的中国人，其中有一位温州姑娘，说一口标准得令人吃惊的加拿大英语，她先是来陪读，目前正努力成为一名职业护士。这位老乡的身材过分苗条，看得出来她工作辛劳，与许多到异乡创业的年轻人一样，她的主要动力来自国内，有多少昔日的姐妹在羡慕她。

晚宴散尽，我帮着姚老师收拾餐具，她告诉我，捷3年前获得北美中学生数学竞赛冠军以后，各个学校竞相出高额奖学金邀他去读书，后来他们选中了离家不算太远的滑铁卢大学。一切费用全免，每年还能省下上万加元的奖学金交给父母，他们买下的这套两层楼房也有儿子的一份功劳。捷在大学期间各门功课成绩优异，这既让父母欣慰和自豪，也让他们担忧。中国人的传统是养儿防老，依捷的表现，本可以轻松地拿到美国名牌大学研究生院的全额奖学金，但做父母的又怕儿子一去不复返，美国人的独立和享乐精神会影响他。一年以后，姚来信告诉我捷留在滑铁卢继续读研究生了，她显得非常高兴，但是将来呢，捷还要读博士、找工作、娶妻生子。

2

第二天上午，楼老师开车带我去达豪斯大学数学系，在那里我见到了与我互通过电子邮件的 D 博士。他是会议的组织者，我的论文被组委会录用后，他不仅免去我的注册费，还补助了一些路费，这让我心存感激。遗憾的是，那时我还没有完成一篇自己十分满意的数学论文。2011 年，美国的《数论杂志》(*Journal of Number Theory*) 寄来一篇文章让我审查，作者恰好是 D 和他的爱尔兰合作者，他们把我第二次访美完成的一项工作作了修补。文中称赞了我得到的一系列同余式，还说这是 1906 年以来第一次把素数模同余式推广到一般整数模。

至于那次路费补助，我不知道有没有楼老师的一份功劳，因为他在达豪斯任教 5 年后并没有获得终身职务。也就是说，从下学期开始他被解聘了，这对年过半百的楼老师来说无疑是个沉重的打击。可是他却安慰我说，作为一名加拿大公民，他失业的第一年理所当然地获到 3 万加元的救济金，以后如仍没有工作将逐年减少，但不会低于 1 万加元，况且他还可以在一些当地的一些小学院兼课，所得收入加在一起并不见得低于以往。

哈利法克斯是避暑胜地，又是北美洲到英伦三岛的最近点，从地球仪上看，哈利法克斯离伦敦和巴黎比离洛杉矶和圣迭戈要近。可是，与会代表却有数百人，这是迄今为止我参加过的国际会议中人数最多的一次，我碰到了许多似曾相识的面孔，可能是东方人较少见到了缘故，有不少人主动和我打招呼，我还遇上几位从安大略省轮流开车来的中国留学生。说实话，如此规模的学术会议的效果往往赶不上一些小型会议。

加拿大数学界印度人的势力历来很大，数论领域的头头却是一位白人后裔，他就是满脸络腮胡子的多伦多大学教授 F。F 教授掌管着全加数论研究基金的分配大权，他也是在世界各地举行的数论会议的常客。我每每见到他和欧美大数论学家联名在一些权威杂志上发表文章，这些论文反过来又巩固了他的学术地位。楼老师告诉我，这都是金钱的效应，F 教授经常出钱邀请他的外国合作者赴加访问。F 教授记忆力也很好，老远他就笑盈盈地和我打招呼："噢，我们去年在中国香港见到了。"直到 3 年以后，当他和一位美国的波兰数论学家合作，证明了一个了不起的素数结果，我才改变了对他的看法。

加拿大号称是半个社会主义，公费医疗和社会保险制度比较健全，相对于美国来说收入低费用高，因此被认为是"青年人的坟墓，老年人的乐园"，大锅饭精神也体现在数学界，一些不大做学问的人也能拿到少量的研究基金。可是要论学识水平，加拿大与美国可就无法相比了，差距就像双方的经济实力一样。随着会议的正式开幕，我和楼老

达豪斯大学行政管理楼

师上午一起去听报告，下午外出游玩。我还去参观了姚老师所在的美国国立海洋研究所，那里的工作环境非常幽静，她和我讲起当初找工作的经历。

那会儿，已经年满45岁的姚老师还从来没摸过计算机，更不用说处理海洋研究遇到的一些计算问题了。面试时她勉强听从了友人的劝告，谎称自己会用计算机，结果被录用了，这与我在餐馆打工的经历差不多。很快她凭借着训练有素的数学脑瓜掌握了这门新技术，计算机这玩意呀太简单了，姚老师得意地说，她现在已是所里这方面的首席权威了。

哈利法克斯濒临大西洋，整个城市被两条交汇的河流分隔成三个自然区，有点像宁波，后者被甬江和余姚江两分为三。楼老师家、海洋所和市中心分别位于3个不同的区。对于只有20来万人口的城市来

《纽约书评》上的毕晓普画像

说，这两条河流实在太宽了，就像一个矮小瘦弱的男子戴着一副宽边眼镜一样不协调。在市中心的水边码头上，永远停泊着一艘有象征意义的帆船，与这座城市的历史和起源有密切的关系，平日里供游客参观拍照，后来我发现许多欧美名城都有这样的"市船"。

"市船"旁边是国际会议中心，门前悬挂着各种颜色的旗帜，在江风的吹拂下猎猎飘扬。明年这个时候，西方七国首脑会议将在这里举行，这个会议后来被扩充为 G8 或 G20，成为大国政要堂而皇之的俱乐部，并滋生出各种名目繁多的首脑会议。此次盛会原定在法语城市魁北克召开，后因那里的一部分人闹独立而改在这里，市政府十分珍惜这一千载难逢的机会，向全世界广为宣传，以扩大城市的知名度，招徕游客，促进经济的增长。

　　加拿大可以说是没有自己独特鲜明的文化，即使在大众媒介方面也是如此。这个国家百分之九十以上的人口居住在离国境线不到100公里远的地方，她的电影电视是美国的，流行歌曲是美国的，体育明星是美国的，快餐店也是美国的，一些加拿大人甚至开车到美国去购买食物、蔬菜和日常用品。至于地处偏远的新斯科舍半岛更是一座文化沙漠了，但在20世纪20年代，她曾接纳了一位未来的女诗人。伊丽莎白·毕晓普出生于马萨诸塞州的伍斯特，当年她的父亲就去世了，母亲进了精神病院，她是在哈利法克斯的外祖母家长大的。

　　毕晓普一生很多时光是在旅行中度过的，地理和旅行令她终生着迷。我在弗雷斯诺州大图书馆曾看过一部反映毕晓普生平的纪录片，她长时间地居住在南美的经历和故事留给我深刻的印象。游览了新斯科舍之后，我能理解为何她如此喜欢鱼和大海，在处女集《北方和南方》中，她这样描写了童年时代经常和外祖母一起看到的大海：

　　　　海像金刚石一样坚硬，
　　　　它想毁灭我们每个人。

5年以后，我不仅翻译了毕晓普的部分诗歌，并且开始动笔写作她的传记，通过我的旅行来回忆她一生的传奇。

　　7 月 4 日，美国国庆日，正好是世界杯进入 16 强后的第一轮淘汰赛，一场鏖战在洛杉矶揭幕：巴西对美国。美国队第一次参加世界杯就小组出线，使得一向对足球不闻不问的美国人喜不自禁，他们突然发现自己还擅长一种只许用脚踢和头顶的球类运动。我虽然远在哈利法克斯，也能通过电视感觉到那种热烈的气氛。为了让儿子在暑期过得高兴，一向节俭的老师破例开通了有线电视的体育频道，我们能够收看在美国 9 座城市进行的任何一场比赛。倘若不是独狼罗马里奥射进一个制胜球，美国人肯定会不知天高地厚，以为自己踢足球也是天下第一。

　　在我看来，美国人太喜欢游戏规则了，无论棒球还是橄榄球都规则繁多，游戏的成分丝毫不亚于竞技，即使是全世界非常普及的篮球，到了美国人那里也添加了许多"兴奋剂"，还增设了五花八门的纪录。可以毫不夸张地说，NBA 的纪录之多大大超过了奥运会的金牌大户田径。相反，现代足球的魅力在于简洁，这是美国人难以欣赏和入门的原因所在。他们天生好事，喜欢热闹，怎么能忍受 90 分钟下来仅有的几粒入球甚至 0：0 的结局。当然，我并无意否认美国人的足球天赋，倘若有一天美国人的人生机会不那么多了，比如国家地位和经济实力下降了，他们还是可以踢好球的。

除了巴西以外，德国、西班牙、荷兰、瑞典和罗马尼亚等 5 支欧洲队也先后跻身 8 强。这使我回忆起大学时代一次班级联欢会，我出了两个谜语。第一个谜语是打一位数学家，他的名字分别由一位诗人的名字和一位音乐家的名字组成，这没有难住我的同学，谜底是：哥德巴赫；第二个谜语是猜一猜谁是足球踢得最好的数学家，这下可有点难度了，居然没有一个人答出来。最后，还是我把谜底揭穿了：欧拉，18 世纪最伟大的数学家，理工科的学生人人都知道。欧拉的拉，也是拉丁美洲的拉。

在数论会议结束后的那天下午，楼老师带我去了郊外的 D. H. 劳伦斯*海滩，在那里我第一次与大西洋有了真正的接触。我被海滩的名字吸引，但却看不出它与那位英年早逝的英国作家有何关联。如果是裸体海滩，我倒可以理解。或许，这是为了吸引恋爱中的男女青年，这一点倒并非完全没有做到。海滩上空盘旋着许多种鸟类，我注意观察和分辨鸟儿飞翔的踪迹，尤其是它们击水的姿势，触动我写了一首

★ D. H. 劳伦斯（1885—1930），英国诗人、小说家，出身矿工家庭，擅长描写婚姻中的两性关系，代表作有《虹》和《恋爱中的女人》，而《查泰莱夫人的情人》（1928）则曾被列为禁书，他也因此名声远扬。

诗《军舰鸟》：

> 在七月的荫凉中
> 有翅膀的水
>
> 被爱情浸润之水
> 向我行一个注目礼

海滩上的水温度很低，可仍有许多人在玩耍嬉戏。忽然间，我发现一个小女孩哆哆嗦嗦地从浪花中走出来。她的脸色铁青，上下牙齿直打战，湿透的裙子紧粘着小小的躯体，眼泪都快流出来了。她的父母不

与楼师一家玩麻将牌

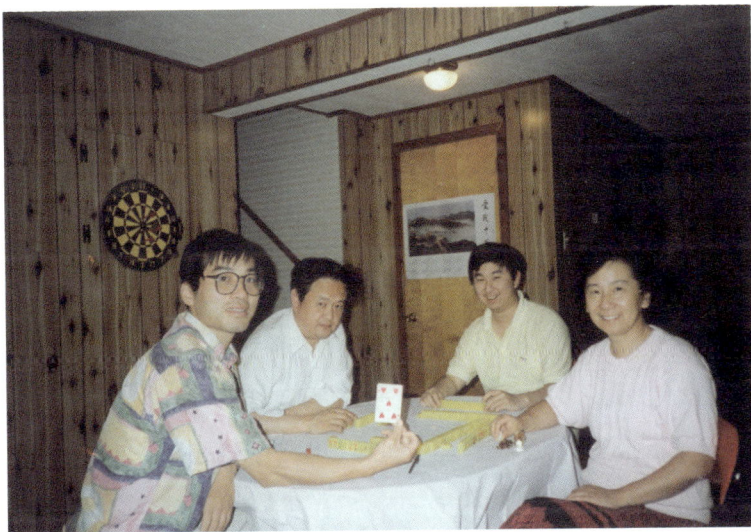

仅一点也不感到心疼，反而站在岸上哈哈大笑，就像是看见一辆电动的玩具车驶过了水坑。

第二日，我们去了更远的匹格斯海湾，piggy 在英语里的意思是小猪，这个名字挺有趣的。岸边是一片巨石滩，当中耸立着一座白色的灯塔，形状有点像冰淇淋筒，据说此灯塔是新斯科舍省的标志，名字吗就叫"小猪灯塔"，后来我果真在一本设计精美的导游手册封面上看见了它。老远我们就听到了海浪拍击礁石发出的声音，这儿才像是天涯海角呢。最有特色的还是附近的渔舍，灰色低矮的房屋依水而建，门前晒着好多渔网和箩筐，相互之间离得远远的。

紧接着第三天，我和楼家三口还有伊利诺伊大学的一位德裔教授（他曾是楼老师的老师）一起，驱车前往数十公里以外的格拉夫海滨公园野餐。这个公园位于半岛的西边，濒临芬迪湾，与新不伦瑞克省隔海相望。芬迪湾是北美最著名的龙虾产地，与新不伦瑞克接壤的缅因州仅仅与芬迪湾沾点边，它的龙虾年产量就占了全美国的四分之三。

有意思的是，龙虾的捕捞并不用渔网而是用箩筐。龙虾生活在北方寒冷的水域，尤其喜欢深水域，芬迪湾的潮汐落差高达 20 多米，堪称世界之最。fundy（芬迪）一词源自葡萄牙语 fonda，意为深深的。我和姚老师一起荡起了秋千，捷则反复从一个滑梯上爬上溜下。突然间我发觉，几十公顷大的一个公园，就我们 5 个游人，甚至连一个管理员也没有见到，我们仿佛置身于一片"绿色的沙漠"之中。本来么，Ca nada 在葡语里的意思就是，这儿什么也没有，后来转化为英语才变成了 Canada。

　　7月9日午后，我谢绝了两位老师的热情挽留，乘火车离开了哈利法克斯。楼师一家送我到车站，每个人心里都明白，时光不会重现，我不大可能重归新斯科舍省了。头发已经灰白的姚老师眼里含着泪花，上午她特意去商店买了一件衬衫送我作纪念。就在过去的一周里，东半球的朝鲜和西半球的哥伦比亚各发生了一起举世震惊的大事：

　　　　一个国家元首死于疾病，
　　　　一个足球后卫死于非命。

众所周知，那位国家元首的名字叫金日成，他在外地视察时因心脏病突发病逝；那位足球后卫却不是每个人都能记住的，他的名字叫埃斯科瓦尔*，他在与美国队的比赛中打入一个乌龙球，让国家队小组遭淘汰，回国以后即遭同胞暗杀。最让我始料未及的是，6年以后，我竟然执教于埃斯科瓦尔生活和死去的城市——麦德林。

哈利法克斯作为铁路线的端点，每天仅有一列火车往返蒙特利尔。这是我继伊利诺伊的旅行之后第一次乘坐火车，也是我第一次乘坐加拿大的火车。比较明显的差异是，车厢里的气温比较低，空调开得太足了，可能加拿大人对冷热的感觉不一样。这几天哈利法克斯的最高气温只有摄氏20多度，当地的居民却叫苦不迭。车上没有为旅客准备过夜用的毛毯，我只好从旅行包里取出所有的衣服。幸亏只有一个晚上，否则很可能要冻出毛病来。

火车驶离市区以后，一直沿着海湾行进。加拿大共有10个省，我对此记忆犹新，几年前我曾译过加拿大著名女作家玛格丽特·阿特伍德的诗歌，她在《波士顿旅游中心》中写道：

> 十张放大了的照片，
>
> 褐紫略显微红，
>
> 每个省都有一张。

★ 金日成的忌日是7月8日，而埃斯科瓦尔则是在7月2日，即小组赛结束第二天即遭暗杀。同样值得一提的是，凶手温贝托·穆尼奥斯·卡斯特罗在次年被判处43年有期徒刑。可是到了2005年，他因在狱中"表现良好"而被提前释放。

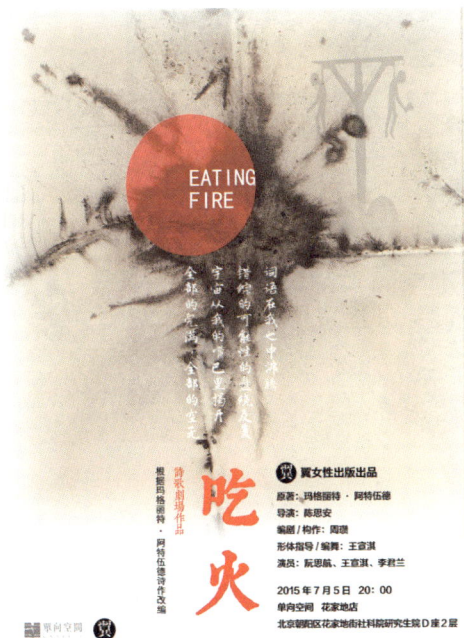

《吃火》北京首演海报（2015）

这是我的处女译作，如今阿特伍德名满全球，她的小说曾获布克奖。她也多次获得诺贝尔文学奖提名，而当比她年长 8 岁的女同胞门罗于 2013 年终获殊荣时，她也大方地予以祝贺。2015 年夏天，由女诗人周瓒依据玛格丽特的作品改编的诗剧《吃火》（*Eating Fire*）在北京上演，受到中国观众的欢迎。

　　我在随身携带的加拿大地图上发现，从西海岸的不列颠哥伦比亚到东海岸的纽芬兰，7 个省每一个都像新疆西藏内蒙古那样幅员辽阔，而东南沿海三省新斯科舍、新不伦瑞克和爱德华王子岛却小巧玲珑。可不，才两个半小时，火车就驶进了新不伦瑞克省，这里在 18 世纪以前还是新斯科舍的一部分。不伦瑞克既是英国著名的望族，又是德国

诺贝尔文学奖得主艾丽丝·门罗

诗人、小说家玛格丽特·阿特伍德

北部下撒克逊州的一座城市（数学王子高斯的出生地）。到达省府弗雷德里克顿时已是黄昏，我想起了大学时低一年级的一位女同学 Q，她现在任教于该城唯一有名的新不伦瑞克大学。

　　Q 来自沂蒙山区的农村，到了大学四年级的时候仍是个丑小鸭，只有她的一位同乡老师钟情于她，在他的帮助下才得以留校，并转到了经济系任教。没想到，接下来的几年里，Q 突然变得光彩照人，学问也大有长进，很快她就到北美留学并获得了经济学博士。我不知道，Q 当初的数学训练到底压抑还是助长了她的才华，不久以后我便听说她取得了终生教职，而她的丈夫（那位老师）成了她的学生。

　　我原以为火车会沿着圣劳伦斯河行进，并经过临河的魁北克市，却没料到它却向西穿越了国境线，在缅因州的几个山区小城作了停靠。我猜想这是因为 Amtrak 公司在缅因没有业务，于是州政府就与加拿大的铁路公司挂上了钩。火车在 4 个多小时内横穿了缅因中部，迷惑了考古学家一个多世纪的"红土人"最有可能曾在此定居，一般认为，"红土人"是哥伦布和印第安人以前的欧洲殖民者。当铁路线再次延伸进入加拿大境内时，黎明已经快要来临了：

　　　　我们冲出了夜的包围，
　　　　两个国家的夜的包围。

不一会车上的喇叭开始播放音乐，广播员用法语和英语告诉大家，火车已进入魁北克省。窗外一片肥沃的牧场，间或晃过几间农舍，牧民们早早地起来了。离蒙特利尔还有很长的一段路要走，平坦的土地让人产生悠远的联想，而高山峻岭易使人胸怀激荡。

或许是受埃斯科瓦尔遇刺事件的影响，我忆起一部好莱坞电影《千里追杀》。故事讲的是一位女士作为一起重大谋杀案的唯一目击者受到犯罪团伙的追击，她躲到加拿大的深山老林里。一位警官在杀手赶到之前将她转移，他们乘火车向西去往温哥华，路上历尽了艰险。我似乎听见火车在深夜穿越隧道时汽笛发出的鸣叫声，只有从直升机上才能看见火车沿着山腰像蛇一样弯曲着缓缓移动的情景。

几天前我与昔日的同班同学 A 通了电话，他现在中西部萨斯喀彻温省的首府里贾纳大学执教。当他听说我到了加拿大，邀请我无论如何也要到他那里玩一趟。我和 A 已经很多年没有见面了，他是我大学时代最要好的朋友，我们一直住在同一个寝室里。A 和女友第一次见面时我也在场，当时他要求我到约会地点瞧上一眼，我后来投了赞成票，现在那位姑娘已经是他两个孩子的母亲了。我真的犹豫了，里贾纳在连接蒙特利尔和温哥华的铁路线上，我要再次放弃我的纽约之行，像电影里的两位主人公那样一直向西旅行吗？

5

中午时分，我第一次见到了圣劳伦斯河，这是加拿大的密西西比河，发源于安大略湖，浇灌了加拿大最肥沃的平原，最后注入圣劳伦斯海湾，在安大略湖和哈得逊河之间的运河开通以前，圣劳伦斯河一直是连接五湖工业区和大西洋的唯一纽带。这条河流养育了许多座名城，那是密西西比河也比不过的，芝加哥、底特律、多伦多、蒙特利尔……10分钟以后，我们抵达了本次列车的终点蒙特利尔。

蒙特利尔是加拿大最大的铁路枢纽，有6条客运线在此交汇，即使在美国也只有芝加哥可以胜出。我早已决定好先去渥太华，返回时再在此停留。我在候车大厅里给我从前的学生S打了个电话，不巧他外出打工了，我告诉S夫人两天后再来蒙特利尔。两个小时以后，我坐上了西去渥太华的火车，不一会就进入了安大略省。车厢里的乘客比刚才更加稀少，100多公里的路途人们当然愿意开车了。渥太华和蒙特利尔之间从距离上来说接近于澳大利亚的堪培拉和悉尼，其相互关系更像巴西的巴伦西亚和里约热内卢（多伦多则相当于圣保罗）。

费蒙特，20 世纪 70 年代新建的采矿小镇。

 我正这么想着，忽然发现自己的记忆里有一个常识错误，渥太华是在蒙特利尔西部偏南，也即去往多伦多的铁路线上，而非北部。而在魁北克东北部，邻近纽芬兰省的拉布拉多城，有一座新建不过 20 来年的采矿小城费蒙特，依河而建，景色宜人，却是我无法抵达的地方。这趟火车的车厢和欧洲一些国家的一样，前后半节车厢的座位朝向相反，最中间的两排则成了家庭"包厢"。这样的设计有一个坏处，就是乘客之间的交流少了，不容易在一起聊天更无法玩牌了。我记得后来乘坐的法国火车上有儿童游乐园，占据了休闲车厢的大半节，这儿却没有。

 下午 4 点，火车到达首都渥太华，我和昔日的老同事 X 通了电话，

皇家警卫队换岗。作者摄

他几个月前刚来这里念博士，还从来没有去过郊外的火车站，但他已问过邻居如何从车站换车到他的住处并告诉我，半个小时以后我就找到他的公寓了。这是一幢被渥太华的中国人戏称为"唐人楼"的老式楼房，最近几年的房客全是中国来的留学生，X 的卧室不足 6 平方米，厨房和卫生间公用，看来这儿没有女性，大伙儿穿着都非常随意。他将我向邻居作了介绍以后，便动手做了几个下酒的小菜。

　　X 是一位老实持重的男子，出国前兼任系科研秘书这一跑腿的职务。没想到他暗暗地做了 5 年的股票，赚得一笔与他的工资相比为数可观的钱，否则他到加拿大可能连机票都买不起。在 X 看来我是最适合于做股票的人，此话我已听过多遍，一直没有机会验证，可能我目前热爱的事物太多了。仿佛是为了迎接我的到来，世界杯四分之一决赛今晚进行最后两场。借着酒兴，我们挤进隔壁邻居家的一台旧电视机前，结果有点意外，巴西、瑞典和意大利、保加利亚携手进入四强，日耳曼战车被迫撤退。德国人是在 1：0 领先的情况下，下半场被斯托依柯维奇的一记定位球扳平，在比赛临近结束时又被在汉堡队效力的光头莱切科夫射入致命一球。

第二天上午，X 陪我游览首都的市容，我们先到市中心国会山广场观看了每日例行的皇家禁卫军换岗仪式。只见周围都是英式建筑，大热的天，士兵们身着红色的呢制服，头戴厚重的黑礼帽，脚蹬高筒皮靴，在乐队的伴奏下昂首挺胸，列队踏步从街上走来。等到后来我游览了伦敦，才知道那又高又厚的黑帽子原来是白金汉宫卫队的装束。那正是多年以后，上海世博会英国馆的外形。国人雅称其为"蒲公英"，其实就是皇家卫队士兵的帽子。

礼炮齐鸣，到处可见围观的游人。简短的仪式结束后，我们漫步到了渥太华河边。此河是两省的分界线，对岸的土地属于魁北克，据说加拿大当年选择此地作为首都，是为了维护国家的安定。我们被河畔公园里的一些雕像吸引，摆出几个照相的姿势，一个男孩正把一顶高帽子往我头上扣，一位女士正用爱慕的眼光看着 X。没到中午我的肚子就开始饿了，X 神秘兮兮地说要把我领到一处赏心悦目的地方用餐。那是大街上一个极为普通的店面，我随 X 走进去，原来是一个自助餐厅，每位客人只需付 4 加元，同时可以免费看脱衣舞表演。4 加元，在美国仅够买一只三明治或汉堡包，真是让人感到有些意外了。

在波士顿与昔日学生、友人相聚（2011 年夏天）

暖意的阳光。摄于曼哈顿（2011 年冬天）

在普罗维登斯逛街

南美和非洲共舞。摄于罗德岛

雪中的乞丐。摄于曼哈顿

红裙子。作者摄

歌剧：凯鲁比诺的咏叹调。作者摄

诗剧演出。作者摄

两只松鼠。摄于贝特里公园

龙虾宴。摄于罗德岛

与老同学、作家哈金两度相聚罗德岛

十字路口的云。摄于普罗维登斯

螃蟹、蛤蜊和土豆

纽约中央公园。作者摄

从上海到纽约：一次环绕地球的旅行。作者摄

诗人谢幕

朗诵（右为鲍勃·霍曼）

在布朗大学讲座

在布朗大学接受电视采访

时报广场上的中国形象。作者摄

2008 年夏，在北美的大学同班相聚于纽约（左起蔡林，姜冶，鲍金平，王新民，邢安庆）。作者摄

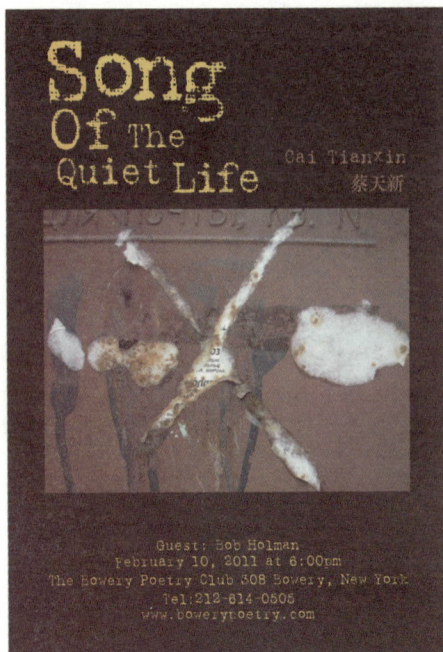

作者纽约诗歌朗诵会海报

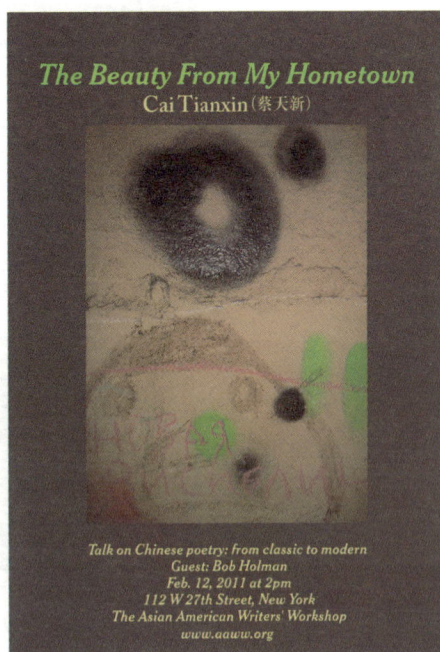

作者纽约文学讲座海报

　　脱衣舞是西方一项历史悠久的娱乐活动，在自助餐厅里表演我却从来没有听说过。只见大厅中央一个小小的舞台，一束灯光从天花板上照射下来，舞女们身穿比基尼或连裤裙轮流上台，在音乐或流行歌曲的伴奏下手舞足蹈，摆出各种自认为优雅或性感的姿势，并逐一清除掉身上的遮掩物。舞台前方还有几根直立的圆柱，舞女们干净利落地攀登上去，又旋转着飞舞下来。

　　这正是国人后来所说的钢管舞，有些动作明显取自艺术体操和时装表演。也有个别看客付小费邀请轮空的舞女到座位边上搭个桌子表演，没有人发出嘘声或起哄，更没有人动手动脚。有些人干脆坐在角落里聊天或谈生意，还有的男女结伴来此幽会，把这儿当成酒吧或咖啡馆了。老板和侍者并不强求顾客买酒或饮料，一切自便。虽然如此，生意似乎也不那么兴隆，前来光顾的人大多是些过路的游客。本地的居民见得多了，早已熟视无睹。

　　当天下午晚些时候，故乡台州的邻居 I 开车接我到她郊外的宅第。

漫步渥太华街头。陈斌摄

北美最大的圣约翰教堂

I在武汉念的大学和研究生，来加拿大有7年了，学业有成，工作稳定，还接来了与我同龄的小弟和退休的双亲。I作为能干的长女我早有所闻，出国前的那年春节，她把渥太华的地址抄给我，仿佛那时候就料定有一天我会来此一游。稍后I亲自下厨，烧了满满一桌子菜，她父母见到我甭提多高兴了。饭后我陪两老还有邻居搓了几圈麻将，将近午夜时分I的丈夫才驱车把我送回住处。X告诉我，S从蒙特利尔打来电话，一切安排就绪，包括住处和向导。

翌日上午，我告别了X和渥太华，乘火车返回蒙特利尔。我坐在和来的方向相反的窗边，一路上没有说话的欲望，目不转睛地注视着窗外的景色。这是一种平淡而美好的回忆，有几行诗句跳跃着出现在我的脑海里：

> 少女从高空飞来，
> 渥太华河流向东方。

到达蒙特利尔车站时，戴着一副墨镜的E小姐在车站迎接我，她是S夫人的同乡，一位落落大方的兰州姑娘。E来蒙特利尔已经很多年了，她把我带到S家，S夫妇双双外出未归。我把行李全部撂下，给主人留了一张便条。E便陪我外出游览。要抓紧时间。E说。

我们先去看蒙特利尔的命名地——皇家山，虽说是一座山，实则不过是块高地，中间还有个湖泊。树林里传出几声鸟雀的鸣叫声，有不少老人在湖边散步，几个跑步的少年气喘吁吁，从后面超了过去。

我们换车来到著名的圣约翰大教堂，E告诉我，这是北美最大的教堂，依山而建的大厅分上下两层，旁边还有一座能容纳十来个人的小教堂，犹如一艘巨轮后面拖着的一只小舢板。后山上有一些白色的石雕像，模样个个都像思想家，可能是大教堂的历任主教吧。

傍晚我们回到S家，S夫人已做好可口的饭菜，虽说S是我的学生，却比我年长一岁。S是个老练的家伙，他那届研究生个个如此，且都是"舞林高手"。我们常在周末举办舞会，毕业时他去了西北一所大学任教。S告诉我，蒙特利尔还有好几位我从前的老友。果然，刚吃过饭就有一位小J女士在她丈夫的陪同下来看我，长着一副娃娃脸的小J做姑娘时是我集体宿舍的邻居，现在已是两个娃娃的母亲了。小J已有好多年没有回家，见我从家乡出来不久，便问这长问那短的，我一一耐心作答。

当晚，我住在S为我安排的K博士家。K博士是安徽人，出国前系北京中科院某研究所的研究生，目前还没有找到一份正式工作。K不久前花钱请律师办好了绿卡，正热衷于现身说法，为他的律师拉生意呢，当然他也可以从中捞上一把。K和我没说上几句话，便竭力劝我一起干，"美国现在绿卡难办了，加拿大只要出钱准行。"他说。后来K博士果真给我邮来许多表格和文件，这些材料被我带回中国以后成了一位研究国际移民法的同事的宝贝。K说得没错，很长一段时间，加拿大都是中国人首选的移民地。据有关部门调查，移民的前4个原因是：子女教育、本人教育、拿个身份、方便旅行。

次日一早，我带着 K 博士给我的地图，独自去市中心观光。蒙特利尔四面环水，原是圣劳伦斯河上的一座岛屿，最大直径约 40 公里，面积相当于长江下游的扬中岛。作为仅次于巴黎的世界上第二大说法语的城市，蒙特利尔街上各种各样的照牌和公共汽车报站全部使用法语，这与巴塞罗那加泰罗尼亚语和西班牙语并存的情况形成对照，由此可见法兰西人对母语的过分看重。

说起来，蒙特利尔是加拿大唯一举办过夏季奥运会的城市。可是，近年来她却处于衰退之中，已经拱手将全国最大城市的桂冠让给了多伦多。究其原因，应与魁北克人闹独立分不开。在一年以后举行的全民公决中，分裂派再次以微弱票数宣告失败。不过，蒙特利尔自有其迷人之处，繁华的商业街，风情万种的街头表演，丰富多彩的夜生活，以及酷似塞纳河的圣劳伦斯河岸风光。

当晚，我的两位老同学 M 博士和 N 博士在唐人街的一家中国餐馆宴请我，两位夫人出席作陪。N 和我在山东大学同时取得博士学位，

三河城的秋色。作者摄（2008）

M 则和 Q 女士同班，他们来加拿大以后就改行了，又经过若干年的寒窗苦读，分别取得了多伦多大学和米吉尔大学的博士学位。目前 N 是一家银行的高级职员，M 则任教于 N 的母校。多大和米大是加拿大的最高学府，两位仁兄干得相当不错，他们并成了一对密友，时常在一块打网球，周末两家结伴外出郊游，席间 M 夫人叮嘱我送她一本诗集。

与法文译者在魁北克
诗歌节的晚宴上（2006）

　　之后，我们一起去参观了米吉尔大学，在 M 的办公室里，我与 A
又通了一次电话。接着，M 请 N 把两位夫人先送回家，他自己开车带
我去兜风。我们先到了老城，那儿有许多小商店和露天摊位，出售琳
琅满目的地方特产和旅游纪念品，相当于中国的夜市和庙会吧。随后
我们来到滨河大道，一辆辆马车载着游客精神抖擞地从我们身边驶过，
马夫和马儿穿着盛装，打扮得漂漂亮亮的，河边设有露天咖啡座，河
上漂浮着灯火闪烁的游艇。

　　"这是蒙特利尔夜生活的掠影，不过你看到的只是很小的一部分。"
M 自豪地介绍说。我记得豪·路·博尔赫斯在《神秘的岛屿》一文中谈
到了冰岛、日本、英国和曼哈顿，可惜他没有来过蒙特利尔，要不然
就是 5 座岛屿了。"很遗憾你明天要离开了"，从 M 发出的叹息声中我
看出他的生活并不圆满。对此我能够理解，许多事业成功且有余力的

魁北克的秋天

男子（尤其是那些身体强壮的）都这样，他们因缺乏艺术创造力或表现力有时会显得忧郁烦恼。

7月14日是法国国庆，我却要告别蒙特利尔了，街上到处飘扬着红白蓝三色旗，仿佛是为了替我送行。这一天世界杯的两场半决赛在美国举行，全世界的球迷都坐到了电视机前。乘着比赛尚未开始，S播放了一盘录像带，Basic Instinct（《本能》），本年度最卖座的美国电影。虽然有不少动人的画面和情色诱惑，却不如几个月前我在加州看到的Lover（《情人》），后者打动了我。

《情人》系根据玛格丽特·杜拉斯的自传体同名小说改编，这位法国女作家的忌日也是我的生日。故事讲述了一位法国少女在印度支那的湄公河流域与一位华裔富商子弟之间一段刻骨铭心的初恋及失败。我相信，这两个故事的差异也正是法国文化与美国文化的差异。英国女演员珍妮·马奇（Jane March）和中国香港影星梁家辉的演技多少令我吃惊，梁在此片中的表演一度使我相信，他是香港最有才华的男演员。

接下来的两个小时是巴西人（次日是意大利人）的欢乐时刻，他们先后击败瑞典人和保加利亚人闯入了决赛。在桑巴舞刚进入高潮的时候，我悄悄坐上了从蒙特利尔开往纽约的特快列车。倚着 Amtrak 的高靠座我闭上了双目，将近 20 多天里我和大人物阿维兰热先生一样，穿梭于北美各大城市之间观看比赛。只不过，他在天上飞，我在地下跑，他坐镇现场，我在电视机前。

透过睫毛下那片蓝色的幽微，我知道自己一定会重返蒙特利尔的。多年以后，我两次收到魁北克诗歌节的邀请，两次重返蒙特利尔，可故人却已不知去向，包括 M。诗歌节的举办地是一座叫三河市的小城市，在蒙特利尔东边两百多公里处，高速公路的两侧栽满了红枫树。莫里斯河在此汇入了圣劳伦斯河，爱诗者从蒙特利尔和魁北克市驾车而至。可是今晚，纽约又一次在前方呼唤。纽约，哈得逊河口的自由女神，她正以梦一样的招手诱引我。

第五章　纽约，纽约

　　半个月的加拿大之旅天气凉爽宜人，感觉非常惬意，就像南方人到了北国一样，现在该返回 7 月的夏天去了，美国黑咕隆咚的在前方迎候我。从蒙特利尔开往纽约的火车有两列，西路的"阿迪诺达克"（纽约州一座山脉的名字）经过尚普兰湖和奥尔巴尼，东路的"蒙特利尔人"经过伯灵顿和阿默斯特，我为了能够感受一下从未去过的佛蒙特，选择了后者。佛蒙特紧邻魁北克，是新英格兰唯一不靠大西洋的一个州，著名的阿巴拉契亚山的余脉绵延到此，英国人称之为绿色群山，法国人意译成 Vert Mont，合在一起去掉不发音的辅音字母 t 就成为现在的州名。

　　早就听说佛蒙特的旅游业相当发达，夏季是避暑胜地，处处郁郁葱葱的，到了冬天则成了天然的滑雪场。中部小城米德尔堡，一年一度的全美青年作家会议（Bread Loaf）在这里举行。我曾于 5 月间写信给组委会，申请资助，但却没有成功。一位官员有礼貌地答复说，资助名额已满，欢迎自费参加。半个多世纪以前，衣锦还乡的诗人罗伯特·弗罗斯特隐居在附近的 Ripton（第二章谈及的诗人肯耐尔目前也住在佛蒙特），年轻的墨西哥诗人奥克塔维奥·帕斯专程造访了他，并写下了一篇著名的访问记*。

佛蒙特原来还有我的一位未曾谋面的作家朋友，曾盛情邀请我，说要开车到奥尔巴尼来接。可是，就在一个月前，他的个人生活遭受了一次毁灭性的打击，忽然无影无踪了。多年以后，我在北京和杭州两次见到这位仁兄，他早已回国定居，并摇身转变为一个出版人，一度取得了较大的成功。我们曾尝试合作，但依然无疾而终，他本人的事业和生活也频频出现变故。

铁路线从西北向东南方向延伸，后又沿着康涅狄格河南下，上游的康河成了佛蒙特和新罕布什尔两州的天然分界线。午夜一点多，火车抵达了马萨诸塞州的阿默斯特。关于这座小城，我已在一篇散文中作了介绍，这里居住着我在中国认识的美国诗人丹尼尔·霍尔，还有我个人生活中的一个小小秘密。与阿默斯特紧邻的斯普林菲尔德是一座古老的名城，它旁依着康涅狄格河，南距哈特福德约 25 英里。1841 年的一个冬日，29 岁的查尔斯·狄更斯曾经从斯普林菲尔德乘坐一艘小汽艇去哈特福德，碰巧那天大雨滂沱，这段航程竟然用了两个半小时。但是狄氏对此毫无怨言，根据《游美札记》记载，我们的大作家在船

★ 参见拙译《访问诗人：罗伯特·弗罗斯特》，初载民刊《阿波利奈尔》创刊号（1995），后发表于《外国文艺》（1996），收入拙著《美洲译诗文选》（2003，河北教育出版社）。

诗人弗罗斯特晚年隐居地

上遇见了一位绝代佳人。

　　出乎预料的是，火车在进入康涅狄格以后突然向东拐了一个大弯，到达了靠近州界的诺威奇，差点就把我的叙述语境扩大到罗德岛。火车在新伦敦调头西行，沿着海滨快速行进，在过了波里奇波特之后，海面上渐渐泛起了红晕，我又一次见到了大西洋的日出，海边突兀的巨石不时遮住了我的视线。它们中的哪一块是黑岩呢，罗伯特·洛厄尔的名诗《在黑岩的谈话》讲述的就是波里奇波特附近黑岩一带的匈牙利人后裔的故事，诗中写道：

> 基督在黑色的水面上行走，那黑泥浆
>
> 在他鼓起的双翼和嘴上飞溅，我的心
>
> 那蓝色的鱼鸟，在火中向你俯冲

这最后一行恰到好处地描绘了我眼前的景象。

　　8点钟，火车抵达了纽约的宾夕法尼亚车站，这一回还是在地下，谁让车站设在寸土寸金的曼哈顿岛上呢。在蒙特利尔唐人街的那次晚宴上，我从 M 博士那儿获得一个重要信息，他的同班同学 T 在康奈尔大学做博士后。在此以前，我只是从理论上相信一定有我的故友在纽约。半个小时的停车时间让我从容地在月台上给 T 打了个电话，从睡梦中醒来的 T 好不容易才分辨出是我的声音，8 年了我们没有见面，什么时候再来纽约？我说大约半个月以后吧。挂好话筒以后，我抬头仰望天花板，披着一层神秘面纱的纽约，我又一次穿越了她的心脏地带。

　　火车继续向西南方向进发，没有便衣警察的跟踪，现在可以透露我此行的目的地了，那就是马里兰州的巴尔的摩。火车经过新泽西州的大学城普林斯顿没有停留，接着来到了宾夕法尼亚的费城。很久以前我头脑里就有了这么一个概念，即费城在美国的地位相当于中国的天津。而眼下，本年度美国最流行的电影歌曲——《费城故事》的主题歌依旧高踞在排行榜上，虽然今年是惠特妮·休斯顿最走红的一年。可是，我本人对费城的探访则要等到下一次美国之旅。

　　大约上午 10 点 30 分，火车抵达了特拉华州的最大城市威尔明顿。这个唯一的停靠站位于该州的最北端，著名的特拉华河流经此地，州名和河名均取自东侧的特拉华湾，这个难得由英国人发现的海湾分开了特拉华和新泽西。特拉华只不过比罗德岛稍许大一点点，火车 20 分钟就穿了过去，进入了马里兰州，可它在到达中部的巴尔的摩之前还要足足走上一个小时。

　　11 点 30 分，火车停靠在巴尔的摩车站，我的表哥小卫在站台上迎接我。算起来我还是在 14 年前第一次京城之行时见过他，当时他在西安念大学。两年后他分配回京，在北大分校教书，从那时起他便下决心考托福出国，这项计划在 3 年后得以实现。对于一个在美国奋斗了 9 年的中国人来说，他的一切自然安定下来了。表哥在一家私营的计算机软件事务所工作，表嫂在他的母校约翰·霍普金斯大学上班，他们有一对淘气的儿女正在上幼儿园。

　　表哥大学时学的是无线电，他一直擅长动手，这正是我所欠缺的。读中学时我最不喜欢的就是做实验，虽然如此，高考时物理和化学均得了 95 分，而一向在班里甚至学校里数第一的数学却意外地失败了。记得大学时表哥一度迷恋于古典音乐，曾不顾姑妈的反对购买了好几个抽屉的磁带，他的行为甚至部分影响了我。但是音乐的熏陶并没有在他头脑里结出果实，却为我后来的写作打下了坚实的基础。现在的表哥不得不长年累月与电脑打交道，他的头脑大大地被损害了，经常

约翰·霍普金斯大学徽印

巴尔的摩的螃蟹宴招贴画

丢三落四的，有一次甚至好几个月找不到绿卡，引发了夫妻之间无谓的争吵。后来他们终于劳燕分飞了，表哥最近一次来杭州看我是 2014 年夏天，他依然孑然一身。

计算机虽然给作家的写作大大提供了方便，但同时也夺走了许许多多潜在的读者。美国的计算机无疑是最先进的，更新换代十分迅速，这使得与之打交道的人疲与奔命。作为回报，表哥的年收入在 10 万美元以上，几乎是普通大学教授的一倍，因此在巴尔的摩北部幽静安全的陶森区购置一幢带花园的 2 层楼房对他来说并非难事。成为百万富翁以后就回中国，这是他常挂嘴边自慰的一句话。没想到不出一年，表哥却玩股票入了魔，赔掉了 50 万美元的全部积蓄，他只好一切又从头开始，此乃后话。

表哥来美国以后最大的爱好是打网球，他的球技相当不错，搭档的水平也很高，在我的请求下，他答应教我。真没有想到，我会在约翰·霍普金斯大学的校园里开始我的"网球生涯"，在表哥的悉心指导下，我从握拍开始学起。在其他球类方面的训练有素帮助了我，表哥说我球感不错，是个可造之才。后来有几次表哥和他的搭档对打，我在一旁面壁苦练，当他们中的一个停下来休息时，我便挥拍上阵，和高手的切磋让我的起点不俗。

美国的网球场遍布城市各个角落，绝大多数免费开放，到了晚上还有灯光，有时也会碰到满员的情况，但网球爱好者有一个不成文的规定，只要你拿着拍子在一旁等候，不出半个钟头，就会有人主动让位给你。我的球艺增长飞快，倘若不是有一次表哥踩球扭伤了踝骨，水平还会提高一截。尽管如此，等我回到弗雷斯诺，我完全可以和球技最好的两位中国留学生相抗衡了。虽然如此，那时我却还没有开始关注网球大满贯，那应是皮特·桑普拉斯称王的时代，他被誉为"桑神"，那年他夺得了澳网和温网两个冠军，而他的继承人、"奶牛"费德勒尚且只有 13 岁。

到达巴尔的摩的第二天晚上，我和表哥全家一起去市里一家餐馆吃"螃蟹宴"。巴尔的摩濒临著名的切萨皮克湾，此湾狭长纵深，很容易让船只迷失方向，犹如南美洲乌拉圭和阿根廷之间的拉普拉塔河口。岸边有许多达官贵人的海滨别墅，我的房东吉姆的老爹就在其中的一个小岛上。皮萨切克湾盛产螃蟹，且只只圆润肥硕，四五只就够吃饱一顿的了。烧好以后，蟹的表面有一层黄色的粉状物，需要放在水里清洗一下。

多年以后，我在布朗大学逗留期间，有一天，主人在一处海滨用龙虾宴款待我们，我这才发现，美国人是用一块大麻袋罩住许多只箩筐，加上调料，底下用木炭烧火蒸熟的。有趣的是，美国人认为螃蟹公的比母的好吃，我们就要求侍者端上母的来，再加上啤酒和饮料，似乎不需要别的什么了。表哥见我爱吃，后来多次从店里买回家来，本来么他们两口子就不大会做菜。那天晚上，我们又在电视机前大饱眼福。"北欧海盗"瑞典以4：0大胜"黑马"保加利亚，夺得了世界杯季军。

与螃蟹一样出名的还有《巴尔的摩太阳报》，这和《芝加哥论坛报》我在中国时就听说了。"太阳"的名字意味着天气的炎热，巴尔的摩虽然靠着海湾，但美国太平洋沿岸的气候酷似中国的江南，夏天又热又闷。表嫂每天都要领着两个孩子去霍普金斯大学的游泳馆，有一回我跟着她们去，在泳池外面的草场上和一群大学生一起踢足球，后来下起了大暴雨，我们全身都湿透了，鞋子里灌满了水，但比赛仍然继续。世界杯的余热未散，它给美国人带来一种新的游戏方式，尤其是在大学的校园里。

7月17日，一个不平凡的星期天，我们一早出发去首都华盛顿，表哥开着一辆可载8人的面包车。出了市区，我们很快就上了95号自由公路，这是东海岸最繁华的一支公路，双向10个车道，从北部的缅因州直抵佛罗里达的迈阿密。华盛顿又名哥伦比亚特区，位于马里兰州和弗吉尼亚州的交界处，美国人更喜欢叫她DC（District of Columbia）。仿佛一位国王（乔治·华盛顿）夹在了一位女王和一位王后*之间。华盛顿离开巴尔的摩只有40英里，因此这两座城市共用了一个国际机场，它坐落在两座城市之间。不过多年以后我复返DC，飞抵的却是西边的杜勒斯机场。

在华盛顿我走马观花地参观了美国自然博物馆和美国历史博物馆，

★　弗吉尼亚意为"处女地"，只因英王伊丽莎白一世（1558—1603在位）终身未婚；马里兰意为"玛丽的土地"，而玛丽是英王查理一世（1625—1649在位）皇后玛利亚的昵称。

远远地瞧了一眼白宫和国会山，纠正了一个常识错误，原来我们在图片和电视中看到的那幢乳白色圆穹形建筑是国会大厦而非白宫。从国会图书馆沿着林荫大道笔直向西走到波托马克河畔的林肯纪念堂要用上半个小时，中间一片开阔的圆形草坪上耸立着著名的华盛顿纪念碑，形状如一把出鞘的长剑。我对自然博物馆的一个大厅颇感兴趣，里面展示了各个年代的自行车、汽车和飞机的实物，最吸引人的是那些机器人和机械手，体现了美国最先进的高科技技术。令我感到意外的是林荫大道两侧各类造价昂贵的博物馆，几乎全部免费对公众开放。

午餐以后，我们来到了华盛顿国立艺术馆，一个门类齐全的大收藏馆。在所有古典大师的作品中，我印象最深的是达·芬奇22岁（1474）的习作 Ginevra de' Benci（Benci 的吉勒芙拉）。这是一幅木上油画，画中人吉勒芙拉显然比蒙娜·丽莎（达·芬奇晚年作品）年轻许多，微撅的嘴唇，脸部因两侧悬垂下来的两缕卷发而显得生动，虽然没有神秘的微笑和美丽的玉手，但是眉宇之间透露出一股傲气，颇有点现代感。我觉得至少作为一个女人，吉勒芙拉更加迷人。6年以后，我在南美洲的哥伦比亚访学，还曾从这幅画里获得部分灵感，写成了诗歌《数字和玫瑰》。

美术馆的现代部分似乎略微充实一些，但名作也不多见，在一个并不算显眼的走廊里，我发现了西班牙画家霍安·米罗的几幅作品，其中有他早期现实主义的代表作《农场》。这幅画表现的是地中海海滨的一个农庄景色，米罗最终在巴黎完成了此画，据说他曾带去故乡巴塞罗那的若干草叶标本。《农场》后来被美国作家欧内斯特·海明威购得，

达·芬奇的《吉勒芙拉》，曾带给我写作《数字与玫瑰》的灵感

这大概是它后来流到了美国的主要原因吧。当时海明威身无分文，为了买下这幅画，他不得不每天晚上到巴黎的一家农产品市场装卸蔬菜。

美国国立美术馆由东西两座大楼组成，西楼是陈列厅，东楼是展览厅，我们走下一处台阶，一条长长的运输带把我们带到了东楼。威廉·德·库宁的回顾展正在这里展出，据说几天前这位90高龄的画家亲临了开幕式。德·库宁出生于荷兰的鹿特丹，1926年他爬上一艘货船渡过了大西洋来到纽约，毫无疑问，在20世纪不计其数的偷渡客中，德·库宁对美国的艺术贡献最大。在我的印象里，德·库宁那些粗犷有力、支离破碎的线条所表现的扭曲的妇女和风景由于色彩的鲜明和背景的冷凝而获得了一种秩序和稳定感。或许德·库宁形式上的创新不如他的朋友杰克逊·波洛克，但在精神上他体现出一种前所未有的美国气度。我买了一张德·库宁50年前的作品《火岛c》，当然这是一幅缩小了的复制品。

快3点钟的时候，透过艺术馆休息厅的大玻璃，我们发现天空聚集起不少乌云，又要下暴雨了。我给成都诗人欧阳江河打了电话，昨晚我们说好，想在华盛顿聚一聚，顺便观看4点30分开始的世界杯足球决赛。现在我们决定立刻返回巴尔的摩，和江河的见面只能等到下一次了。可是由于我们归心似箭，反而走错了方向，两次路过中国大使馆，花了40分钟才找到95号公路的入口。半路上下起了特大暴雨，在我的记忆里即使中国的江南也不是每年都能碰到，落在马路上溅起的雨珠和汽车轮子扬起的水珠形成了一片白雾，刮雨器显得无能为力，高速公路上汽车缓慢下来，行驶速度降低到每小时20英里。

德·库宁作品《妇女 III》

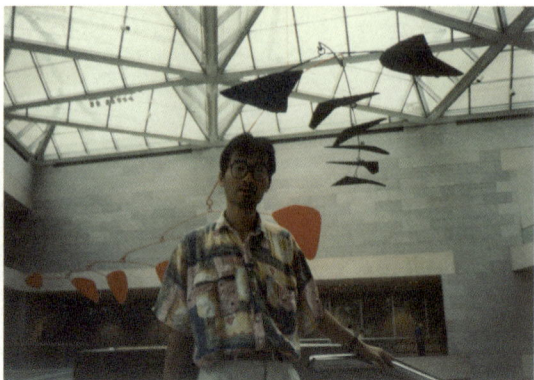

在华盛顿国家美术馆
考尔德的作品前。小卫摄

当我们回到陶森的宅第，急忙打开了电视机，刚好中场休息，比分依然是０：０。这是一场令人乏味的决赛，整个下半场和30分钟加时赛双方都没有建树，最后点球大战意大利的"金童"罗伯特·巴乔和队长巴雷西双双踢飞，使巴西人以３：２获胜，从而首次捧得了大力神杯（此前他们曾三度夺冠，从而永久占有了雷米特杯）。历史或许会以另外一种方式记录这场比赛，这是国际足联实行"突然死亡法"以前最后一场重要的比赛。

巴尔的摩是我夏天旅行中最漫长的一站，15 天的时间让人感觉多少有些无聊，尤其是表哥扭伤了脚，世界杯比赛全部完事以后。这种处境在表哥为我介绍了一位浙江同乡大 O 后有所改观，大 O 是个放浪不羁的家伙，留着小平头，开一辆破旧的吉普车，住在一户人家的地下室里。大 O 来美国不久就辍学了，他现在以打工为生，没有固定的工作，什么活都干，倒也快活自在，他甚至私藏残疾人标志牌，每当无处可停车时，就拿出来放在前座台面上。

一次大 O 带我去帮李先生搬家，当时我吓了一跳，两个人一辆破吉普怎么搬。原来李先生出租了一幢洋房，房客是一家美国人，那男的做生意折了本，已经有 3 个月交不起房租了。李先生到法院办理了强行搬家的传票，便雇我们去搬走房客的家具，我们的任务就是把一堆破烂的旧家什移到外面的草坪和人行道上。那男的不在家，一个不到 40 岁的女人领着 3 个年幼的孩子站在一旁，最小的女儿只有五六岁，嘴里嚼着口香糖，一副天真烂漫的神态，我真不忍心做这件事，但大

在大烟雾山。作者摄

O 说这是在美国，一切听从法律的判决，况且遇到这种事情，李先生也自认倒霉。两个小时就搬完了，我们每人分得 40 美元的酬劳，足够坐火车去纽约打个来回了。

后来有一天大 O 闲得无事，便说要带我去华盛顿，我主动承担了汽油费的一半。头天夜里我和欧阳江河再次通了电话，请他帮我第二天早晨去白宫前面排队领票，参观白宫的人很多，所以每天名额有所限制。江河的家在五角大楼附近，离白宫不算远，他说以前帮别人取过几次票，不会有什么问题。当我们赶到他家门口时，他刚刚回来，说是晚了一分钟，前面那个人还拿到了票子。整整 4 年以后，我驾驶一辆大功率的雪佛莱，携妻子从乔治亚州一路向北去缅因湖畔，途经华盛顿又玩了一遍，依然没有机会参观白宫。不过，那次我们首先游览了美国人气最旺的大烟雾山国家公园。在到达费城之前，还造访了

在 DC 的自动加油站。俐俐摄（1998）

美丽的杜邦花园（Longwood Gardens）。

　　那次是我和汀河的第二次见面，第一次是在 1991 年秋天，在他成都的家里。当时我在川大参加数论会议，我们谈话的主题是音乐，这回却转到了绘画上。我们讨论了一番德·库宁的画展（3 年后画家在长岛去世），后来他告诉我林荫大道上有一家挺不错的雕塑馆，我不想再走这么多路了，况且雕塑在室内效果总不会太好。欧阳来美探亲已经一年多了，平日里在家无事，那几天他正应约为中国香港一家摄影杂志撰写评论文章。

值得一提的是，多年以后，我和江河不仅在北京、杭州、西宁、还曾在欧洲名城伊斯坦布尔见面，他也因此成为我难得在3个大洲见面过的中国诗人。杨炼明天要来华盛顿，江河告诉我，我想我这次是无缘见到这位著名的朦胧诗人了。不过没关系，以四海为家的诗人总有机会见面的，我和杨炼谋面的机会要等到新千年，在他客居的伦敦。还有江河那位尚在DC念书的夫人，刚巧那天早上有课。我见到欧阳夫人是在多年以后的中国，那时她已经是孩子的母亲，可是欧阳夫妻的结局却与我的表哥表嫂相似。

巴尔的摩港位于城市的最南端，我常一个人乘公共汽车去那儿，码头旁边有一个小型的水族馆，那些悠闲的踱步对我来说非常难得。或许，我一生都不会有这样的机会了，没有义务，没有风景，也没有奇遇，我就像停泊在港口的一艘帆船一样，纹丝不动。这与我4月滞留弗拉格斯塔夫的情景有所不同，存在着依山和傍水的差异。有时我会一直逗留到黄昏，夏天的美妙时刻来临，人们从大街小巷里涌来，还有人载歌载舞。街头艺术家犹如天上的一行孤雁，愉悦我们的视野和心灵，特别让远离故乡的旅人获得一丝温馨，这正是苏白两堤、外滩和天安门广场所缺乏的风景。

在我离开巴尔的摩之前的最后一个周末，表哥的合作者兼老板克拉克邀请我们去他郊外的农场参加一个冷餐会。此前，表哥曾带我去过他们的公司，这个克拉克显然有着比较精明的商业头脑，而我表哥则有技术。"没有办法，我必须要和美国人合作，"表哥说，"因为我没有加入美国籍，不能做法人代表。"克拉克从祖上继承下来的农场没有多少公顷土地，平常只雇佣一个农民料理庄稼。

快到收获季节了，水稻的长势良好。聚餐围绕着碧绿的泳池进行，表嫂带着孩子们下去游了一会。克拉克的妻子非常漂亮，他的母亲雍容华贵，是个典型的英国老太太，还有1岁的女儿和妹妹，一位正在马里兰大学就读的Junior，克拉克的周围似乎被女人环绕着。来宾中还有几个时髦的女士，一会儿她们谈到了欧洲的文学和艺术，这些人对中国当然一无所知了，但她们似乎从我身上感觉到了什么，那就是有机会应该到中国去看看。忽然间我想起巴尔的摩曾经居住着两位马蒂斯绘画的早期收藏家——克欧姐妹，1930年，画家首次访问纽约时曾专程来巴城看望过她们。当然还有19世纪诗人爱伦·坡，他有着现代主义文学之父的雅称，曾启迪了法国诗人波德莱尔，还是推理小说和科幻小说的始祖。1849年的一个秋日，他在巴尔的摩大街上走着走着突然晕倒身亡，年仅40岁。以及那位爱幻想的多产的女诗人艾德里安娜·里奇，她就出生在巴尔的摩，她在一首描述爱米莉·狄金森的诗中这样写道：

> 她剃着腿上的毛发，直到双腿
> 像石化的猛犸长牙闪闪发光

5

7月29日，一个晴朗的早晨，我终于要去纽约了。我用这样的语气是因为我无意中想起了《霍安·米罗传》里的一句话："事情越来越清楚，米罗总有一天要到巴黎去的。"表哥开车送我到 Amtrak 车站，美国的火车票价比起飞机来便宜不了多少，我早就听说了一种叫 Rail Pass 的月票，专为持外国护照的旅行者服务，399 美元一张，持票者在 30 天以内可以去美国境内任何 Amtrak 抵达的城市，甚至包括了个别加拿大的边境城市，如蒙特利尔和温哥华。只是此类车票必须要到少数几个大城市才能购买，不得已我先乘一列短途客车去 DC，在那里买到 Rail Pass 后再换车北上。

午后一点，我到达了纽约的宾夕法尼亚车站，遵照前天夜里 T 在电话里给我的指示，我换乘地铁来到了靠近东河的约克街，T 住在一幢临街的老式公寓里。康奈尔大学的总部是在离开纽约市 300 公里以外的伊萨克，只有医学院设在曼哈顿。医学院的附属医院在美国享有盛名，不久以前理查德·尼克松和肯尼迪夫人杰奎琳就是在这里告别人世的。

　　杰奎琳在美国人心目中的崇高威望是我以往所不知的，她被认为兼有东方女性的魅力，因此成为第一夫人中的第一夫人；而尼克松无疑是 20 世纪下半叶对中国影响最大的一个外国佬，1972 年 2 月，他历史性地访问了北京，接着到了杭州、上海，他的飞行路线记录在我的笔记簿里，那时我还不满 9 岁，这对我来说有着启示性的意义。

　　T 一年前在西部一所大学取得控制论专业的博士学位，后来到这里做医学统计方面的博士后研究。巧得很，我到的那天正好是 T 的生日，这种巧合在我的旅行中已是第二次了，T 的妻子和母亲在厨房里忙乎了半天。我和 T 从前交往不多，只是在一个班里学过英语，我又一次感觉到大学同学的情谊。记得后来在东京，一位外语系的女同学戏言说，只有你才这么到处受欢迎。我回答她说，也只有我才这么到处旅行。当天晚上，我和 T 一起去附近的东河边散步，后又去学校里打乒乓球。这是他现在仅有的一项体育活动了，那是一个中等规模的教室，也是中国留学生经常聚首的地点。我没有想到，来到纽约的第一个晚上，我竟然跑到康奈尔大学打起乒乓球来了。

　　翌天上午，我谢绝了 T 的陪同建议，独自一人去下曼哈顿游览。首先我想看的是自由女神像，我换乘公共汽车来到了贝特里公园旁的轮船码头，路上经过了著名的小东京和唐人街，我乘渡船去往南岸的斯塔腾岛，本来码头有游船直接驶往女神像所在的自由岛，但我想和她保持一点距离。果然如此，渡船在离女神像不到 100 米的地方驶过，我见到的自由女神站在比她本身更高的石塔上，这和我在电影里经常见到的从飞机上俯视的镜头不一样，她的"肤色"要灰暗许多，气度也没那么非凡。至于甲板上的其他乘客，更是无人去关注她。

就这样，我在一条渡船上两次悄悄逼近了自由女神像。她是美国独立 100 周年（1876）法国政府送给美国政府的礼物，当时的美国总统正是前文提到的克利夫兰。此外，还有两件事值得一提，一是雕像内部钢铁支架的设计者是那位大名鼎鼎的建筑师艾菲尔，二是雕像设计师巴托尔迪是意大利裔的法国人。回到曼哈顿后，我就像个平常人一样，消失在百老汇大街的人丛中。不一会我见到了一条窄窄的小巷，不过八九米宽的样子，路牌上却写着赫赫有名的两个字，Wall Street（华尔街）。

华尔是英语 Wall（墙）的音译。纽约曾是荷兰人统治北美时的中

去见自由女神，背景是纽约世贸大楼

心，300 多年前这里是用树木筑起的栅栏，为的是防止牛群走散和抵御印第安人，后栅栏改成了围墙。英国人占领后，拆掉了围墙，改建成一条街道，没想到现在成了世界的金融中心。我找到纽约股票交易所，外表十分朴实，却是道·琼斯指数的诞生地。不巧那天周末，我因此四年后，才得以进入参观。道只念过小学，依靠自己的努力做上财政记者。后来来了一位爱尔兰冒险家，因为没有美国国籍，拉道入伙做股票。琼斯是布朗大学的统计学家，和道一起创建了道琼斯指数。待到合伙人入了籍，道便干回老本行，创办了《华尔街日报》。遗憾的是，两个星期以后我来到明尼苏达，方才得知我的故友 Z 在华尔街。

　　Z 在山东大学读研究生时自告奋勇做了研究生会的主席，在他的盛情邀请下我出任了学习部长，我们一起工作了一年。他获得计算机硕士学位以后来到了美国，改行搞起了金融，并在德克萨斯州取得博

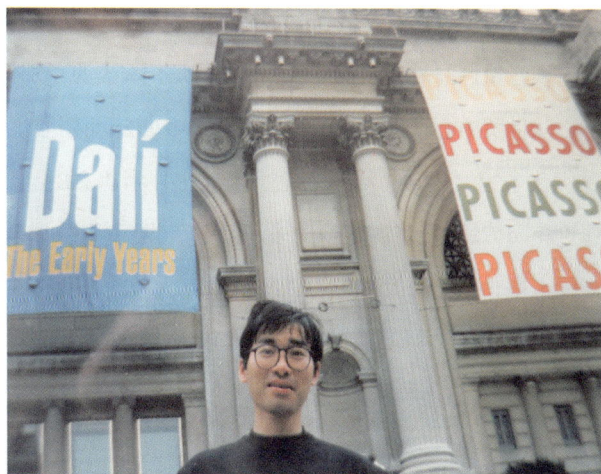

在纽约大都会博物馆前。杰佛莱摄

士学位，随即来到纽约闯天下。当 Z 得知我到了美国，便力邀我重返纽约，可惜那时我已经回到西海岸了。在 Z 随后寄给我的一份英文报纸上，我见到了他的近照，有一篇文章称他是"金融工程学"的三位创始人之一，并且 Z 是为首的一位。1996 年 7 月 29 日，正好我抵达纽约两周年之际，王军霞在亚特兰大取得了 5000 米跑的奥运会冠军。就在那天早上，我在《东方之子》节目里又一次看到 Z 的尊容，他被冠以"衍生金融专家"的头衔。

回到百老汇大街，我继续徒步北行，几分钟以后就到了世贸中心，两幢高耸入云的姐妹楼，南面的一幢向游人开放。我买了一张门票，便乘电梯上了 400 多米高的顶层，整个曼哈顿、哈得逊河、东河和上纽约湾尽收眼底，风景比密歇根湖边的芝加哥更为漂亮，但却没有初登西尔斯大厦那样的兴奋。那会儿我当然不曾想到，7 年以后，这两座摩天大楼会在全世界电视观众的众目睽睽之下，双双焚毁、倒塌。那一刻我刚好在俄罗斯远东的海参崴，饭店对面房间的旅客打开房门，把电视音量调到最大。我推开了自己的房门，看见了那惊人的一幕。

从世贸中心顶上下来，我急于想去中央公园附近的 MOMA，纽约现代艺术馆。我乘车沿百老汇大街北上，到达 NBA 尼克斯队主场麦迪逊花园广场后，汽车转入了第五大道，两旁闪过一些著名的建筑物，帝国大厦，纽约公共图书馆，帕特里克大教堂。我在 53 大街下了车，向西步行了大约 5 分钟，就到了 MOMA，这个看起来并不引人注目的建筑是 20 世纪艺术最大的收藏馆。

南北战争结束以后，美国人才发现他们在文化方面已经沦为欧罗巴的附庸，H. H.阿纳森博士在《现代艺术史》一书中指出，21世纪初期的美国艺术，大约比法国人落后50年。以至于后来超现实主义领袖、法国诗人安德烈·布勒东初到纽约时，不愿意开口说一句英语。1913年举行的纽约军械库展览，成为美国艺术史上一个划时代的里程碑，在这次展览会上因《下楼梯的裸女》一画而获得"引起公愤的成功"的法国画家马赛尔·杜尚于1915年抵达纽约，成为新世界艺术家的领袖。

在纽约，杜尚除了缓慢地完成了那幅"谜一般的现成品"《大玻璃》以外，只是下棋和试验各种不同的光学装置。但他依然是纽约艺术界的头面人物，这主要靠他的艺术观念而不是创作，仿佛一位卓尔不群的意念大师。等到第二次世界大战爆发，大批欧洲的作家和艺术家移居纽约，美国土生土长的一代艺术家也趋于成熟，特别是1939年MOMA的正式开张，纽约已取代巴黎成为世界艺术之都。

在罗丹的塑像《巴尔扎克》前

　　位于西 53 大街 11 号的纽约现代艺术馆至今已收藏了 10 多万件绘画和雕塑等艺术精品，几乎包含了所有现代主义大师的代表作。例如，马蒂斯的《舞蹈》（第一版）和《钢琴课》，毕加索的《阿维尼翁少女》、《三个乐师》（第二版）和《镜前的少女》，凡·高的《星夜》，夏加尔的《生日》和《我与乡村》，克利的《围绕着鱼》，基里柯的《无限的乡愁》，马格里特的《镜子的错误》，达利的《保留的记忆》，米罗的《投石打鸟的人》，恩斯特的《遭夜间鸟啼惊吓的两个小孩》，唐吉的《弧度的增值》，阿普的《山、锚和肚脐》，蒙德里安的《构图 V》，波洛克的《无题》，等等，这些都是过目难忘的大师之作。

在李普希茨的雕塑《山羊》前

　　在 MOMA，我还新认识了一位墨西哥女画家弗里达·卡洛，她的一系列身着奇服的自画像尤其引人注目。几年以后，我在成都见到女诗人翟永明，她比我更迷恋卡洛的画，还写了一篇散文和一首诗《剪刀手的对话》题献给卡洛。我从小翟那里了解到卡洛的一些情况，原来她最初是以一位名画家的妻子身份出现的。更令人不可思议的是，这位或许是 20 世纪最有成就的女画家居然把自己的年龄隐瞒了 3 岁，直到她逝世以后她的一位研究者才发现并揭开了这个秘密，由此可见女艺术家的成功来之不易。得一提的是，多年以后，我不仅为她写了一篇文章《只是轻轻地掐了她一下》，还到过她的祖国，参观了她的故居。

　　随后我来到艺术馆的书店，制作成精美卡片的名画斜放在书架上，令人眼花缭乱。西方国家艺术品的印制有所限制，一般来说只能印制和出售本馆的藏品，甚至旅游景点的风景明信片也一样，不像在中国，你在任何城市都可能买到北京、西藏甚至台湾的风景明信片。我正在仔细挑选，一位店员主动凑上前来，和我聊了起来，我们交换了对一些画家的看法，居然大致相仿。他叫杰弗莱，是一位摄影师，他见我非常喜欢这些卡片，便向我暗示，要我尽量多选一些，他会给我优惠的。

我一时高兴，共挑了30多张。结账时杰弗莱又加上了一件印有MOMA字样的T恤衫，标价18美元，结果机器里打出来的单子却总共只有1.08美元（8分是税金）。这个折扣打得真够意思，我想起这是在纽约，艺术家可以不拘小节，亨利·卢梭和莫迪里阿尼在巴黎都有过小偷小摸行为，内心也就释然了。可我刚走出MOMA大门，杰弗莱就不急不忙地追了上来，说明天他不上班，愿意陪我去中央公园逛逛。我说行啊，晚上再电话联系吧。

吃过晚饭，我和T一起到了时报广场，真没想到，这么有名的地方不过是个小小的十字路口。附近有著名的美国三大电视网总部，雷德曼主持的《晚间娱乐》每天就在其中的一幢大楼里现场制作的。回头走一段路就是百老汇戏剧街区。可是，街上的霓虹灯也不过如此，到处都是游人，有不少画肖像画的在此摆摊，我向其中的一个中国人打听从杭州来的画家谷文达。"他昨天飞到巴黎去啦！"画画人一脸的嫉妒。我不想影响他的生意，马上就走开了，拥挤的人群使这里的一切包括谈话的节奏都加快了不少。

不一会儿，我们来到了42大街，一个在人行道上徘徊的老妓女紧贴上来，她看上去至少有40岁了，她的大胆举动让我吃惊。她说出几个我不懂的单词，T也只能猜测可能是床上用语，夸耀她的"功夫"出色。我们一直等到走累了才搭乘一辆出租车回家，T的妻子告诉我，杰弗莱已打过电话来，我给他回了电，约定明天中午在大都会艺术馆门前的台阶上会面。

　　第三天一早，我就来到纽约大都会艺术博物馆，穿上了MOMA
的黑色体恤。这是西半球的卢浮宫，但在大门外的廊柱上悬挂着两幅
招贴，毕加索画展和达利早期画展，目的显然是为了诱引观众。看来
至少在纽约，现代主义艺术已经深入人心，我惊奇地发现毕加索有那
么多漂亮的女子肖像画，我欣赏的《女人之花》不过是他琳琅满目的
作品中的一幅。在此以前，毕加索在我眼里主要是创造者（艺术史家
们过于强调了这一点），现在我明白了，他同时还是一位孜孜不倦的工
匠，这也正是他能够不断创新的基础。至于那些古典大师的作品，我
觉得已经看得够多了，这一回只是浏览一下，我又一次发现东方艺术
被安排在地下的最低一层。

　　在出口处的书店，我从数以千计的精美卡片中挑选了两张留作纪
念：戈雅的《红衣少年》和克里斯蒂斯的《少女像》，我只是从卡片的
文字说明中了解到克里斯蒂斯是15世纪的佛兰德斯画家，直到两年以
后我购得一本介绍尼德兰和佛兰德斯绘画的书中方才得知这幅画被艺

在纽约中央公园。杰佛莱摄

术史家称为"北方的乔康达夫人"，乔康达夫人即蒙娜·丽莎。她长着一双东方人的丹凤眼，一张任性的小嘴，头戴着黑色锥形的高帽，帽带围住了下颏，帽子上天鹅绒的环饰把光洁的额头衬托得分外白皙。由于年代久远，她的面容和胸部均匀地开裂，犹如干旱的土地，使整个画面更为动人。

下午一点，杰弗莱准时在台阶上等我，手里还拿着一台快速成像的照相机，那会儿还是时髦货。我们步行来到了中央公园，进去不久便到了几年前意大利歌唱家帕瓦罗蒂举行露天音乐会的地方，当时共有 50 万听众，杰弗莱是其中的一位。我正在想怎么会有那么多人愿意慷慨解囊，杰弗莱告诉我是免费入场。中央公园虽然是在曼哈顿岛上，面积却大得惊人，8.5 平方公里，相当于一个半西湖。我们在湖泊和树

在杰佛莱家。作者摄

林之间穿行，路上见到了英国雕塑家亨利·摩尔的几件作品，包括《两个斜倚的人体》。我很奇怪为何 MOMA 的屋顶花园里没有摩尔的作品，以至于罗丹的《巴尔扎克》独占鳌头，而李普希茨的《山羊》只能作陪衬了。唯一的解释是，摩尔更喜欢让他的人物处身大自然中。

随后，杰弗莱把我带到了西南角的"草莓园"，这是约翰·列侬的纪念角，我们遇到了几位北欧姑娘。她们是"披头士乐队"虔诚的歌迷，我们在一块写着"幻想"字样的石板前伫立，这是为了纪念列侬的同名歌曲，这首创作于 1971 年的歌词最后写道：

或许你要说我是梦想家

但我不是独自一人

我希望有一天你也加入

到那时世界会变成一体

　　杰弗莱随手捡起落在树丛里的一片纸屑，他还带我到列侬被枪杀的地方，那年杰弗莱只有 10 岁，正在现场附近玩耍。这件事对他的一生有着不可磨灭的影响，他在距离出事地点几米远的地方站住，叫我一个人走过去，我看到他眼睛里噙着泪水。杰弗莱还指给我看列侬遗孀小野洋子居住的公寓，与歌星麦当娜只有一街之隔，从她们的家里可以俯视中央公园。小野比列侬大7岁，两人结婚前她有两次婚姻（列侬有一次）和一个女儿。我们来到列侬和伙伴们初次来到纽约时下榻的广场饭店（Plaza hotel），看上去并不起眼，当时却是人山人海。我可以想象列侬站在阳台上招手的情景，就如"文革"时期的天安门城楼一样。

　　我早就发现杰弗莱的举动有点不对劲，虽然以前没有见过同性恋，但我知道这一回遇上了。尽管如此，当他提议我们去他格林威治村的家时，我还是同意了，因为我感觉他不是个坏人，况且我的身体比他强壮许多。格林威治村是纽约艺术家的聚集地，我们来到一个僻静的小巷，与中国南方一些旧建筑一样，这里楼梯的一头连着人行道，路边的几个男孩吹着口哨，两位坐在台阶上下棋的黑人老头用异样的目光打量我们，并对杰弗莱的主动招呼置之不理。

　　杰弗莱的公寓是一室一厅，这对纽约的单身汉来说已经不错了。

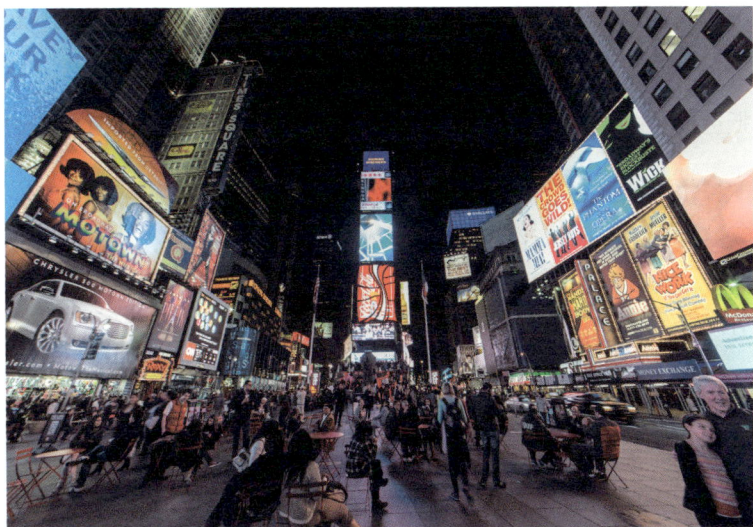

纽约时报广场夜景

他看起来不是一个勤快的人，屋子里不大整洁，他给我看了他为小野洋子拍的一些照片，有几张还有她的亲笔签名，这位著名的日本女人已经年过花甲。杰弗莱承认自己是个同性恋，他告诉我他3个最要好的朋友相继死于艾滋病，他拿出他们去世前拍的照片，还说这3个人是他所认识的人中最有才华的。看得出来他有点害怕，我们去附近的一处露天餐馆用晚餐，席间他又邀请我晚上和他一起去参加MOMA馆长的生日聚会。我记得杰弗莱曾经说过MOMA是个同性恋窝，而馆长正是他们的头头。

　　我想起了纽约派诗人领袖弗兰克·奥哈拉也曾是MOMA的馆长，我非常赞赏他切入当代生活的卓越才华，他的一首描写女演员拉娜·透纳精神崩溃的诗曾留给我深刻印象。奥哈拉 40 岁那年死于长岛的一起车祸，而拉娜·透纳* 依然活着并撰写她的回忆录。未曾想到的是，我抵达纽约的次年，透纳便因喉癌去世。等到奥哈拉的诗歌全集也出版了，他的老友约翰·阿什伯利写了序言。阿什伯利一直定居在纽约，如今已成为美国诗坛的头面人物。

当杰弗莱再次赞扬我具有很高的艺术鉴赏力时，我终于下决心起身告辞了，杰弗莱的失望心情可以想象，就好比费了九牛二虎之力才邀请到的一个舞伴在舞会开始之前溜掉了。顺便提一下，在我返回加利福尼亚以后，杰弗莱还多次打来电话，说根据我的照片制作了一幅绘画。多年以后，我曾数次重返纽约，有两次在 MOMA 与杰佛莱小聚。我多少理解为何有许多美国人不喜欢纽约，那就像许多中国人不喜欢上海一样，这并不影响我对这两座城市的喜爱。即使是现在，我的耳边有时仍会响起那首著名的百老汇歌谣的旋律，歌的名字就叫《纽约，纽约》。还有两位纽约歌手西蒙和加芬克尔演唱的那首《寂静之声》，电影《毕业生》（1968）里的主题曲，开头一句是 "Hello darkness, my old friend"。2015 年 6 月 26 日，当美国最高法院裁定同性恋婚姻合法时，我又一次想起了杰佛莱，还有那位已故的美国作家戈尔·维达尔，他与他的同性伴侣霍华德在众目睽睽之下生活了半个多世纪，我曾在柏林文学节与之相遇并交谈。

---

* 拉娜 · 透纳（1921—1995），美国女演员，曾有过 7 次婚姻，最后 20 年息影，独居在洛杉矶。

8 月的第一天上午，我告别了 T 和曼哈顿，乘坐"枫叶"号列车再次北上。这趟车的终点是加拿大的多伦多，而我的目的地是布法罗，我只是想看看著名的尼亚加拉瀑布，因此我计划中的行程仍然是在纽约州的范围内。火车沿着哈得逊河东岸行进，这条河流的宽度大约相当于富春江，水势平缓，两岸景色秀丽，我似乎在希区柯克导演的悬念片《西北偏北》中看到过。影片女主角在列车的餐车上邂逅了加里·格兰特扮演的广告商，帮助他逃脱了杀手的追击。后来这场斗争一直延伸到南达科他州的坏土地国家公园，一系列搏斗从布拉什莫山上的总统石雕像顶上展开，但影片最惊心动魄的一幕还是一架喷洒农药的飞机在伊利诺伊广阔的乡村平原上来回扫射男主角的场面。

将近 11 点，火车到达了州府奥尔巴尼，这里与佛蒙特州和麻省接壤，到此为止"枫叶"号和开往蒙特利尔的"阿迪朗达克"同路。接下来，火车向左拐了九十度的大弯，中午过后，我们来到了阿姆斯特丹，再往前还有另一座欧洲名城罗马，这两个名字给窗外的景色增添了几分吸引力。纽约州的形状极不规则，"枫叶"号歪歪斜斜地横穿了整个州，到达中部的锡拉丘兹时我从地图上发现离康奈尔大学的所在地伊萨克已经不远了。锡拉丘兹旧译叙拉古，与西西里岛东南部的那座港口城市同名，后者是大科学家阿基米德和黑手党的故乡。联想到刚刚路过的罗马，看来早期意大利探险家来过此地。

下午 4 点，火车到达了水牛城布法罗，这座边境城市的布局显得有些凌乱，如果是一个人的面孔，那么这个人一定十分丑陋了。出了车站，我乘上一辆公共汽车去纽约州立大学，在一幢教学楼里我找到了我的旧日同事兼老乡 R。R 比我年长几岁，毕业于武汉大学，许多年前他去比利时安特卫普大学留学。一次他回国探亲，想把太太接出

与 Y（姜冶，前右）、R（周柏荣，后排）在布法罗

去，没料到政策多变的比国政府又不准许他回去了，他的国会议员的导师对此也一筹莫展。就这样 R 又继续在国内教书，直到两年前他的太太再次流产，两人才下决心一起到北美闯荡一番，目前夫妻天各一方，分别求学于美国和加拿大。

R 住在一位比较邋遢的单身汉家里，小小的阁楼只有 4 平方米，月租 100 美元，屋里随处可闻猫的骚味。在饮食方面 R 也非常节省，每天吃意大利空心面。R 是那种一心一意做学问的人，我相信他一定会大器晚成。我原以为布法罗离开尼亚加拉瀑布很近了，没想到还有 40 公里，没有公共汽车，出租车又太贵，甚至 R 和他的几位留学生邻居都没有去过。绝望之中我想到了加拿大那边的老同学 Y，R 陪我去他们的办公室里发了一封电子信，很快我就收到了 Y 热情洋溢的回电，明天上午他开车来接我过去，顺便看一下大瀑布。

Y 是我大学的同班同学，我俩在班里年纪最小。那时候他长得白白净净的，比较娇气，我们不住一个寝室，关系比较一般。毕业时他考取了重庆大学的研究生，后来又到大连理工学院工作，我们的友谊在分别以后才真正开始。Y 有一次写信说起，我是唯一记得他的生日并每年给他寄生日卡片的同学。而实际上，因为他刚好比我小 3 个月，他的生日我比较容易记住，我只是把新年卡片的时间推迟几个月寄出而已。Y 目前在多伦多西边的小城圭尔夫念书，快要取得博士学位了。我从来没有想到，正是那几张小小的卡片，在事隔多年以后促使 Y 驱车两百多公里跨越国境线来见我。

第二天上午，我见到了阔别多年的 Y，他依然像从前一样一脸稚气（不愧是初中毕业直升大学），不过留起了小胡子。我们邀请 R 同行，但他不想打搅我们的同学情谊，推说以后有机会，我们三人兴高采烈地坐在台阶上合影留念。随后我和 Y 驱车北上，半个小时后到了尼亚加拉瀑布城，我们开到一处高地上弃车步行。一会儿就听到了哗啦啦的流水声，上游伊利湖的流水在几百多米宽的河面上犹如千军万马一样奔腾向前，河床上有许多树木和石块，不时激起了层层的巨浪。岸边设有护栏，对岸就是加拿大的安大略省了。

我们顺着水流向前走，首先见到的是美利坚瀑布，紧挨在一起的就是举世闻名的尼亚加拉瀑布了。我们从它的颈项上看下去，巨大的水柱坠入深不见底的安大略湖，其势可谓排山倒海，水流带动了空气，使这儿终年刮风。游人们一只手扶着栏杆，另一只手护着头上的太阳帽。遗憾的是在美国这边我们只能看到瀑布的一个侧面，要到对岸去才能看得完整，电影《超人》里男主角勇救落水儿童的镜头就是在对岸拍摄的。我想起了我在加拿大驻洛杉矶领事馆得到的签证只是 one entry（一次入境），我还能够重返加拿大吗？

小时候我听说过一个故事，一位全副武装的警卫站在桥梁的中间值勤，他的任务是不准两岸的人过桥，后来有人在夜深人静的时候悄悄地走近警卫，在快要被发现的刹那间突然掉头奔跑，警卫当即鸣枪要他站住，命令他返回对岸，那正是他想去的地方。这个传奇般的故事大大鼓舞了我的勇气，再加上 Y 本人又持加拿大的准绿卡，车牌也是加拿大的，我们经过海关时显得信心十足。Y 告诉海关官员，我们刚刚从加拿大那边过来，为的是在美国境内看一眼大瀑布，那家伙信以为真，只是打开后盖检查了一下，便让我们通过了。

果然不虚此行，加拿大一侧看过去瀑布更为壮观，100 多米宽的马蹄形瀑布垂直落下，Y 极力衷恿我乘船从水面接近瀑布感受一下。于是，我乘坐电影里见过的那艘"尼亚加拉"号游艇，每一位游人都披着一件蓝色的雨披。站在前甲板上，碧蓝的水上升起一团白雾，天空时隐时现，游艇开足了马力才没有被激流冲回来，当我们靠近瀑布时，强烈地感受到巨大的水柱直落而下所产生的气流，这真是一次美妙无比的感受，我即兴写作了一首《尼亚加拉瀑布》：

尼亚加拉瀑布

蓝色之上的白色

被蓝色包围的白色

像沉溺于梦幻的死亡

鸟的羽毛多于游人的发丝

鸟的嘴唇比情侣的嘴唇

更早触及云母的雨帘

我随意说出几个名字

让它们从水上漂走

和黑夜一起降临

一枚失血的太阳颤抖了

向死亡再进一步

一千只冰凉的手伸入我的后颈项

应该说这是我旅途中的得意之作，是用 9 加元换来的。

从加拿大的瀑布城向西沿着安大略湖开车约 40 分钟，我们来到

在加拿大的尼亚加拉瀑布。姜冶摄

了三岔口的哈密尔顿，这是加拿大的十大城市之一。往西北行进可以直达目的地圭尔夫，而往东北沿着湖滨可以抵达多伦多，我们选择了后一条路。我发现加拿大人白天开车也亮前灯，这是他们的习惯，据说可以减少高速公路上的交通事故。将近黄昏时分，我们来到了滨湖的多伦多，老远我就看见世界最高建筑——多伦多电视塔（The CN TOWER）*。它高出芝加哥的西尔斯大厦100多米，可是与华沙的瓦茨查瓦电台塔相比仍矮了一大截，后者只是一座拉索的天线塔，而非自承塔，因此不被吉尼斯承认。

　　电视塔下面的那座圆顶建筑足加拿大最著名的天虹体育馆（sky

---

　*　2010年元月，828米高的哈里发塔（迪拜塔）在阿联酋建成，多伦多电视塔保持了35年的世界最高建筑头衔终于易主。

dome），曾两度获得北美职业棒球联赛冠军的多伦多蓝鸟队主场设在这里，那无疑是全加拿大人的骄傲。至于 NBA 的多伦多猛龙队，那时候还没有诞生。除此以外，多伦多似乎没有其他特点，在我的印象里，它是一座新兴的工业化城市。我们来到唐人街，在一家大型的地下中国超市吃晚饭，味道不怎么样，价格倒还便宜。几年以前，我在杭州曾收到一张从这座城市寄出的一张圣诞卡片，那是杭州出来的一位刘姓艺术家，但是事过境迁，我和寄卡人已经失去联系。

华灯初上，我们离开了多伦多，沿 401 号公路向西行驶，路上遇到了交通堵塞，100 多公里的路程走了 3 个小时。当晚我睡在 Y 寓所的客厅里，Y 夫人和我在大连见到的那位女孩相比风格截然不同，他们的两个孩子已送回国内。第二天，Y 带我去参观他正在求学的圭尔夫大学，我们骑着自行车在校园里转了一圈。Y 进了图书馆，我则一个人去了市中心。圭尔夫人口不足 10 万，相当于中国一座中等规模的县城，我在仅有的一条主要街道上来回荡了几圈，然后在一座剧院的台阶上坐了下来。甚至昨天我也没有想到，我会在加拿大一座不知名的小城大街上独自度过一个宁静的下午，我喜欢这种完全出人意料的场景。

即便在夏天的阳光下，圭尔夫的气温也顶多只有二十六七度，一个老头坐在台阶的另一头迟迟未归。后来，我去了旁边的一家小书店，和年轻的店主进行了长时间的交谈。他是仅有的一位店员，而我也是仅有的一位顾客，这位知识渊博的店主因为喜欢小城的安逸生活而从多伦多移居到此。作为这个不可多得的下午的纪念，我购买了一本小书《没有围墙的博物馆：亨利·摩尔在纽约》。

　　这本小书收录了摩尔在纽约的 20 多尊雕塑，包括我在中央公园牧羊草地（Sheep Meadow）上见过的《两个斜卧的人体》。我喜欢摩尔炉火纯青的拼贴技艺，他创作了一系列强壮有力但丝毫不显笨重的"带空的形体"，使他无可争辩地成为 20 世纪最有成就的雕塑家，或许在整个英国艺术史上都找不到一个对手。14 年以后，我终于有机会造访摩尔的故居，英格兰北部的约克郡。

　　8 月 3 日，Y 和夫人双双送我返回布法罗，路上我们经过了滑铁卢，这正是捷求学的地方，我猜想他现在一定还在哈利法克斯。当晚我又住到 R 的陋室，次日一早，我乘坐"湖畔"号去纽约。这趟从芝加哥始发的列车一直沿着湖滨行走，天空渐渐地阴沉下来，树木的颜色变得灰暗，时间之钟缓慢下来，我仿佛闻到了秋天的味道：

　　　　野鹅在天空翱翔

　　　　飞越了哈得逊河上游

将近黄昏时分，我又一次抵达了纽约宾夕法尼亚车站，这也是我北美之行的最后一次了，比预定时间晚了 3 个钟头。我这才听说，与我们相对行驶的那辆"湖畔"号列车今天早上途经离布法罗不远的城市罗切斯特的时候出了轨，当场有数人毙命，上百人受了重伤，报上称这是有史以来 Amtrak 公司最严重的一次事故。我在电话里和 T 最后一次话别，再过一个小时，我就要告别纽约去往美国的南方了，那是南北战争以前黑奴的聚集地，也是一片鲜花盛开的土地。

第六章　美国，天上飞机在飞

在飞机和高速公路四通八达的美国，火车早就不是主要的陆上交通工具了，即使在人口稠密的东海岸，每天也只有一列南来北往的长途客车，那就是从波士顿开往迈阿密的"银色流星"号。但在纽约和华盛顿之间100多英里的铁路线上，情况就完全不一样了，每小时都有数趟快车或慢车，尤其是在上下班的高峰时间，有许多在纽约或费城等大城市工作的人在铁道线附近的小城镇购置房产。8月4日黄昏，我从曼哈顿出发，经过纽瓦克，半个钟头就到了新泽西州的迈特尔帕克。我刚迈出南方之旅的第一步，就停了下来，简直应验了一句俗话：欲言又止。

几天前在布法罗，R告诉我，我们的另一位同事L就学于新泽西的鲁特格斯大学。L是福建龙岩人，毕业于厦门大学，他比R早来美国一年，夫人和孩子也已抵美。L夫人是位朴实能干的乡村女孩，她每天开车接送丈夫去学校，自己还要去餐馆打工。我在车站给L打过电话，L全家都来迎接。L住在学校的学生公寓里，这是一套旧的二居室，其中的一间他又转租给一位 B 君。

年近不惑的 B 君家在浙江镇海，原是宁波远洋轮船公司上的海员。7 年前，他运货到南卡罗来纳的查尔斯顿港，禁不住"花花世界"的诱惑，找机会溜上岸就没再回去，成了一名地地道道的偷渡客。B 后来辗转到了纽约，在唐人街的餐馆洗碗为生，由于没有合法身份，又不会英语，受尽了老板的欺凌。不过几年下来，也积攒了些钱，买了一套高级音响，还有许多中文卡拉 OK 带，没事就在房间里练练嗓门，他在中国时已有家小，现在只能看照片以解思念之情。

此日上午我独自乘火车去了大西洋城，没有任何行装，显得十分轻松。与地处沙漠的拉斯维加斯相比，大西洋城有着得天独厚的地理优势：濒临大西洋。但此地缺乏拉斯维加斯的奢华和气度，纯粹是个赌博的场所，游客自然稀少了许多。之所以在此开设赌场是因为与纽约、费城、巴尔的摩和华盛顿的距离均在 4 小时的车程之内，就如同拉斯维加斯和雷诺分别离开洛杉矶和旧金山湾不远一样。还没有到站，就有酒店的公关小姐走过每节车厢向乘客赠送少量的赌资，当然仅仅是纸上的承诺，酒店的专车就停在车站外面，公关小姐把我们领上车就没了踪影。

到达目的地以后，我便随大伙到收银台取了钱，先去逛街去了。我又一次见到了大西洋，这回遇上了黑色的风暴，游人们迅疾奔走，躲避着砂粒，少顷又变得风和日丽。一个长长的铺着红地毯的电梯横在马路上，把许多行人诱往一家卡西诺，我跟着进去，却发现里头的装潢陈设平平常常，便很快离开了，我最终依然选择了最初的那家，

大西洋城的海滨步道

可能是出于报恩的心理。我又玩了一次黑色杰克，经过长达 5 个多小时的鏖战，我以赢 10 美元告终，虽然形势最好时我曾多出 100 多美元的筹码。这也是一种意志的较量，如果继续下去，毫无疑问我会输钱。

夜幕徐徐降临，我乘上了返回迈特尔帕克的火车，经过费城郊外，我第一次发现了这座城市的迷人之处。从 down town（市中心）的几座摩天大楼透射出的灯光吸引了四周的黑暗，犹如物理学家们津津乐道的宇宙黑洞一样。费城 76 人队是美国 NBA 历史上最出色的球队之一，它鼎盛时期的灵魂人物就是那位至今仍保持 10 多项纪录的威尔特·张伯伦，包括一个赛季打满全场，一场比赛抢篮板球 41 次。还有费城交响乐团，美国四大交响乐团*之一，以其辉煌的音响和多彩的音色闻名于世，大指挥家斯托克夫斯基和尤金·奥曼蒂先后在此执棒长达半个多世纪。以及了不起的费城艺术博物馆，世界驰名的现代艺术收藏馆，据我所知至少拥有塞尚的《浴女们》，卢梭的《狂欢节晚上》，契里柯的《占卜者的酬劳》，毕加索的《三个乐师》（第一版），其中尤以杜尚的现成品《新娘甚至被光棍们剥光了衣服》令我向往。

---

* 美国四大交响乐团一般是指：芝加哥交响乐团、纽约爱乐乐团、波士顿交响乐团和费城交响乐团。

2

　　鲁特格斯在美国虽然算不上名牌大学，却是中国留学生的聚集地。果真如此，6日一早，我的一位10多年未见的大学故友U博士驾车来到，他和我同年级，选过几门相同的课程。长着一张娃娃脸的U在中科院取得硕士学位后便来到美国，先在鲁特格斯念Ph. D学位，接着赴英国做了一年的博士后，依然找不到工作，现在只好回过头来研修计算机方面的硕士课程。U一脸无奈的表情，他把我送到普林斯顿大学门口的帕尔默广场，就开车先走了。我独自一人游览了这座著名的学府，我相信这儿值得我花上一天的时间。

　　首先我来到了拿骚楼，这是英国殖民地时期的建筑，拿骚原是皇族的名称，以它命名的还有加勒比海的岛国巴哈马的首都。1777年，乔治·华盛顿的军队占领了此楼，并召开了一次重要的会议，他卸任后曾来此重游。现在拿骚楼成了学校行政大楼的总部，除了华盛顿以外，楼内还悬挂着一些重要人物的肖像画，包括两位曾荣任美国总统的校友——詹姆斯·麦迪逊和伍德罗·威尔逊*，前者卸职后曾出任弗吉尼亚大学校长，后者做过普林斯顿大学校长，也是仅有的 4 位获得过诺贝尔和平奖的美国总统之一，另 3 位是西奥多·罗斯福、吉米·卡特、巴拉克·奥巴马。

和几乎所有的超一流大学一样，普林斯顿也是一所私立大学，只是普林斯顿的规模较小，学生人数不过 6000 来人，其中四分之一以上是研究生。在我的印象里，普林斯顿以理科见长，尤以普林斯顿高等研究院引人瞩目，以至于今日中国的名校纷纷效仿。大物理学家爱因斯坦在此度过了他的后半生，可是，他基本上是一个象征性的人物，冯·诺伊曼、杨振宁和李政道的黄金时代是在普林斯顿度过的。李政道和杨振宁在这里得到了弱作用下宇称不守恒定律，后被吴健雄用实验所证实。而匈牙利犹太人冯·诺伊曼多才多艺，在纯粹科学、爆破理论、经济学和电子计算机等领域均取得了非凡的成就。

在数学领域高研院的地位也首屈一指，大概只有西海岸的伯克利可以与之抗衡，一年前因为证明"费尔马大定理"轰动世界的安德鲁·怀尔斯就是在普林斯顿访问期间完成这项工作，但这位英国人还是返回他的母校剑桥大学宣布这一"20 世纪的数学成就"。我和数学大师赛尔贝格通了电话，这位菲尔兹和沃尔夫双奖获得者无疑是美国现仍

---

* 伍德罗·威尔逊（1856—1924），毕业于普林斯顿大学，后获得约翰·霍普金斯大学博士，他是在普林斯顿校长任上竞选成为新泽西州州长，两年后当选美国总统。当时的报界这样评论：在普林斯顿之后，去华盛顿就容易了。

在世的名气最大的数论学家了。去年夏天我们在香港大学的那次小型
会议上相识，赛尔贝格给我留了电话，他对我只能在普林斯顿逗留几
个小时表示遗憾。其时约翰·纳什尚未（差两个月）获诺贝尔经济学
奖，奥斯卡最佳影片《美丽心灵》更无影子。2015 年初夏，在奥斯陆
领取阿贝尔数学奖的纳什携妻回到纽约，不幸在从机场返回普林斯顿
的出租车上双双遇车祸身亡。

　　相比之下，普林斯顿在人文学科方面稍显逊色，例如普林斯顿的
毕业生中只有一位后来成为重要的诗人，那就是桂冠诗人 W. S. 默温。
与弗洛斯特一样，默温的诗名也是先在英国确立起来的，奥登为他的

在爱因斯坦故居前。刘文生摄

处女诗集写了序言，如今他住在夏威夷。普林斯顿的艺术馆异常富有，藏品之多恐怕令一些小国的国家艺术馆都望尘莫及，在地理上则集中了地中海地区、西欧、中国、美国和拉丁美洲的艺术。我花一个多小时参观了这座艺术馆，校园里还散落着许多 20 世纪雕塑名家的作品，例如亚利山大·考尔德、亨利·摩尔和雅克·李普希茨，毕加索的《女子头像》高高地耸立在艺术馆门前的草坪上，并成为该馆的首要标志。

与摩尔同龄的考尔德出生在费城，成名于巴黎。他是"活动雕塑"的发明人，以把动感引入雕塑而著称，可谓如今十分流行的装置艺术的先驱之一。考尔德充分利用了儿时对玩具的喜爱和对火车、滑车、自行车的愉快观察，特别是大学时所学的机械制图技能，金属丝、铁片、木头和绳子是他的主要材料。他的大部分作品强调的基本意义是娱乐，人们仅仅观赏这些作品就感到满足，而无须寻求任何解释。考尔德是美国第一个重要的雕塑家，在当代西方雕塑史上，他几乎是游戏般地占据了一个位置。

我在大学教堂里目睹了一对新人的简朴婚礼以后，便来到一幢希腊式的白色建筑前，忽然听到里面传来说话声。我走了进去，原来是一帮中学生，他们正在参加一个夏令营，似乎在评选什么，我抬头往远处的黑板上一瞧，上面写着：Which state do you think of, when you hear America？（当你听到美国两字，你首先想到的是哪个州？）民意测验结果前 5 个州依次是：纽约、加利福尼亚、德克萨斯、佛罗里达、阿拉斯加，被提名的还有夏威夷、亚利桑那、俄勒冈。

下午 5 点，U 博士如约在帕尔默广场接我，我提议先去参观爱因斯坦故居。他也只知道大概方向，我们驱车到校园的西区，好不容易才遇见一两个行人，打听到爱因斯坦的故居。这是一幢普普通通的二层楼房，甚至比不上附近的任何一座房屋。出乎我的意料，故居已出租给别人，我那时有点不理解。直到第二年我去了巴黎，才发现那里的名人故居也极少用来作博物馆，而只是在外面挂个牌匾。有趣的是，回国以后不久，我便在一部电影里再次见到了这座房子，爱因斯坦以配角的身份出现，主角是他的一个侄女多年以后我才获悉，依照爱因斯坦的遗嘱，他的骨灰埋在一个秘密的地方，永远不让人知晓。。

　　那以后，U 带我去了一家叫"将军楼"的日本餐馆，他向我倾诉了这些年不如意的颠沛生活，他和昔日的同学之间的联系已基本中断，我知道像他这种情况是最不愿意回国的了。当我们返回 L 的寓所，他刚刚从大西洋城归来，脸上洋溢着兴奋的表情。昨天我回到迈特尔帕克时想到他来美国以后还没有外出旅行过，就用我的 Rail Pass 替他买了一张去大西洋城的来回车票，反正检票员从来不验护照。果然他顺利归来，只是输掉了那赠送的赌资而已。看到 L 享受到旅行的快乐，我颇为得意。

3

　　7 日上午，我的另一位大学故友 V 博士携妻子来看我，随后他们带我去了一家粤式餐馆吃早茶，确切地说是 brunch（早中饭）。V 和 U 同班，长得眉清目秀，他的双亲都是大学老师，作为"文革"后山东省第一届数学竞赛冠军，V 可谓少年得志，他后来的经历和 U 差不离，从济南到北京，再到美国。直到做完博士后才发现学纯理论的工作不好找，回国生活又难以适应，不得以只好学起了计算机，似乎是命运开了个大玩笑，V 和 U 在相隔 15 年后再次成了同窗学友。相比之下，V 的太太年轻活泼，对新生活满怀憧憬。她原是北京外语学院的学生，几年前 V 回国探亲时经人介绍和 V 相识，没想到现在和 V 也成了同学。谈话中可以看出，V 在小家庭中的地位尚待建立。

　　虽然我在迈克尔帕克的日子过得很自在，但我必须充分利用时间。当天晚上，我即乘车南下去佛罗里达，L 全家送我到迈特尔帕克车站，行前 L 夫人还做了一桌子菜为我饯行，我们邀请 B 君一起共饮。说起来，L 的老师里有一位大名鼎鼎的波兰数论学家伊万尼奇，他是美国

L（林森春）全家相送至车站

科学院院士、赫赫有名的《数学年刊》杂志编委，可惜我无缘相见。5年以后，我才在罗马的一次数论会议上见到他，那时他和加拿大数学家弗里兰德（前文提到的 F）已证明一个惊人的结果：存在无穷多个素数可以表示成一个整数的平方与另一个整数的 4 次幂之和。而新近华裔数学家张益唐关于孪生素数猜想的论文，也是经由他审查通过的。值得一提的是，就在我校对此书之时，传来伊万尼克获得 2015 年邵逸夫数学奖的消息。

　　由于"银色流星"号不停迈特尔帕克，我必须提前乘另外一列快车乚 DC，再在那里换乘"银色流星"号，但没想到它晚点了，这时候碰巧有一列慢车进站，我不假思索就爬了上去。很快我就发现自己犯了错误，这列慢车抵达 DC 之前肯定要被"银色流星"号超过。我当机立断，在前方停靠站特伦顿下车，我那时已做好准备搭车返回迈特尔帕克，蓦然之间我却看见那列晚点的快车正停靠在旁边的月台上。我赶忙跑过天桥，只差一分钟，真是有惊无险，否则我第二天就赶不到佛罗里达了。

当天午夜时分，我终于在 DC 乘上了"银色流星"号，前方又是一片未知的世界，弗吉尼亚和北卡罗来纳伴随着夜晚来临了。当列车抵达在南卡罗来纳的北部城市佛罗伦斯，天空已经放亮了，可我似乎依然在回味弗吉尼亚这个柔美纯洁的名字。据说包括乔治·华盛顿在内的 8 位美国总统退休后隐居在此，我无法猜度其中的奥妙，却留下一首《弗吉尼亚》作为纪念：

> 而当东方露出微白，我掉过头
> 她依然倾身倚在她的往事上面

南卡罗来纳和北卡罗来纳在历史上曾经是同一个州，卡罗来纳是

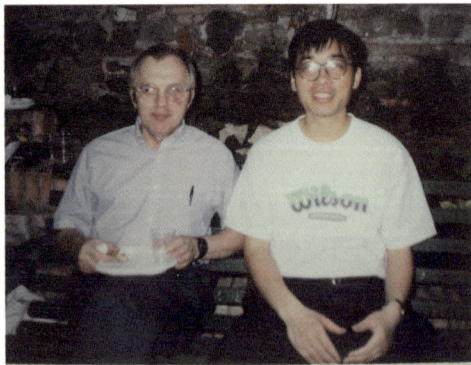

和波兰数学家伊万尼克在罗马。展涛摄（1999）

法文查理的拉丁文拼法，当时法国殖民者为了取悦他们的国王查理九世。17世纪，卡罗来纳转让给英国人以后这个名字一度被废弃，但当时的英王也叫查理（二世），他很快下令恢复了原名。在地理上，南卡罗来纳和北卡罗来纳已经是美国的南方了。华莱士·斯蒂文斯的第一部诗集《风琴》的开篇就是一首叫《卡罗来纳》的短诗，诗中描述了他初到南方旅行的新奇感受：

> 紫丁香凋谢了，从南卡罗来纳到北卡罗来纳
> 蝴蝶已在小船上飞来飞去。

大约8点钟，火车停靠在海滨城市查尔斯顿，我隐约记得小时候做远洋轮船长的舅舅停泊此港时曾给母亲寄过一封家书，由此我想到了B君，当年他就是从这里踏上美国的土地的：

> 他所抵达的蓝色海岸——
> 一位异国女子躯体的边沿

上午10点，"银色流星"号到达佐治亚州的港口城市萨凡纳。萨凡纳原是南卡罗来纳和佐治亚两州的界河的名字，下一届夏季奥运会的主办地——亚特兰大就坐落在离开这条河流的上游不远的地方。那时我尚无法知道，仅仅3年以后，我就获得机会重返美国，并在亚特兰大郊外的佐治亚大学访学，那所大学比弗雷斯诺州大要好得多。那

次我买了一辆二手的雪佛莱，还利用它取得了第一张驾照。对美国东南一带的地理风貌有了更多的了解。

　　亚特兰大是美国南方开化得比较早的城市，也是马丁·路德·金和女作家玛格丽特·米切尔的出生地，后者的小说《飘》曾为她带来普利策奖，改编成电影（《乱世佳人》）以后轰动了整个世界。米切尔后来在故乡的一起车祸中丧生，年仅49岁。非常凑巧的是，这也是现代舞的创始人和实践家伊莎多拉·邓肯辞世的年龄，这位自称从动荡不安的海洋中汲取灵感的美国女人以略微浪漫的方式结束了生命：她的围巾被敞篷汽车的轮子给缠住了。而如今亚特兰大人引以为傲的是，可口可乐公司和CNN总部都设在此地，这也是她能主办奥运会的原因。

亚特兰大的米切尔故居，她在这里写成《飘》。

当日头微微偏西，杰克逊维尔到了。我跳下月台，初次领略了一下娇艳的阳光，这儿是著名的佛罗里达半岛的起点。火车并没有沿着美丽的海滨行进，与海岸平行的圣约翰斯河自南向北，在杰克逊维尔注入大西洋，铁道线始终没有跨越这条短促的河流。经过一片热带雨林时，突然下起了一阵雷雨，窗外几只野鹿飞速奔跑，踩过一个又一个浅浅的水塘，水花四溅，和从树叶间隙落下的雨滴混在一起，仿佛置身于非洲的野生动物园内。我环视座位四周，大多数乘客正低头昏昏欲睡，我内心骤然涌动起一种美妙无比的感觉，仿佛有一支长剑劈开了人生旅途中的一丛棘刺：

　　一望无际的绿色

　　不速之客在路上

下午5点，火车到达奥兰多，这座以莎士比亚名剧《皆大欢喜》

男主角命名的城市，近年来能够在电视上频频曝光却完全得益于大鲨鱼奥尼尔统率的魔术队。其时，他刚初出茅庐加入 NBA，他未来的湖人队搭档科比·布莱恩特还是个高中生。此外，这里还有沃尔特·迪士尼世界（其面积数倍于所有其他迪士尼乐园的总和），大名鼎鼎的约翰·肯尼迪航天中心也在附近的卡尔维拉尔角。再往前，为了避开一个大沼泽地，火车向右驶近了半岛的中央，接着快到了美国南方最大的湖泊——奥基乔比湖。

我后来才得知，迈阿密在印第安语里的意思是大水，指的恐怕就是奥基乔比湖。火车因此向左，再次逼近了大西洋，前方到站是西棕榈滩——佛罗里达半岛不计其数的海滩中最著名的一个。1928 年，著名舞蹈家铁塔·肖恩率领以他和他的妻子露芙·圣·丹尼丝命名的丹妮丝肖恩舞蹈团在这里首演了他们的代表作《湿婆的滑稽舞》*，肖恩在剧中扮演印度教的主神湿婆，却是以雕塑的造型。我相信这样的仪式接近于沙滩上的游戏，所以他们选择此地演出。

大约九点钟，"银色流星"号抵达了这条铁路线上最小同时也最动听的一个车站 Boca Raton。在西班牙语里 boca 的意思是洞穴，而 raton 的意思是老鼠，这里离迈阿密只有 20 英里，也算是个卫星城了。我的老同学 W 夫妇在月台上迎候，这列火车晚点了 90 分钟，因此他们的肚子早就饿得不行了，我们先去一家古巴餐馆饱食了一顿，接着开车

★　参见《美国的舞蹈》（沃尔特·特里著，田景遥译，三联书店 1989 年版），书中提到肖恩大学时就读神学院，为了治病开始跳舞，后来把舞台当作传教的讲台。

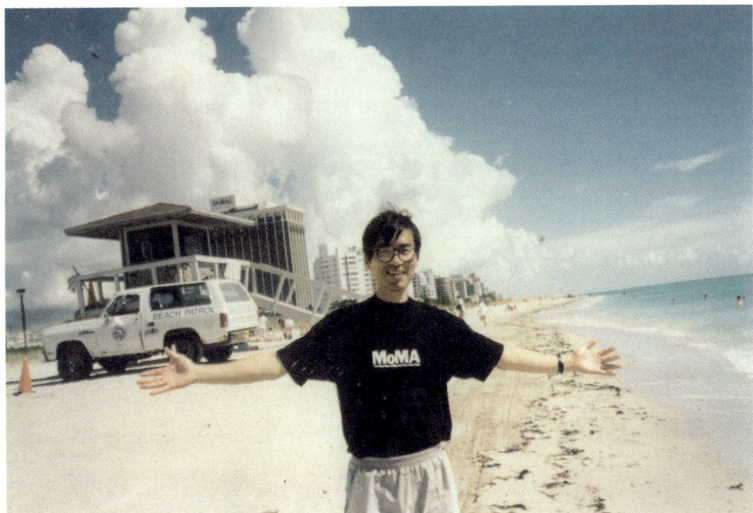

佛罗里达的阳光和沙滩。王源摄

到海滨体会了一下夜晚的大西洋。

　　W比我高一届，是我们系里最著名的一个女才子，大学毕业后她考取了北京中科院。那时候的中关村被视作一块跳板，W很快就到了美国，她的丈夫是她的师弟，比她小8岁，他们的爱情在我们同学中间传为美谈。两口子非常努力，双双在迈阿密找到了终身教职，可不是，都买起了带泳池的房子。佛罗里达地处美国东南一隅，像我这样的就算稀客了。前天晚上我打电话给Amtrak公司预订座位时，并不知道佛罗里达还有故友。我以为凡是风光秀丽的地方必定是个文化和科技的沙漠，但当我和W共进午餐时，我却发现自己错了。

　　次日上午，W夫妇陪我去了海滨，当我们步出车外，大块的白云压在头顶。一望无尽的海滩，没到中午，就已经灼热难熬了，可是仍然有很多人来此游泳。更为难得的是，沼泽地邻近海岸，附近河道交错，随处可见白色的游艇。据说全世界三分之二的豪华游艇都在佛罗里达，简直有点天方夜谭，许多体育明星选择在此居住，包括网球运动员威廉姆斯姐妹和莎拉波娃。我们沿着海岸继续南下，先去迈阿密城里兜了一圈，接着来到最南端通往基韦斯特的路口，一百多英里长的水上公路将沿着时隐时现的礁石修筑。那座远离大陆的小镇吸引了许多文化名人，还举办一年一度的海明威胡子大赛。

遗憾的是，我这次没有时间去海上了，也舍不得花钱坐飞机。听说基韦斯特有机场，在那里也可以借助望远镜看见古巴，那可是一个令我神往已久的国度，我不由回忆起不久以前在旅途中写的那首诗：

美国，天上飞机在飞

美国，天上飞机在飞
压弯了鸟雀的腰肢

我想从迈阿密
跳过佛罗里达海峡

去到老哈瓦那
约见诗人卡斯特罗

用我的龙井茶

　　换他的雪茄烟

　　美国，天上飞机在飞
　　我的脚踩着弗吉尼亚

　　佛罗里达这个名字中文念起来并不好听，但她的西班牙语 Florida 意思却是开花的，引申为鲜花盛开的土地。Florida 与英文 Flower（鲜花）也十分接近。只是我发现这里的游客并不见得多，当地的一家电台广播道出了其中的缘由，播音员打趣说："今年夏天，原本打算到佛罗里达来的游人全到（拉斯）维加斯去了。"值得一提的是，多年以后，我从哥伦比亚出发，造访了古巴，在哈瓦那逗留了两周。也曾在防洪堤上眺望过佛罗里达，并写过另一首诗《哈瓦那》，却似乎没有表达出友好的情谊。诗的末节四行是这样的：

　　而在那古老的炮台山上
　　朝向北方雾气腾腾的海面
　　一支支火炬被点燃
　　等候某个时辰的来临

5

我在佛罗里达的停留时间只有 16 个小时，仅仅是走马观花一番而已。午后 1 点，W 夫妇便送我来到迈阿密火车站。原来迈阿密只有一列西行的"日落快车"，且不是每天都有的，下一次就是 3 天以后了。为了最大限度地利用 Rail Pass，昨晚我和明尼苏达的故友 G 通了电话，今天就动身出发了。没想到的是，几年以后这条客运线停运了，如今再也没有沿着墨西哥湾西行的火车了，不知这是否与飓风的频频袭击有关，反正我的运气算是不错。

更让人高兴的是，即使在佛罗里达境内，"日落快车"和"银色流星"走的路线也不完全一样，到达中部城市温特黑文以后，火车向西接近了另一个海岸。倘若不是一片绵延数百多英里的大沼泽地，我可能在半岛上就见到了墨西哥湾，现在倒好，直到次日凌晨我才在一个叫彭萨科拉的佛罗里达西部小镇第一次见到她。

再往前，就到了亚拉巴马州，这个悦耳动听的名字因为一首著名的乡村歌曲而格外顺口。即便在南北战争结束一个多世纪以后，南方依然是黑人的主要聚集地。阿拉巴马的首府叫蒙哥马利，离开海岸线100 英里，是美国黑人民权运动的领袖马丁·路德·金初任牧师的地方。1954 年，该城发生了黑人抵制实行种族隔离制度的公共汽车事件，使他有机会在争取民权的斗争中崭露头角，成为《时代》杂志的封面人物。与印度人甘地一样，金也致力于非暴力手段，他的灵活性使在十年以后成为历史上最年轻的诺贝尔和平奖获得者。同时这也预示了他的结局，与甘地一样遇刺身亡，但只活到甘地的一半年龄。

过了莫比尔以后，火车一直沿着墨西哥湾行进，阿拉巴马和密西西比的形状都呈长方形（犹如多年以后我造访的西非几内亚湾的贝宁和多哥），火车行驶在它们的底部。右侧是大海遗留下来的沼泽地，远处偶尔可见一两座冒白烟的化工厂。河道纵横，桥连着桥，几户水上人家，门前泊着汽艇：

左边，一望无际的墨西哥湾

隐约可见加勒比海盗的帆影

虽说海盗只是诗歌里出现的词汇，但在 2010 年春天，英国贝克石油公司的海底漏油事件，却给墨西哥湾沿岸的生物和环境以毁灭性的破坏，恶劣程度让人无法想象。

10 点钟，火车驶过一座长长的海湾大桥，进入了路易斯安那。再过两个小时，我们到达了新奥尔良。至此"日落快车"行走了 1000 英里，相当于全程的三分之一。再往西，它将横穿美国大陆面积最大的

1780 年民间绘画 奴隶

　　德克萨斯州，然后几乎是沿着墨西哥的边境向西到达终点站——洛杉矶。但是为了能去更多的地方，我要在新奥尔良换车北上，虽然这样做势必要错过休斯敦、圣安东尼奥、埃尔帕索、图森和凤凰城等名城，其中休斯敦是美国南方的最大城市，我将在 4 年后的那次旅途中驱车抵达。

　　新奥尔良位处密西西比河下游，最早由法国人建立，后一度被西班牙人接管，最终是美国人在 19 世纪之初从法国人手中买下，如今的新奥尔良已经是美国南方最重要的商埠了。新奥尔良通常被认为是爵士乐的发源地，作为爵士乐的爱好者我对此当然早有所闻，所谓爵士乐基本上是克里奥耳人音乐与黑人音乐相结合的产物。克里奥耳人是黑人奴隶与法国、西班牙人的混血后代，他们的肤色并不十分黑，因而在黑人和白人社团之间形成了一个缓冲带，使得新奥尔良对黑人远远比其他地方宽容，这就为黑人的非洲音乐传统与克里奥耳人的欧洲音乐传统之间的融合创造了条件。

巴迪·伯顿是第一位爵士乐大师，他吹的小喇叭在十几英里以外都能听见，但他和同伴们都不识谱，因而不得不即兴演奏。他们把布鲁斯吉他手和歌手的技巧运用到钢管乐队中去，从而确立了爵士乐的基本风格。由于种族歧视，起初他们只能在脱衣舞厅、酒吧、妓院或葬礼上演出。鲍顿生活放荡，过度的酗酒和寻欢作乐使他不到 40 岁就精神失常。而爵士乐钢琴家杰利·默顿在 19 岁时就开始了流浪演奏生涯，足迹几乎遍及整个美国，传说他在漂泊多年以后返回故乡，不仅在每个大城市都搞到了一个姑娘，而且在赌场赢了大笔的钱。后来，默顿创立了新奥尔良最出色的一支爵士乐队，并成为爵士乐历史上的另一个重要人物。

6

我在新奥尔良逗留的时间将近 3 个小时，本来我还可以去逛逛名闻遐迩的 French Quarter（法国区），那是旅行者的必经之地，也是法国殖民者在美国留下的最显著的一个遗迹。但在两次长距离的火车旅行之间，我更愿意选择车站广场上一处露天酒吧，在这里我可以从容地察看过往的行人和车辆。这是一个晴朗美好的夏天午后，我从新奥尔良市区穿行而过，并在她的心脏地带小憩，喝了一杯本地产的葡萄酒，感觉十分惬意。不用说，4 年以后，我驾车重游新奥尔良，并探访了法国区。

下午两点，我乘坐"新奥尔良"号北上，4 月里我曾乘这趟火车从芝加哥往返厄巴纳。仿佛是旧友相逢，分外亲切。列车很快驶出了路易斯安那，复又进入了密西西比，这回我是沿着长方形的一条对称轴前进。车上大都是些短途的乘客，以黑人妇女和孩子居多，我眼前呈现了一幅简洁的画面：

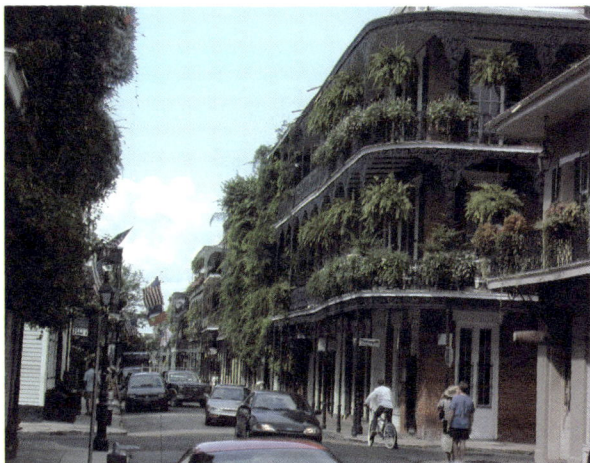

新奥尔良的法国区

黑孩子的车厢里，

妇人们在玩扑克。

火车似乎沿着圆弧前行，圆心是一百公里以外的哈蒂斯堡，那是南密西西比大学的所在地。多年以后，我认识了在这所大学任教的丁玖教授，他是 2010 年创办的《数学文化》杂志的同仁编委，成为我的数论著作《数之书》（*The Book of Numbers*）的联合译者。丁教授从 1990 年起便执教南密大，他说如果我停下来造访他，会请我吃鲶鱼（catfish）。

　　大约晚上九点钟，火车抵达了北部小镇贝茨维尔。窗外一片漆黑，附近的小城市牛津是密西西比大学的所在地，也是威廉·福克纳长大成人的地方，他的出生地新奥尔巴尼距离牛津不到 30 英里。福克纳出版了第一部作品——诗集《大理石牧羊神》之后，便独自去了新奥尔良，但不到两年又返回牛津，并把注意力转向了小说。可以说，他的所有故事几乎都取材于故乡那有浪漫色彩的历史和正在衰退的现实，其中包括《喧哗和骚动》、《我弥留之际》和《押沙龙，押沙龙！》。福克纳无疑是地方性小说家中最为成功的一个，同时也是 20 世纪美国"南方文艺复兴"最主要的作家。

驶出密西西比，就到了田纳西的最大城市孟菲斯*，又一座密西西比河上的名城，也是猫王普莱斯利和摇滚乐的诞生地。我在子夜的月光下瞧见了孟菲斯，在埃及开罗郊外的尼罗河畔也有一座同名的城市，那正是金字塔所在的地方。在这里我又一次遇上华莱士·斯蒂文斯，他的名诗《坛子的逸事》的开头一节这样写道：

> 我把一只圆形的坛子
> 放在田纳西的山巅。
> 它使凌乱的荒野
> 围绕着山峰排列。

斯蒂文斯喜欢在诗中运用真实的地名，这可能是他不合时宜的诗风的一种体现，正如一位批评家所指出的，斯蒂文斯的声誉之所以迟迟来临，原因在于他"简单陈述性和极富暗示性文风相混合所产生的奇特的艰涩"。

---

* 从孟菲斯向东到田纳西州的首府纳什维尔这段高速公路（40 号）被美国人称为音乐公路，因为一头是摇滚乐的诞生地，另一头是乡村音乐之都。

　　再往前，我们来到了肯塔基州的西部边陲，在唯一的小城富勒顿作了短促的停留。对中国的老百姓来说，肯塔基最有名的东西就是它的炸鸡了，几乎每个大城市都开设了肯德基。1995 年秋天，我陪同波克夫妇游览黄山途中，有许多围观的人在背后称他"鸡先生"，我把它译成英文告诉波克，他捋着雪白的胡子笑得合不拢嘴。这是他访华的一个意外收获，他很乐意地把 Mr. Chicken 这个雅号带回到美国。火车穿过俄亥俄河上的一座铁桥后进入了伊利诺伊，我更是有一种故地重游的感觉，到达厄巴纳 – 尚佩恩时已经是次日的清晨了。

7

　　11 日上午 9 点，我第四次来到了芝加哥，这一回有 6 小时的时间。联合火车站的候车大厅我已经十分熟悉了，四面有四扇大门对着四条街，正好组成一个正方形，在我见过的火车站中，只有台北车站的设计与此相仿，只是后者的规模要小许多。我提着行李步出了南门，找到威尔斯街和亚当斯街交叉口的那家麦当劳，先要了份咖啡。不时有火车嗖嗖地从高架桥上驶过，天气并不怎么晴朗，西尔斯大厦隐没在云雾中。我又要了双份的汉堡包，午饭加早饭一起吃，我从旅行包里取出一本地图册，用一枝红粗笔划过我坐车经过的路线：

　　　　一个在幻想中旅行的人
　　　　对地图怀有更大的兴趣

写完这首名叫《芝加哥街景》的诗以后，我和华裔美国诗人李立杨通了电话，他旋即驱车赶来和我见了面，随后他带我到密执安湖边兜风。

李立杨的母亲是袁世凯的孙女，却没有获得这位总统或皇帝先辈的任何恩泽，反而因此跟着父母流离颠沛。我记得那天的风特别大，把太阳都刮跑了，停泊在湖滨码头的帆船摇晃得非常厉害。

虽然立杨只会说中文而不能写读，但是字里行间流露出中国人的思维方式和对中国的记忆，他的父亲原来是印尼总统的医学顾问，后成为一名政治犯，最终又在宾夕法尼亚的一个小镇上担任基督教长老会牧师，晚年双目失明，悄无声息地死去。父亲一生的遭遇对李立杨的诗歌起了决定性的影响，父亲的形象常常如神话人物一般出现在他的诗歌里。

临别时，立杨邀请我下次来芝加哥时多停留几天，他给我安排住的地方。回想起来，我们两位纯粹的华人是用汉语交谈而用英文通信

与李立杨在芝加哥

李立杨的处女集《玫瑰》

的。当我回到加利福尼亚，我收到了他寄赠的两本诗集——《我们恋爱的城市》和《玫瑰》。从中我翻译了10首诗歌，先是刊登在民刊《阿波利奈尔》上，后又发表在《世界文学》上。他的诗歌体现出一种对平凡事物和语言的挚爱，有着精细的洞察力和不同寻常的谦恭。2015年初，立杨的传记《带翼的种子》中文版在南京出版，我应约撰写了封面和封底推荐语。

下午3点，我坐上了"缔造者"号。发往西雅图的火车有两列，除了"缔造者"号以外，还有"先锋"号，后者先是与"西南主线"同路，在到达丹佛之后，向北经过怀俄明和俄勒冈两州。我的下一个目的地是圣保罗，故只能选择"缔造者"号。本来发车时间是三点一刻，然而等到4点仍迟迟没有动静，我不禁有些纳闷，Amtrak虽说常常误点，可是发车还算准时的。后来，列车广播员告诉大家威斯康星的铁路工人举行了罢工，待到去威斯康星的旅客全部下车（Amtrak公司准备用汽车把他们送走），火车才不急不忙地驶离了芝加哥。

本来"缔造者"号要先沿密执安湖北上到密尔沃基，再向西横穿整个威斯康星州。现在却不得不改变线路，从芝加哥径直向西，沿着一条货运小道行进。起初我还有点为安全问题担心，我甚至想起了意大利、英国和西德合拍的电影《卡桑德拉大桥》（1976），那是众多的讲述列车上发生的故事的影片中的佼佼者。最后一幕是，带有鼠疫病毒的列车前面部分在通过一座弃置多年的大桥时坠毁，无辜的乘客得救。值得一提的是，该片的演员除了索菲亚·罗兰等大腕以外，还有O. J. 辛普森这类个性人物。

在依利诺伊、威斯康星和艾奥瓦三州的交界处，我又一次见到了密西西比河，火车沿着河的右行进，一路不作任何停靠。间或可见河对岸密集的灯光，那一定是城镇了，更多的只是几盏灯一闪而过，那无疑是船只了。这意外的变故使我喜出望外，同时给我带来了不可多得的一首诗《闻讯威斯康星铁路工人罢工而作》，诗的结尾一节写道：

> 嘿，让我们轻盈地飞翔
>
> 直到浓雾围住了夜
>
> 火车驶进了河中央

次日凌晨2点，火车终于到达双城明尼阿波里斯－圣保罗，我的故友G在睡梦中被我的电话铃声惊醒。他抱怨说，3小时以前，他就开车到车站来过。这谁都怨不得，那可是没有手机的年代。G虽然在座城市生活了很多年，却是第一次到火车站，着实费了一些劲，因此他记忆犹新。这第二回可是熟门熟路，很快他就赶了过来。

8

　　G 和我大学同窗七载，一个极端活跃分子，不安于纯数学的研究和教学，毕业后跳槽去了管理系，目前他在明尼苏达大学攻读管理专业的博士学位。G 的太太出身于济南的医生世家，随夫来美后开了一家私人的中医诊所，生意颇为红火，特别是针灸，已有实力购买房子，他们的独养儿子也开始在当地接受学龄前教育。这座遐迩闻名的双城被上游的密西西比河分成了两部分，东面的圣保罗是明尼苏达的首府，西面的明尼阿波里斯是明尼苏达大学的所在地。我见到的密西西比河水势平缓，宽度只有几十米，像是一条护城河。

　　拥有近 5 万名学子的明大吸引了数以千计的中国留学生，其主要原因是这里的学费便宜、物价低廉，学校还专门为第三世界的留学生建造了公寓。明州的风景也非常秀丽，尤以众多的湖泊吸引世界各地的游客，有着"千湖之州"的美誉。minne 在印第安语里的意思是水，soda 的意思是蓝天，合起来就成了"蓝天般的水"了。虽然明州地处美国中北部，明大是一所"边疆"大学，深受保守的爱尔兰天主教的

七旬的鲍勃·迪伦在西班牙演唱（2010）

影响，却也出现过几位轰动一时的叛逆人物。

　　首先是凯特·米利特*，著名的女权主义者。她出生在圣保罗，14岁离开家庭，曾就读明尼苏达大学。虽然她后来远赴英国的牛津，并最终在纽约的哥伦比亚大学取得博士学位，但她一直认为早年在故乡的生活对她的一生有着决定性的影响。米利特和她日裔丈夫的职业均是雕刻家，但却以女权主义运动的理论家名闻遐迩。1970年，米利特的代表作《性政治》出版后，立刻成为世界性的畅销书。这本书的中心思想在于：一切权力关系都植根于性别。米利特阐明了一种父权制

---

*　凯特·米利特（1934—），她与早先的贝蒂·弗里丹（1921—2006）被认为是美国20世纪最有影响的两位女权运动理论家。不同的是，弗里丹主要倡导妇女经济独立，因此被认为是改良主义者。

理论，从而解释了妇女遭受性别歧视和压迫的根本原因。除了巡回演讲，米利特还参加过劫持自由女神像的行动。1979年，她在伊朗支持妇女争取自己权益的斗争，被霍梅尼政府驱逐出境。

接下来是鲍勃·迪伦，摇滚音乐家，出生于明州东部苏必利尔湖畔的德卢斯，10岁开始离家出走，后在明大接受了短暂而唯一的高等教育。不到一年内，他发现了自己的歌唱风格和政治意识的源泉，并被由此激起的热情所驱使。只身前往纽约，开始了他的歌手生涯，那年他才19岁。"我不过是一个献艺者……一个歌舞演员……一个空中飞行的杂技艺人。"迪伦的这些自贬之词，代表了20世纪60年代中期那一代人的清醒意识。一位批评家指出，无论是作为激进的持不同政见者，还是作为心灵革命的中心人物；无论是作为黑人民歌、摇滚乐和乡村音乐的歌手，还是作为现代歌词和歌曲的作者，迪伦都具有巨大的影响力。"西方有成百万人准备随时跟随而行。"而迪伦自己，正如他的唱片《愿望》（1974）的封面所介绍的：

紧紧跟随着兰波，
像一颗摇晃的子弹。

最后是约翰·贝里曼，自白派诗人，曾就学、任教于多所名牌大学，包括哥伦比亚、剑桥、哈佛和普林斯顿，最后选择了明尼苏达大学。他的主要作品是两首长诗《梦之歌》（1969）和《对布雷兹特里特的敬意》（1956），前者描述了诗人自己的"悲惨史"，后者叙述了他脱出躯体的心灵之声和与新世界第一位女诗人安妮·布雷兹特里特之间诱惑与反诱惑的趣事。有人认为这是一种戏剧化的遁词，是贝里曼个人通奸的经历在文学上的再现和净化。他企图把因背离道德而招致的心理不安和苦恼解释成一种玄学形式，为此他故意歪曲了历史记载，甚至恶语中伤了比他早300多年出生的女诗人。贝里曼12岁那年，曾亲眼目赌父亲的饮弹自杀，这个场景纠缠了他的一生。直到1972年冬天的一个早晨，他从明尼阿波里斯的一座桥上跳下，死在冰封的密西西比河上，没有留下任何遗嘱。

9

　　明尼阿波里斯的 3 天过得平淡而轻松，我从南方再一次来到了北国，感觉到这儿的天气有点初秋的味道，和 G 的一次网球比赛初次证实了我的实力。4 月在弗雷斯诺偶遇的美国诗人罗伯特·布莱外出度假去了，他就住在明尼阿波里斯的吉拉尔德街 1904 号，我曾多次拨通他家的电话，回答我的总是那几句彬彬有礼的留言。多年以前布莱的诗歌就留给我深刻的影响，他的敏感和细腻受到了许多中国年轻同行的喜爱。只是我能够阅读到的作品中很少涉及他的隐居地的风情和地理，倒是他英年早逝的诗友詹姆斯·莱特写过《明尼阿波里斯组诗》，表达了对冻死在密西西比河边的老人的同情。

　　布莱的双亲是挪威人，他和莱特是 20 世纪 60 年代美国"深度意象派"或"新超现实主义诗歌运动"的主要推动者，他的诗集《身体周围的光》曾获全国图书奖，那次他来弗雷斯诺是讲座并签售。当最后一位要求签名的听众离去，已经是晚上 10 点多了，布莱疲倦地抬起头，看着我的眼睛。在沉寂片刻以后，突然说出了第一句话："To

罗伯特·布莱夫妇。安妮摄

be famous is totally an accident（成名完全是一场事故）。"我望着老诗人的满头银发，告诉他在中国有许多他的粉丝，他显得有些惊讶，说："Invite me（邀请我吧）。"我说当然欢迎您了，不过您得自个儿掏钱买机票。他听了笑了笑说："Then come and visit me（那么来看我吧）。"不巧的是，那个周末他和家人外出度假了。

　　离开明州的前一天下午，G 带我去造访了他儿子的钢琴老师，一对广州来的青年钢琴家，这是 G 在美国认识的仅有的两位艺术家了，他希望能够借此丰富一下我的旅途生活。我们在门口就听到两口子在四手连弹勃拉姆斯的一首曲子，这对曾经在粤港地区多次举办演奏会的钢琴家，现在却以教小孩子弹琴为生，不过充满活力的女主人在明大兼攻钢琴的博士学位。我的到来给他们带来了意外的惊喜，女主人拿出了许多糖果招待我们，原来在国内她就结交了几位南国诗人，看得出来她以此为荣。男主人还为我播放了钢琴大师霍洛维茨迟暮之年从纽约返回莫斯科时的一盘录像带，我至今都记得他为故乡人民演奏舒曼的《梦幻曲》时的神态。

15日子夜一点，我又一次乘上了西行的"缔造者"号，威斯康星的铁路工人罢工已经结束，列车又恢复了正常的运行。在去往火车站的路上，我最后一次见到了密西西比河，这条河流的发源地在明尼苏达北部高地。列车行进在茫茫的黑夜里，我回忆起女钢琴家绘声绘色为我讲述的明州秋天的乡村景色，写作了一首冠名《女钢琴家和千湖之州》的诗歌来纪念我在明尼阿波里斯的短暂逗留：

布莱在朗诵（2009）

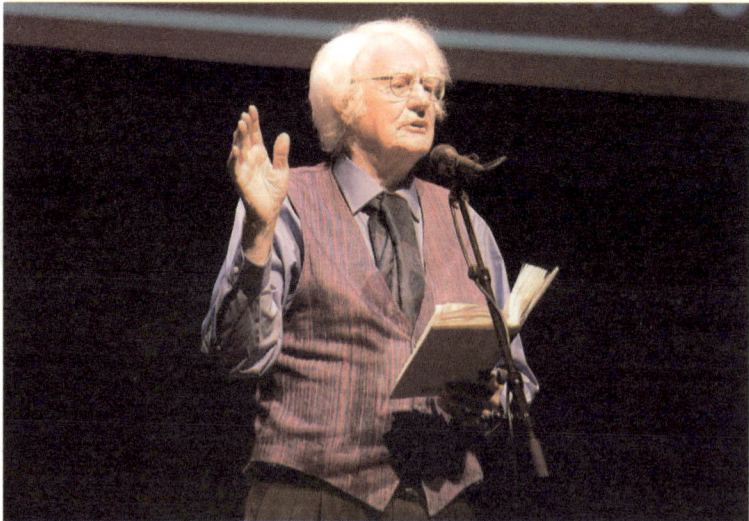

黑压压的一群水鸟
犹如记忆中的飞沙走石

圆柱形的干草垛
被湖水环绕的乡村

　　圣保罗在明州的东部，当我们抵达位于两州交接处的北达科他城市法戈时，已经是早晨了，真是妙极了，窗外的景色完全应验了昨夜的想象。火车继续沿着州界北上，大约一个半小时以后，我们来到了大福克斯，再往北不到80英里就是加拿大的马尼托巴省了。如果说明尼苏达在美国的地理位置接近于中国的甘肃的话（明大相当于兰大），那么北达科他就是中国的青海了。这里天气寒冷，人口稀少，每平方公里只有3.5个人（青海的二分之一），却是地地道道的大平原。除了西部以外，均是土地肥沃的农业区，春小麦、玉蜀黍和亚麻的产量均列各州之首，矿产和水力资源也非常丰富。密苏里河流经中部，形成两条狭长的大湖泊，既可以用来灌溉，又成了旅游胜地。

　　在北达科他的西部边界，我再次见到了密西西比河，那正是中午时分。我是在见过她的中游和下游之后才见到上游的，仿佛一位名声显赫的大人物，很难想象其童年情景，我是少数几位幸运人之一。随后她陪伴我们又走了一个多小时，直到蒙大拿的佩克堡水库，这也是一次为了告别的聚会。途径波普勒时我发现这儿有一条公路直通加拿大萨斯喀温省的里贾纳，这是我旅途中离开好友A最近的地方。昨晚我们又一次通了电话，他表示要开车过来接我，但我唯恐签证会出问题，那样我们会被弃置在荒凉的小镇上。现在想想这又何妨，就这样我错过了与 A 重逢的最后一次机会。幸好，魁北克人邀请我参加诗歌节，我和 A 得以在枫叶之国相见，但那要等 12 年以后。

　　蒙大拿是美国大陆平均海拔最高的一个州，落基山脉纵贯了它的西部，山地面积约占全州的五分之二，Montana 是西班牙语形容词 montano 的阴性名词，意为多山的。这里的人口密度每平方公里不到两人，和世界屋脊西藏颇为接近，由于工业落后，反而空气清新，水质优良。火车沿着靠近边境的铁路线横越了整个蒙大拿，行程 1000 多公里，途中停靠了 10 个小站，可是上下车的旅客加在一起不过几十个人。我在休闲车厢里见到了一个 10 来岁的哑孩子，他倾听歌曲的神态引发了我的好奇，音乐顺着他的脸颊向下飘，那蓝色的眼睛凝望着我，仿佛自一条大河的彼岸：

　　　　我去过我所向往的城市和风景

　　　　在夜的皱褶中我梦见过巴西

　　写完这首《哑孩子》，我略带兴奋地进入梦乡。将近午夜时分，火

作家海明威

车到达爱达荷州的桑德波因特，一种类似责任感的警觉心理促使我及时醒过来，这是"缔造者"号在爱达荷州唯一的停靠站。爱达荷的形状宛如一只左轮手枪，向北对准了加拿大的大不列颠哥伦比亚省，铁道线正好从狭窄的枪口或准星处经过。让人难以想象的是，这个人口不足百万的偏僻小州，与美国现代文学史上两位划时代巨人的生和死联系在一块。一位是诗人埃兹拉·庞德，他于 1885 年出生在爱达荷的中部小镇海利（Hailey）；另一位是小说家欧内斯特·海明威，他在1959 年古巴革命后从哈瓦那迁居到与海利相距不到 20 公里的凯切姆（Ketchum）。3 年后的一个夏天早晨，他扣响了那支心爱的双筒猎枪的扳机。

这对老友在一战结束后相识于欧洲，当时海明威以多伦多《星报》记者身份常驻巴黎，他拜访了已是名流的庞德。庞德给了这位小老乡必要的鼓励，那时的海明威尚未写出一系列令世人瞩目的小说，而只是热衷于一些愤世嫉俗的诗歌。次年，两人结伴在意大利战场上巡视了一番，海明威无意中向庞德提起文艺复兴时期一位爱美而幸运的士兵马拉泰斯塔的故事，这位士兵居然在政治斗争中与国王搅劲。20多年以后，当庞德被关押在比萨的一处"整训中心"，准备接受美国的国家审判时，他开始写作一生最伟大的作品《诗章》，他想到了海明威讲过的那个士兵，马拉泰斯塔成了史诗中反复出现的一个象征性人物。

　　再往西，就到了美国的西部边陲华盛顿州，经过了如此漫长的旅行，再横穿一个和山东省一样大小的地域算不了什么。16日上午11点，"缔造者"号差不多准时地抵达了终点站西雅图。远远的我就瞧见了西雅图的标志——"宇宙针"瞭望塔，这座美丽的城市有可能在下个世纪取代旧金山和洛杉矶成为西海岸最耀眼的明珠。我在车站附近的一家小饭馆吃过午饭，随即搭乘Amtrak的专用汽车北上。一路可见左侧

诗人庞德

的胡安·德富卡海峡忽隐忽现，对岸就是著名的温哥华岛了。经过 3 个多小时的行程，我们来到了边境小城布莱纳，如同从广州进入深圳一样，乘客在海关下了车，从室内的大厅鱼贯穿过，司机和汽车则在加拿大那头等候。

我又一次面临考验，幸运的是检查人员并没有对我特别关照，当我走到户外，不禁长舒了一口气。这样一来，one entry 变成了 3 次入境。事后感觉仍有点后怕，我想换了别人恐怕不会冒险来此闯关。同车的两位南斯拉夫人遇上了麻烦，全体乘客为此耽误了半个钟头。最后，司机发动了引擎，同时告诉大家他们两个过不去了，我听见后座有人发出几声感叹，看来旷日持久的波黑战争使得人民也沦为三等公民了。公路继续沿着海岸向北延伸，远远地我看见几幢白色的建筑物耸立在天边，前面就是温哥华了。那是中学课本里《纪念白求恩》一文开头谈到的港口城市，1938 年，安大略出生的外科大夫白求恩在这里登上了去往中国的远洋轮船"亚洲皇后"号。

11

温哥华号称美洲太平洋沿岸第一大港。早在 18 世纪，西班牙探险家们就从陆路捷足先登，但他们并没有像在洛杉矶和旧金山那样投入精力。1792 年，英国海军的乔治·温哥华船长沿着从太平洋北部的白令海航行到此，发现一个三面被陆地环绕的狭长海湾，其状好像一只大口袋，为了纪念他在皇家海军的好友波拉特爵士，温哥华船长把这个地方命名为波拉特湾。后来的温哥华市就是主要围绕着这个海湾建立起来的，随着注入乔治亚海峡（得名于温哥华船长）的弗雷泽河两岸金矿的发现，特别是东起哈利法克斯横贯整个加拿大全境的太平洋铁路的修建，温哥华日益繁华起来。

写到这里，我必须要提一下，用发现者的名字命名他们的地理发现，是对那些早期欧洲探险家最好的精神鼓励。而中国人似乎从来不会这样做，这可能是因为"普天之下，莫非王土"，语出《诗经·小雅》。即使到了 21 世纪的今天仍未有变化，极少用人名来命名地名。即使有，也是"中山"或抗日英雄等政治人物，且大多是民国期间所为。

温哥华也是我北美之旅到达的最北的地方，接近北纬50度，相当于黑龙江的黑河。可是，这儿与美国西海岸一样，也是冬暖夏凉，一年四季鸟语花香。据海洋学家考察，在太平洋上有一股千古不易的暖流，起自中国台湾岛附近的洋面，经琉球群岛和日本列岛的东侧，流入北太平洋，直至北美洲的西海岸。一个多世纪以前，数以万计的中国人就是沿着这股暖流，乘坐木帆船，漂洋过海来到温哥华的。他们大多在不列颠哥伦比亚省定居下来，这股移民的风潮直到如今仍未消减，每年都有大批的中国台湾居民和中国香港居民移居此地（近年更有无数中国大陆居民加入其中）。现在的温哥华已经无所谓唐人街了，华人占据了整座城市人口的三分之一。

我在车站和P同学通了电话，他已经在家里等候多时了，很快就开车过来。P在大学比我高一届，先是留校执教，后来再考托福出国

在温哥华斯坦利公园。
刘继平摄

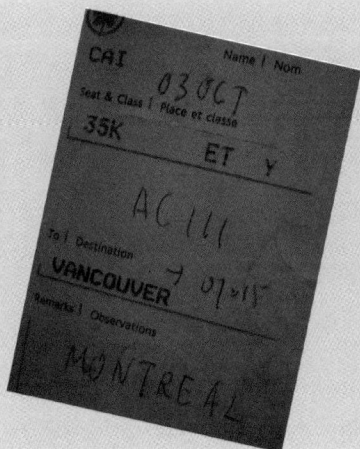

作者手写的登机牌（2008，温哥华）

留学，现在温哥华的一所大学里做博士后。他的家在潍坊农村，性格比较内向，以前我们几乎没有说过话，但几天前我在明尼阿波里斯和他通话时，他的语气一点也不淡漠。P 的三口之家位于一座小山的半腰上，整座山全被房屋和街道所覆盖，可以说是不见一寸泥土。吃过晚饭之后，我们到户外散步，只见山下灯火闪烁，半个温哥华尽收眼底，果然又是一座名城。

　　次日上午，P 驱车和我去了西南角的斯坦利公园，除了一处人工装扮的印第安营地以外，这里似乎更像个动物园。P 告诉我当年孙中山 * 来温哥华时曾到过此地，他还在唐人街的戏院里召开华人大会，连

---

　　* 孙中山（1866—1925）先生一生多数时间在旅途中，曾 3 次到访温哥华，分别是 1897 年、1910 年和 1912 年，连续 4 天演讲应该是最后一次，此时武昌起义已举行，清政府已被推翻。

续演讲了 4 天，为革命筹款募捐。那几天温哥华大雨滂沱，可听众却场场爆满，足见孙的演说才能。随后，我们去了伊丽莎白女王公园，在著名的英吉利海滩上漫步，许多当地的居民在那里凭栏垂钓，给人以国泰民安的印象。波拉特湾的对岸是一座海拔五六百米高的山，近年来已成为房地产开发商们的新战场，成片的住宅楼几乎建到了半山腰。

午后，P 带我去了 UBC，不列颠哥伦比亚大学，这座正在迅速崛起的大学目前已经和多伦多大学，米格尔大学形成三足鼎立之势。早就听说 UBC 有一个 Nude Beach，P 把我带到海滩的入口处，便独自驱车去他的学校，等待我的将是一次有趣而难得的经历。穿过一片茂密的树林，展现在面前的是一片温热的沙滩，沙子比谷粒还要粗，上面散落着一些粗大的树干，横七竖八地躺着上百个赤裸的男女，只有少数几位在水上游泳。有一对情侣在那里抛掷飞蝶，那女的整个上身都摇来晃去的。除此以外，一切都静悄悄，没有别的海滩上那种嘈杂，几只帆船从不远的海面上驶过：

> 一颗颗单一的躯体，
> 触摸不到的辽阔。
> 我梦想中真正的巨石，
> 悬浮在海面。

我在一根树干上稍坐片刻，然后走到旁边的烤肉店。正在火炉旁烧烤的店主光着身子，下身遮着一片硕大的荷叶，尽管搭起了篷盖，脸颊仍被炉火熏得通红。他的搭档一面给顾客取冰镇的啤酒，一面和我打招呼，一只鲜亮的"耳环"穿过她的耻部，这一幕情景我似乎在一部非洲电影里见过。当她发现我 T 恤衫上的文字，脱口念了出来："哦，MOMA！"看来这些人都有一定的艺术修养，这就是西方世界的所谓性开放了，早在几千年前古希腊人就尝试过了。傍晚时分，我步行着穿过 UBC 校园，乘公共汽车返回了 P 家。

12

17 日中午，我即告别温哥华南下，我对这座城市的探访是在 12 年以后，那是一次飞机晚点带来的短暂探访。P 开车送我到市中心的车站。那天天气晴好，我们俩都没有任何伤感的情绪。直到 2011 年秋天，我回母校山东大学参加 110 年校庆，才听加拿大回来的一位老同学说起，就在不久以前，P 死于一起交通事故。那天，P 驱车送考入美国一所大学的女儿到温哥华机场，回家途中睡着了，随后便撞上了高速公路的隔离墩。那会儿，他的爱女还在天空呢。也就是说，我和 P 再也没有机会重逢了，无论在这个世界的哪个角落。

汽车沿着昨天的来路返回西雅图，我的另一位故友 E 到车站迎接。E 和我大学同年级不同专业，他的班级以体育成绩优异闻名全系，其中的一位短跑明星后来成为交通银行总行的副行长兼首席信息官。E 当年身材有些单薄，显然不在运动员之列，也不在"少年班"，加上他又是济南本地人，我甚至对不上他的姓名和相貌，直到见面的一刹那才回忆起来。E 在华盛顿大学取得计算机硕士学位后很快找到了工作，看来他比当年的高才生 M 和 N 要走运。当晚 E 有约出席一位中国老板的生日晚会，就把我也一同带上。那位胖墩墩的矮个子主人名叫马修，毕业于上海一所大学微生物系。他在美国混得不错，拥有一栋雅致的小洋房，一副踌躇满志的神态，E 的妻子则对马修老婆新换的发型大加赞赏。

酒宴结束后我们回到了 E 的寓所，有点像我们国内的筒子楼，与马修家相比显得寒酸，但却另有一番景致，从公用的阳台可以俯视整个埃利奥特湾。原来，西雅图也像罗马城一样，建在 7 座小山上，只是罗马仅有一条窄窄的台伯河，不像西雅图水光山色，浑然一体。即使与温哥华相比，西雅图的崛起也要晚许多，1916 年，木材商的儿子威廉·波音*在西雅图郊外开办了一家木头飞机厂。没想到世界大战爆发，这个厂的业务迅速发展，大发了一批横财，包括尽人皆知的 B-52 在内的轰炸机均是它的产品。而从 20 世纪 60 年代后期开始，波音公司把生产重点转向民用的喷气式客机，特别是誉满全球的波音飞机，西雅图也因此被称作"波音之城"。

翌日早上起来，E 太太已经去上班，E 煎了一盘饺子，随后开车送我到了火车站，我们挥手告别。可是，本该九点一刻发车的"海岸星

---

* 威廉·波音（1881—1956）是在驾驶游艇时心脏病发作去世的，此前一年，比尔·盖茨（1955—）降生在西雅图，并在故乡接受了中小学教育。他从哈佛肄业后，回西雅图创办了微软公司。有趣的是，比尔是威廉的昵称，波音是耶鲁的肄业生。而与盖茨同龄的斯蒂夫·乔布斯（1955—2011）也出生西海岸，他是波特兰里德学院的肄业生。

乔布斯与盖茨

飞行归来的威廉·波音

圣海仑斯火山的喷发（1982）

光"，到了 10 点仍未开始检票。我始终没搞明白出了什么事，甚至也
不想知道，记得那天天气阴沉沉的，我似乎沉浸在一种透明的忧伤之
中。在候车大厅里，我见到一位华沙来的少女，穿着一身花格的连衣
裙，她的小腿上开着一朵红花，一个犹鲜的伤口不再流血。秋天已经
来临而夏天尚未离去，一片疑惑的目光弯曲了时钟：

　　　　人们期待一列晚点的火车

　　　　像期待一首漫长舞曲的结束

　　10 点 30 分，"海岸星光"终于驶离了西雅图车站。一路向南，驶
过 70 多英里以后，才到达海湾南端的州府奥林匹亚，此城得名于西边

的奥林匹斯山。据说当年英国人认为此山的形状是一吉兆，故以希腊伯罗奔尼撒半岛上的那座名山命名。在高速公路的东边，还有一座西海岸最高的活火山——圣海仑斯火山，山巅终年积雪，是个著名的滑雪胜地。此时天空忽然放晴，从车窗里远望，可以看见那白色的山顶，犹如日本的富士山。

　　再往南，地势渐渐开阔起来，火车加快了速度，让人感觉到司机试图追回被延误的时间。下午两点，我们到达南部边界的另一座温哥华市，此城隔着著名的哥伦比亚河与俄勒冈的州府波特兰相望。波特兰是"海岸星光"途经的最大的停靠站，赫赫有名的NBA劲旅开拓者队总部就设在此地，而非缅因州的波特兰。说起这个名字的来历倒也有趣，原来波特兰早期的移民来自新英格兰，主要有波士顿人和波特兰人。当时两地的移民都力争采用其故乡的名称，结果双方相持不下，最后只好以掷硬币的方式决定。

13

波特兰每天有三列客车往返于西雅图之间，而去往南方的就只有"海岸星光"了。另外，这里还有一条铁路经过丹佛去往芝加哥，每周三列的"先锋号"走的就是这条道。"先锋号"穿过怀俄明州的南部，与西北角的黄石公园尚有距离。其中离开黄石公园最近的停靠站是爱达荷的波卡特洛，从那里有游览车去黄石公园。但很多去过那里的人都告诉我，游览黄石公园最好是自己开车去，否则的话只能瞧一瞧那老忠实间歇泉。看来黄石公园就像四川的九寨沟一样非得专程前往，不得已我只好放弃去黄石公园的念头，那是我美国之行留下的一大遗憾。

美国东西海岸线长度相差并不多，可濒临大西洋的州有13个，而紧邻太平洋的州却只有3个。俄勒冈的海岸线仅次于加州，因此不难想象，没有10来个小时，火车是驶不出俄勒冈的。遗憾的是，这支铁路始终没有靠近水边，我不明白其中的奥妙。到达中部城市尤金以后，铁轨甚至偏向内陆，向着东南方向延伸了100多英里。尤金是俄勒冈大学所在地，其时还是俄州仅次于波特兰的第二大城市，不过 10 年以后，它即被塞勒姆超过。如今，尤金最为国人熟知的却是一年一度的国际田联钻石联赛。2012 年，跨栏运动员刘翔在此跑出了运动生涯的最好成绩 12.87 秒，并平了世界纪录。2015 年，苏炳添百米跑出了 9.99 秒，成为首位突破 10 秒大关的黄种人。

在休闲车厢里，我结识了一位正在捧读 D.H. 劳伦斯小说的英格兰少女玛丽，这是我在夏日旅途中第二次遇到这位英国作家了，上一回是在新斯科舍。玛丽是伦敦大学法学院的二年级学生，浑身洋溢着一股清纯和朝气，一双大而明亮的眼睛里闪烁着微光。玛丽利用暑假作环游北美的旅行，她刚刚访问了温哥华岛上的维多利亚，竭力想把那儿的如画风景塞进我的脑子里去：

> 她自远方而来
>
> 茉莉花的露台
>
> 一个影子的花园
>
> 坐落在湿润的国度

许多年以前，我观看东方歌舞团的一场演出时，就被一支舞蹈的名字深深地吸引了，现在我终于把她变成了一首诗的标题《少女旅行在途中》。玛丽以前去过澳洲和南非，她的下一个目标是印度，看得出来，她对昔日大不列颠帝国建立起来的"丰功伟业"有点沾沾自喜。我陷入了另一种迷惘，心里直犯嘀咕，难怪一些西方国家和日本会成为几次世界性灾难的元凶，可能是出于一种攀比心理吧。

　　我问起玛丽父母给她的旅行多少资助，她摇了摇头，合上手中的那本《儿子和情人》。原来玛丽是半工半读上的大学，她告诉我住宿Youth Hostel（青年旅店）非常便宜，即便纽约这样物价昂贵的大都市，也能找到10美元左右的旅店，当然你不能指望单人或双人房了，但是卫生间、厨房和全天候的热水供应是有保证的。我第一次听说这个西方各国通用的专有名词，我的好奇驱使玛丽回车厢取来一本小册子，上面记载着全世界青年旅店的详细地址和电话。真是让我大开眼界。和玛丽的一番交谈使我受益匪浅，在我第二年的欧洲之旅中简直帮了大忙。难以想象的是，在21世纪的中国，青年旅店会遍布各大旅游城市。

　　火车驶入加利福尼亚时，已经是子夜时分，我们穿越了萨克拉门托河上的好几座铁桥，像游弋在荒野上一条饥饿的眼镜蛇，缠绕着这一圣餐之河。天刚蒙蒙亮，"海岸星光"停靠在萨克拉门托车站，这正是MCI话务员辛迪和她的同伴们所在的城市，她一定还沉睡在梦乡之中。火车在这里向右拐了个九十度的大弯，驶往旧金山湾方向，这一带的城市密集，在到达80英里外的奥克兰之前，竟然又停靠了6个小站。

　　9点整，我又一次坐上从奥克兰驶往旧金山的公共汽车，而"海岸星光"却继续南下，经由圣何塞、萨利纳斯和圣芭芭拉去往洛杉矶。本来，我可以在此前几个车站中的任意一个下车，在那里等候去圣瓦莱山谷的客车，但我为了领略夏日湾区的风光，想在旧金山作最后的逗留。8月的天气晴好，水边码头的景色依旧，湛蓝的天空下面，海水微波荡漾。我沐浴着暖意的阳光，久久没有移动脚步。附近的一条小街上人头攒动，原来是一个临时的集市，我去吃了一个 Pizza，复又回到了码头。临近中午，我终于被水边一对相拥很久不愿分开的情侣打动，开始写作一首散文诗：

圣弗朗西斯科

夏日明媚的阳光，游人在码头上散步；年轻的情侣在水边，踮着脚丫亲吻。白鸟在木桩上伫立，忽而拍打着翅膀，在水面疾走，响应海关的钟声。一只受伤的鸽子，蹒跚着脚步，在地上觅食，一个溜旱冰的男孩带给它惊吓。帆船从桥下穿过，老人们在那里垂钓；歌声从邻近的街上飘来，夹杂着无花果的芳香。一个波浪涌向我，我看见大海伸出许多只拇指，将我从水面上托起，我漫长旅行的最后的馈赠。

黄昏时分，我返回了我的出发地"吉姆庄园"。自从 6 月 21 日我离开弗雷斯诺，到今天已经整整两个月了，行程逾 2 万 4 千公里。毫无疑问，这是我一生最漫长的一次旅行了。我真该好好地休息一段时间了，可我的 Rail Pass 有效期还有 8 天，我又该怎样利用它呢？

第七章　哥伦布的梦想

两个月的旅外生活使我对弗雷斯诺的一切重新加以审视，我已经把生命中的一段宝贵时光留在这里了，难道还要再待下去吗？可眼下容不了我做过多的思考，处理十来封耽搁了的信件花去我的几个工作日，特别是欧洲和美国两家数学杂志要求我对投寄的稿件进行修改。这一类辛劳是我十分乐意付出的，修改通常意味着被录用。同时我又记着我的火车月票依然有效，我曾主动向几位球友谈起 L 去大西洋城的成功例子，没想到他们的反应平平，这儿的中国学生比较安于现状，他们对波澜不惊的生活已经习以为常。我不忍心看着时间一天天过去，终于又有了新的计划。

8 月 26 日中午，我再次乘上了南下的火车，这次的目的地是圣迭戈。在去过缅因州、迈阿密和西雅图之后，圣迭戈是美国大陆我唯一没有抵达的角落了。经过从贝克斯菲尔德到洛杉矶的汽车转换，我坐上了一列开往圣迭戈的火车，这段 100 多英里的铁路线只有两个停车站，其中圣安娜算是洛杉矶的市郊，欧申赛德处在中途。令人赞叹的是，从欧申赛德起火车一直沿着太平洋海滨行进，一路可见平稳的沙滩上如潮的人群和白色的浪涌。我方才相信，圣迭戈拥有西海岸最长最迷人的海水浴场。

晚上 8 点钟，火车在暮色中驶近圣迭戈。本来我打算找一家青年旅店住下，但有人告诉我从 Amtrak 车站可乘有轨电车直接去往墨西哥边境，我禁不住一个新的国家的诱惑，立刻爬上了一列电车。或许，从那一刻起，加上此前 3 次进入加拿大的经验，我对世界有了新的看法。也就是说，世界虽然复杂混沌，却是可感知的，不仅可以通过书本，还可以通过眼睛和行走其中，即使你拥有的是中国护照。另外，国与国、人与人之间的距离，并非我们想象的那样遥远。

在电车车厢里，我鬼使神差般地认识了 3 位邻座：胡安、玛莎和苏姗娜。胡安是一位机灵的墨西哥青年，一个印欧混血儿，家住边境城市蒂阿华纳。玛莎是拥有意大利血统的女裁缝，家住圣贝纳迪诺。她非常坦率地告诉我们，她的推销员丈夫有了外遇，她于是撇下一双儿女，来墨西哥度个周末，调整一下自己的情绪。苏姗娜是洛杉矶南加州大学的学生，她的家在加勒比海的波多黎各岛，那儿离古巴、牙买加、海地和多米尼加更近。众所周知，古巴人擅长拳击，牙买加涌现了不少短跑好手，而波多黎各以男子篮球见长，此外它还盛产美女，出过几位世界小姐。

留着小胡子的胡安看起来不过 20 出头，可是从谈话的语气来判断，却是往来于美墨边境的常客了。他告诉我蒂阿华纳的海关 24 小时开放，进入墨西哥不需要任何签证，这句话让我吃了一颗定心丸。看得出来，

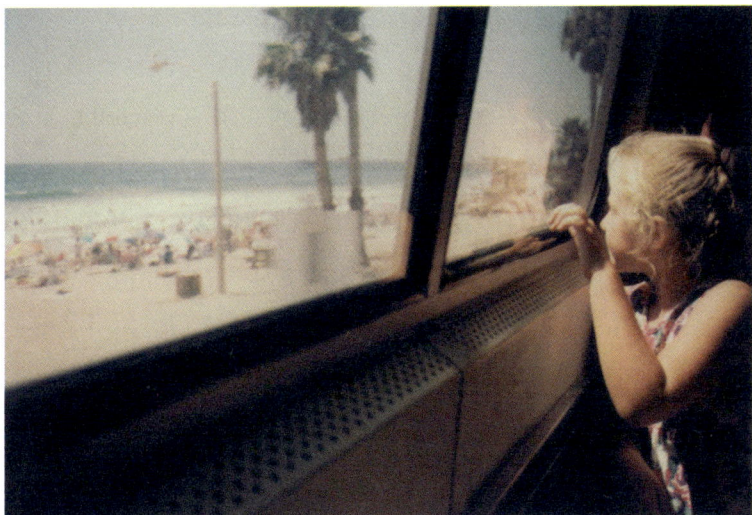

火车路过圣迭戈海滨。作者摄

胡安对苏姗娜颇感兴趣，不失时机地献起殷勤来，间或还和她说上几句西班牙语。波多黎各是美国的"自由联邦"*，并有可能成为美国的第 51 个州，这个仅有 300 多万人口的小国通用两种语言，西班牙语和英语一样都是官方语言。说起 Puerto Rico，它的含义是"富庶的港口"之意，原先用来为港口（现在的首都）命名，那时岛叫圣胡安，这是哥伦布一位助手的名字。后来不知怎么的，两个名字又换了过来。

半个小时后，我们到了边境广场，苏姗娜忙着给蒂阿华纳那边的同学打电话，可是一直未通。我和玛莎趁机去路边一家小店吃了几只 taco，这是墨西哥最有名的小吃了，也叫玉米面肉卷。有一家遍布

---

*　作为美国的自由联邦，波多黎各居民是美国公民，拥有美国护照，可以参加美国全国的政党初选，但不能参加美国总统大选。

全美国的墨西哥连锁餐馆的名字就叫"太可贝尔"（taco bell），我曾经在去波士顿的旅途中光顾过一回。其实，不过是一些牛肉和羊肉围裹在一根柱子上，再抹上一些调料烤熟后悬挂起来，其状犹如一只硕大的灯笼。顾客想吃时，用一把锋利的牛刀一片片切割下来，加些蔬菜，放在玉米面做的薄饼里，包成大个的饺子形。相当于土耳其烤肉（kebap），只是外包皮不同而已。后者一般是用麦粉做的，包成圆柱形。

　　大约 10 点钟，我们 4 人步行着穿过了边境，没有海关人员在那里查验，墨西哥的大门对美国人敞开着。我们在写有墨西哥字样的石碑上合影留念，前面一片开阔地就是蒂阿华纳的海关广场了，似乎天色和灯光也暗淡了许多。随后，我们搭乘一辆出租汽车去了胡安认识的一家旅店。早就听说蒂阿华纳的治安很乱，司各特的一位墨西哥室友曾劝阻我不要独自前往，为了以防万一，我把随身带的美元纸币塞在旅游鞋的垫子底下。

　　放下行李，胡安跟我们打了声招呼就出去了，很快他带回了一小包粉状的可卡因，他和玛莎说了几句西班牙语，我想是在讨价还价吧，这时候我才发现玛莎也会讲西班牙语，她所谓的出来散心就是指这个。起初我还表现出一点好奇心，但当玛莎得知我从未尝试过，便给了我严厉的警告，他们两人进了内室，苏姗娜则又跑出去打电话了，我环视了这套陈设花哨的客房，地毯、壁画、沙发，客厅中间还有一个敞开的大浴池，浪漫得有点像《埃及艳后》里的场景。我打开一台电视机，里面全是一些挑逗人的色情节目。

约莫20分钟以后，房门打开了，只见玛莎容光焕发、神采奕奕的，像是换了个人似的，"跳舞去！"我们四人结伴去了附近的 Avenida Revolution（革命大道），这是蒂阿华纳最有名的娱乐区，又称"舞街"有着无数的夜总会、咖啡馆和古玩店，遍布了整整 7 个街区。我们随胡安进入一家叫 foca（海豹）的夜总会，领班上来和他打招呼，像是一对老朋友了，原来胡安是个导游（至少是兼职的）。

墨西哥餐馆太可贝尔

依然是那熟悉的音乐，节拍似乎永远不会高涨或低落，我在弗雷斯诺曾经去过墨西哥学生举办的舞会，跳这种舞无需太好的身材，矮小的人穿着宽松的衣服跳起来更来劲。就像上海世博会的非洲联合馆里，马里姑娘跳的那种赤脚舞，但味道还是不太一样。多年以后我来到南美洲，才知道这类舞曲叫瓦杰拉多和麦伦加。不到半小时，胡安已经不辞而别，而苏姗娜的同学也赶到了舞场，她们两人携手离去，只有玛莎有点兴奋过头，被两个墨西哥青年围在中间。我突然觉得这一切近乎荒唐，便与玛莎打了个招呼，独自回到旅店休息了。由于长时间的旅途劳顿，反而需要电视机的紊乱信号催入梦乡。

翌日早上起来，我看到了惊人的一幕，玛莎的房门敞开着，只见她披头散发地躺在床上，地板上散落着内衣和短裤。被我唤醒的玛莎告诉我，昨晚上她被那两个陌生的墨西哥青年送回旅店之后就被他们轮奸了，当时她只能苦苦哀求，根本无力抗拒，完了以后还把她钱包里的几百美元现金也拿走了。我问她怎么回家，她说幸好 Visa 卡还在另一只衣兜里。因为有约在身，我安慰了玛莎几句，就离开了这是非之地。走到门口也不见有人值班。抬头一看，原来是家 Motel（汽车旅馆），怪不得那两个墨西哥青年如此胆大妄为。我终于相信了友人的话，我在墨西哥度过的这个夜晚是我北美之旅最不安全的。时针已指向七点，街上的空气散发着一股泥土味，我看清了蒂阿华纳的真实面目，低矮的房屋、灰色的街道，到处可见碎纸片和可乐瓶。

我独自走了一刻钟，仍未见有一辆公共汽车，不过，几个清扫大街的大妈给了我安全感。忽然间，一辆满载的出租车驶近，司机说出一句蹩脚的英语，America，我猜他的意思是问要去美国吗？我点了点头，他便停了下来，让前座的那位姑娘往中间挪动了一下屁股，给我留出一个位子。蒂阿华纳的出租车就像中国的中巴车一样，招手即停，每位乘客只需两个夸脱（50美分）就可以去市内任何地方。

我大喊上当，昨晚来时胡安问我们三人各要去5美元，说是要给司机20美元，肯定是被那家伙私吞了。但是很快我就得到了补偿，小小的愤怒带来了一首诗的灵感：

蒂阿华纳

出租汽车行驶在蒂阿华纳
山丘掩映在清晨的灰雾中
街道和房屋，司机和乘客
听我说着英语，全都嘿嘿笑了
紧贴着我一位年轻的玛雅女子
身着宽大肥硕的连衣裙，她的
浓郁的香水和体温散发在空气里
我们多么像是一片渺小的叶子啊
顺着下加利福尼亚的海岸漂流

出了城区之后，再翻过几座光秃秃的小山冈，我们便来到边境。偌大一个海关广场，只停着几辆破旧不堪的公交车。我忽然又沉静下来，开始留恋墨西哥了。我找到一张长凳子坐了下来，旁边两个 40 来岁的墨西哥人，腼腆地笑着。当我摇晃着手中的相机希望给他们拍照，他们笑得更欢了，露出了上下两排牙齿，就像广场一侧的露天陶艺展出品一样，那些黄色面具的外形看上去颇有点古代阿兹台克石雕的味道。

我不由想起了年轻的墨西哥诗人奥克塔维奥·帕斯访问罗伯特·弗罗斯特的那段对话：

"有人告诉我人们坐在那里几小时不做任何事。"

"每天下午你都看见他们完全静止，在路边或在进城的入口处。"

"这是他们思考的方式吗？"

"这个国家有一天会变成石头。树木和石头，人也一样，会变成石头。"

3

　　上午 10 点，我独自走过了边境，美国海关的工作人员只是翻看了
一下我的护照就放行了，并没有盖印公章或查验电脑。没有料到的是，
虽然后来我曾数度游历拉丁美洲（最长的一次逗留了一年），再次踏上
墨西哥的国土却是将近 20 年以后。那时我已经出版了西班牙语版的诗
集，应邀赴墨西哥城参加国际诗歌节，我搭乘墨西哥航空公司的班机，
从上海直飞蒂阿华纳。那次因为有美国多次入境签证，大大方方地进
入了墨西哥。

　　在圣迭戈，我乘上一辆有轨电车，路上又一次目睹了哈佛广场上
的那幕，一位衣着整洁的黑人青年手持一张纸币在车厢里来回走动，
他不时轻声喊道："Does anyone has quarters？"名义上是换零钱买票，
实际上的意思大家都明白，果然有几位年长的妇女掏出口袋里的几枚
硬币，换回他的一声感谢或一次鞠躬。我不妨设想她们的儿女都已经
长大，独立生活甚至移居到外地去了，因此十分愿意有机会与青年人
说上一两句话。当我的这个想法通过我的眼神流露出来，旁边的那位

老妇人主动和我攀谈起来，末了竟然拿出一张 5 美元的纸币，说是要给我买冰淇淋吃，这使我陷入了尴尬，如果我拒绝她的好意，无疑会破坏她的愉快心情。

　　我在众多的海滨浴场里选择了 Pacific Beach 消磨时光，和煦的阳光照耀着大海，白色宽阔的沙滩，人们在这里游泳、冲浪、打球、钓鱼，孩子们在整洁的人行道上骑车、滑冰。不远处一座宽阔的木桥伸入海面，两侧开设了一些度假的旅店和风味餐馆，价格十分昂贵，房客大都是些远道而来的情侣或一家人，据说早在几个月前房间就预订一空。与旧金山湾的水上码头相比，这里的风光显得更加自然亲切，似乎有一种湖泊与海洋的差异。我在岸边一家小吃店用午餐，一只加厚的汉

圣迭戈的午餐。作者摄

堡包和一杯冰镇可乐，还有一根折弯的吸管，组成了一幅色彩绚丽的静物画，背景是水天一色的海洋和几个穿泳装的游人。八九月间是圣迭戈最热的时候，可是即使在中午时分户外的温度也不过二十七八度，这里的气候几乎是完美的。

一般来说，如果只有几个小时的时间游览一座城市，我更愿意选择一处僻静的地方坐下来，感受那儿的阳光、空气和游人。但是此前友人向我推荐了圣迭戈的 Old Town（老城），我于是把接下来的两个小时用在了那里。老城是西班牙人在加利福尼亚最早的定居点，比较好地保留了原始的风貌，这里主要是些销售旅游纪念品的商店，对大多数访问者来说，确是为了享受美味佳肴。几乎每三个店铺就有一家餐馆，世界各地的风味应有尽有，而且都布置得典雅别致，里里外外花团锦簇的，尤以南美风格的居多。有的还请来了音乐家或民间的舞蹈表演队，真是个欢天喜庆的地方。

四点钟，我和从弗雷斯诺移居来的友人布莱尔通了电话，他是房东吉姆的朋友。此时吉姆正率领一帮港台留学生来圣迭戈旅行，布莱尔随即和妻子驾车来老城接我，我们一块去一家上海餐馆和吉姆他们会聚并共进晚餐。这家餐厅濒临海湾，岸边停泊着许多漂亮的游艇，这是我旅行中最热闹的一次聚餐了。17 个人围着一大圆桌，每人自己点菜付款。最开心的要数那位侍者了，因为这种场合下大家都不好意思少给小费，更不会不给了。席间我谈起蒂阿华纳的冒险经历，他们无不为我捏了一把汗。

值得一提的是，两年以后我在中国台湾一个叫彰化的县城里遇到一位北京来的数学同行。他告诉我他曾在加大圣迭戈分校访问两年，都不敢去蒂阿华纳一回；而另一位曾在新墨西哥州的洛斯阿拉莫斯实验室工作的化学教授则喜欢冒险，他从德克萨期的埃尔帕索进入到墨西哥的华雷斯，再从那里乘火车去了首都墨西哥城，那座高原上的大都市和边境比起来简直有天壤之别。化学教授的这番话让我萌生了一个念头，如果下次有机会再去美国，我将设法从陆上去南美旅行。

当晚我们住在一家叫 Fabulous（意为诧异）的旅店，七男八女挤在 4 间卧房里，我作为唯一的老师，和年长的吉姆享受优待，睡在席梦思床上，另外一些人则睡地毯。次日上午，吉姆他们分乘租来的 3 辆汽车直接返回弗雷斯诺，我则叫了一辆的士去了附近的海上世界。占地 150 公顷的海上动物园名声之大超过了香港的海洋公园，海豚的表演使现场的大人们兴趣盎然，这一儿童的宠物喜欢在池边溅击水花，游人们往往躲闪不及，被它淋个落汤鸡。海豚还能把女驯养员含在嘴里兜上几圈，末了快速从水底浮起，把主人抛上几丈高的空中，末了它再来个高台跳水表演。午后 1 点，我告别了圣迭戈，踏上了返回弗雷斯诺的旅程，当我第六次经过天使之城洛杉矶时，在一个瞬间想到这对我来说也许是 20 世纪的最后一次了。

4

　　返回"吉姆庄园"已经晚上9点了，自从我离开华盛顿，差不多已有了一个月，再过27个小时我的Rail Pass就要作废。我于是又订了去拉斯维加斯的往返车票，从理论上讲我是可以在有效期内赶回来的，但我知道实在没有这个必要。根据我的乘车经验，去拉斯维加斯无须对号入座，检票员根本不验看月票。就像一次正餐之后需要一道点心和水果一样，从圣迭戈回来后的第一个周末，我又出发去了拉斯维加斯。这可是一次真正为了告别的旅行，两天一夜的沙漠之旅差不多有一半时间是在旅途中。

　　在通宵达旦的娱乐之后，我迎来了9月的第一个早晨，麻雀在树上叽叽喳喳地鸣叫着，一切的喧哗与骚动都在鸟翼的庇护下消遁，美钞被装进机器的腰包，舞女们换上了新装，一次狞笑淹没了一个旋涡：

　　　　而月亮，一个孤单的旅人
　　　　赤脚从天空的平原上走过

我在回来的路上做出了一个重要的决定：10 月回国。因此，当我抵达弗雷斯诺火车站，我意识到这可能是最后一次了。望着这个小小的没有栅栏的车站，我又回忆起去年秋天第一次见到它时的好奇心理，我很难在记忆中把它抹去，我甚至想起了上大学的路上第一次见到火车时的情景，那是在上虞与绍兴之间的乡村。回到"吉姆庄园"，我画下北美之旅最后一张旅行图，算计起来，这一年中我在北美的陆上行程总计已达 4 万 1 千公里，相当于绕地球整整一圈。

吉姆庄园的最后留影。丹尼尔摄

　　既然决定提前回国，我约见了理学院汪院长，希望获得讲课的酬金，那是外办主任克拉森亲口告诉我的，没想到双方为此产生了分歧，原来院长和外办主任之间存在隔阂，而腊哈主任虽想帮助我却手中无财权。我据理力争，毕竟我为学校开设了两门正规的课程，且指导了一名研究生，那是其他交流学者无须承担的义务。没想到弄到校长那里也没解决，不得以我求助新闻界，旧金山的《星岛日报》曾在西部版三次报道了这件事，但这家中文报纸除了对华裔的汪院长以外没有什么影响力。当地的《蜜蜂报》记者一开始十分感兴趣，但当他们与校方取得联系之后便没有了下文。而州大学生自办的日报则刚好相反，起初不太积极，后来却逐渐表现出很大的热情。当他们决定要来正式采访时，已经太晚了，校方和我达成了最后妥协，我获得的那笔酬劳大大地打了折扣，对此我也无法不满意，因为事先没有签署任何协议。

　　需要说明的是，我和汪院长之间并没有因此积怨，在回到中国以后，我仍多次收到他的圣诞卡片。在处理这起棘手事件的同时，我开始研究一个新的数论问题，并取得了初步的成果。与此同时，我和本地的两位网球高手时常在一起切磋球艺，我的加入为他们原先单调的一对一较量注入了活力。有一天傍晚，我们发现刚刚撤退的校网球队忘了给球箱上锁，打开来一看，里面的球堆得像小山似的，且都是写有 U. S. Open（美国公开赛）字样的威尔逊牌，我们像找到宝藏一样地那样高兴。我们并没有贪心，但每个人都发了一笔"小洋财"，并趁机调整好了心情。

　　21日夜晚，吉姆的40岁生日，朋友们为这位快乐的单身汉举行了隆重的庆祝晚会，地点是在市中心一幢大楼的天井里。四周墙壁上贴满了吉姆各个时期的照片，我对他学生时代和军旅生涯尤感兴趣。遗憾的是，有关他的恋爱史吉姆没有作任何交代。在大家的要求下，吉姆演唱了帕瓦洛蒂的几首保留曲目，晚会同时也是我和大家的告别会，因为明天一早我就要踏上归途了。

　　酒会结束后，我们返回了"吉姆庄园"，我和室友们互赠了礼物。吉姆送我的是一只外观精美的小木盒，我没猜出它的用途，最后还是吉姆揭开了谜底，说是可以用来装邮票，我一直珍藏着它因为底部写着产地——克什米尔。司各特则送给我一只袖珍打气筒，这只价值20多美元的高压气筒只不过比普通钢笔大一点，它在我回国以后成了自行车修理工和发明家们感兴趣的小玩意。

　　值得一提的是，4年以后，我路过旧金山，借了一位老同学的车，重返故地弗雷斯诺，悄然来到吉姆庄园。只见昔日室友丹尼尔和司各特均已成家且迁居他乡，唯有主人吉姆仍孑然一身，孤守庄园，此乃后话。

5

翌日凌晨5点30分，我搭乘丹的汽车北上，悄然告别了弗雷斯诺，丹正好要去旧金山办事。经过城郊路边的一家麦当劳，我们各自要了一份早餐，两扇敞开的小窗户相隔八九米，一头收钱，另一头取货。几秒钟就完成了，顾客无须下车等候，包装也十分讲究，顾客可以边开车边吃饭。难能可贵的是，这样的服务一年365天，每天24小时，从不间断。不到9点，我们就抵达了位于圣何塞与旧金山之间的森尼韦尔，丹把我一直送到大学时代的班长家里。

森尼韦尔（sunnyvale）原本是个小村庄，一般地图上都不会出现，可是一旦提起它的别名Silion Valley（硅谷），却是尽人皆知的，大约有700家计算机公司的总部设在这里。由此也引起了严重的后果，森尼韦尔的自来水不像美国别的城市那样可以直接饮用。班长和我同姓，比我年长5岁，我们不仅同班4年，而且有两年我们的床还紧挨着呢。一年前他来印第安纳的普渡大学探亲，夏天班长的夫人取得计算机硕士学位，两人驱车数千里举家到了硅谷，先租下一套公寓，再开始寻找工作。

班长的夫人原是上海交通大学计算机专业的高才生，对自己的能力充满信心。果然，一家著名的芯片公司雇用了她。而班长刚刚开始在附近的圣拉拉大学读研究生，我还是他的 3 位推荐人之一呢。班长在大学时可谓风光一时，从班长做到系学生会主席，实实在在的一位帅哥，不仅嗓音圆润（在郓城一中的师妹中有歌唱家彭丽媛），还是一名撑竿跳高运动员。没想到毕业时他选择了中关村，同学们都觉得不可理解，在那里他的个人特长无从发挥，几年下来锐气磨掉了许多。

寒暄以后，班长便提议去到附近的 Palo Alto，这座发音悦耳动听的小城是斯坦福大学的所在地，该校在最近几年美国名校评选中多次名列第一。与伯克利一样，斯坦福也算是旧金山的近郊，就如同哈佛和麻省理工学院在波士顿市区，美国只有这两座城市同时拥有两所超一流的大学。这两座城市恰好都是中等规模，而像纽约、芝加哥、洛杉矶这类大城市反而顶多拥有一所。值得一提的是，17 年以后，苹果公司的创始人和 CEO 乔布斯在 Palo Alto 去世，年仅 56 岁。他出生在旧金山，生父是叙利亚人，19 岁移民到美国，生母是瑞士人，他们是大学同学。可是由于外公反对，这对年轻人难以结合，乔布斯一出生就被一对无子嗣的亚美尼亚夫妇收养。不料没过多久，外祖父突然去世，乔布斯的双亲终于结婚了，生下了一个妹妹，这个婚姻在他 7 岁时告终。

早就听说斯坦福的校园风景如画，8000 多公顷的占地，在全美国位居第二，相当于 10 个纽约中央公园或 15 个西湖。可以想象，如果没有汽车或摩托车，是无法参观整个校园的。斯坦福人自称为农场，

斯坦福校园一景。作者摄

那是有原因的*。L 陪我登上了著名的胡佛纪念塔，毕业于斯坦福的胡佛是美国第 31 届总统，他早年来过中国。据基辛格博士的回忆录记载，理查德·尼克松第一次访华前夕，胡佛曾劝阻过这位共和党同僚。随后，我们去了校内一家上规模的书店，我买了一只印有斯坦福字样的白色书包，作为这次旅行的纪念品。

最后，我们驱车来到大名鼎鼎的罗丹花园，这儿陈列着大师的百余件原作，据说是巴黎以外最大的罗丹作品收藏地。在现代绘画史中也许没有一个画家能够与奥古斯都·罗丹在现代雕塑史中所占的地位

---

* 斯坦福大学创办于 1885 年，铁路大王、曾担任加州州长和联邦参议院的利兰·斯坦福及夫人为纪念他们在意大利游历时染病身亡的独子，决定捐钱成立斯坦福大学，并献出 8180 英亩用来培训优种赛马的农场作校园。

相比，可我认为他的声誉的获得多少带有几分运气，他的成功得益于他的长寿和持久的创造力，还有他的历史感尤其是晚期的纪念碑式的作品。正如许多批评家所指出的，罗丹自始至终受到米开朗琪罗的影响，甚至他的最引人注目的《巴尔扎克》，也受到米氏一件未完成作品的启发。

在我看来，罗丹只是继承了米开朗琪罗坚实、硬朗的一面（《摩西》），却缺少后者的敏感、细腻（《大卫》）。我也不十分欣赏他的《思想者》，顺便提一句，如此强壮的体格不应该是命运多舛的诗人但丁。与罗丹相比，我更偏爱稍微晚些的另一位法国雕塑家马约尔。马约尔以表现女性裸体美为己任，同时又是一位讲究经济效益的艺术家，我的意思是他懂得如何重复自己。他的作品如《地中海人》、《夜》、《昼》、《河流》，以及为维吉尔、贺拉斯和奥维德的诗集所做的插图，都非常令人赏心悦目。我认为马约尔从精神上而不是从风格上接近了米开朗琪罗，他对后来居上的亨利·摩尔有着不可估量的影响力。

6

24日早上，班长陪我去旧金山日本领事馆签证。从森尼维尔到市中心不过一个小时，以往我曾三次路过旧金山，分别是冬天、春天和夏天，这一回正好是秋天。从高架桥上望去，这座城市犹如一片起伏

作者的第一个日本签证

旧金山兰巴特街

不定的白色波浪。我们找到了日本领事馆，它位于一幢大厦的中间一层，美国有十多座城市设有日本领事馆（这充分说明了美日同盟关系的密切），其中包括南加州的洛杉矶。由于弗雷斯诺位处加州中轴线偏北，因此我需到旧金山签证。事先我已电话问讯过，中国公民5天以内的过境签证当天可取，5天以上的则要等上半个月。

表面上看起来，日本人比加拿大人严厉，但是他们只收5美元的费用，而且几乎立等可取。我拿到护照之后翻开一看，入境时间长达15天，可惜我已预订西北航空公司的班机，一周前就把支票给寄去，无法更改了。取到签证后，我们驱车去了金门大桥，去年冬天我随雨果教授去圣乐莎时曾途经此桥，当时由于时间紧迫，来不及下来走走。

网球场上的蔡林

这次我们在南岸公园泊了车，拍过几张远景照片后，便步行到了桥上，高速行驶的汽车使得桥面略微颤抖。

金门大桥是一座斜拉桥，两头连接两个半岛，北边是马林县。这座桥跨越水面1000多米，橘黄色的桥身超出海平面60多米，可以让现有最大的远洋轮船畅通无阻。桥的中央两座直立的塔高200多米，堪称世界之最。遗憾的是，我没有能够看到大桥的夜景，也没有见到它雾中的雄姿，从明信片上看起来非常漂亮。除了金门大桥，旧金山最有名的地方应该数金门公园和兰巴特街了，后者号称地球上最弯曲的街道，一连串的S弯从一座叫俄罗斯的山上下来，整个街面的斜度达到40度。这个画面我早已谙熟，曾在一首脍炙人口的电视歌曲《我的心留在旧金山》里反复见到过。回到班长家，我们去了网球场。这是我在硅谷的唯一一次网球练习，也算是美国的告别战了。

翌日上午，班长再次送我北上到Palo Alto附近的旧金山国际机场，从班长家开车到那里只需半个小时。我忽然想到，班长夫妇千里迢迢从内陆移居到森尼韦尔，似乎是上帝派他们来为我送行。回国后我们依然保持联系，不到两年班长就得到了他想要的学位，找到了如意的工作，夫人方才得暇生下一位千金，取名 Maggie（中文名令妃）。那以后，班长似乎也恢复了往昔的激情，多年以后他写信告诉我，他终于实现了美国梦，成为一名 millionaire。而如今，我们几乎天天在班群上见面。

　　太平洋时间 11 点半，飞机准时起飞，我就这样告别了美国大陆。几秒钟之后飞机就到了海上，一路向西北方向，几乎是沿着海岸到达阿拉斯加的阿留申群岛，那天晴空万里，我从机窗上俯视，看见了翠绿的森林和亮闪闪的河流。阿留申群岛位于白令海的南部，18 世纪初，一位叫白令的丹麦人率领一支俄国探险队航行到此，发现了一片光秃秃的山崖，遂用相应的俄语命名。而阿拉斯加这个名字则是阿留申群岛上的土著居民对其终年被冰雪覆盖的近邻的称谓，意思是大陆。阿留申群岛位于东（西）经 180 度附近，国际日期变更线在这里被迫向西拐了一个弯。之后，时间就要向前拨一天了。

　　直到飞过阿留申群岛，我才从心里告别生活了一年多的美利坚。此时，我原本拥有的一丝惆怅也因为对一个新的国度的憧憬而变得可以忽略不计。我甚至清醒地意识到，飞机应与处于同一纬度的堪察加半岛擦肩而过。堪察加是俄罗斯最大的半岛，面积与朝鲜半岛差不离，在莫斯科人看来无疑是天涯海角，过去的几个世纪里一直是重刑犯的流放者。还有介乎堪察加半岛和北海道之间的千叶群岛，曾经为日本拥有，二战结束后被苏军占领。众所周知，日本人对那 4 座小岛依然有着强烈的主权要求。再往前，就是《北国之春》所歌颂的北海道，这首歌曲以及电影《追捕》在我读大学时就在中国家喻户晓，高仓健 ＊饰演的杜秋和中野良子饰演的田真优美驾驶的那架小飞机就是从北海道飞往本州的。多年以后，我曾两度造访高仓健的故乡福冈，并曾在他的母校东京明治大学做过有关中国诗歌的讲座。稍后，飞行高度开始降低，在一片艳阳下东京湾隐约可见。

＊　高仓健（1931—2014），日本男演员，2014 年 11 月 10 日因病去世。

在克里斯托弗·哥伦布的时代，人们已经知道地球是球形的，但却不能充分估计海洋的面积。《圣经》的主要作者以斯拉声称："地球是由 6 份陆地和 1 份海洋组成。"哥伦布对此深信不疑，马可·波罗的游记里对亚洲的广袤描述给了他一个夸大的概念，哥伦布以为，大西洋那边以盛产黄金闻名的日本大约在墨西哥的位置。而他最崇拜的红衣主教戴利也断言："东方有许多香料，宝石和金山。"因此，在大西洋上航行了多次之后，1492 年的某一天，哥伦布率领他的船队开始了伟大的航行。

经过两个月零九天的海上历险，哥伦布到达了位于佛罗里达半岛东侧的巴哈马群岛，在一座叫圣萨尔瓦多的小岛登陆。当时，他并不以为自己到了印度（有些人如此猜测），而应是日本列岛中的一个。哥伦布至死都相信他环绕世界航行到了亚洲，不知道自己发现了一块新大陆。不过，他对理想锲而不舍的追求除了感觉自己是一个被上帝选中的人以外，主要出于对黄金和宝石的迷恋，这已成为后人考证他是犹太人的重要证据之一。

犹太人对金子和宝石向来迷恋不已，不仅是因为其商业价值，似乎更代表了以色列的灵魂：像宝石那样闪闪发光，像金子一样历经变迁而不失其本色。两个月前，我刚去过哥伦布假定是日本的加勒比海地区，现在终于要抵达哥伦布当年梦寐以求的地方了。东京时间下午 2 点 30 分，我乘坐的波音飞机降落在成田国际机场，在候机大厅的出口处，我见到了少年时代结识的友人 D 君。

D 的母亲曾是我母亲的同事，同时他也是我兄长的小学同学。可能是因为我急于下飞机，把手表遗落在座位前面的布兜里了。见面之后，我先到机场问讯处去挂失，而 D 则趁机去停车场开车。我乘上他那辆罗兰罗牌的尼桑轿车，开始了从东京到名古屋的旅行。环绕首都

日式早餐。作者摄

在箱根的群山中。杜风沙摄

的中央高速公路路面狭窄，像座迷宫似的，看来 D 不常来东京，我们花了两个小时才找到东名高速公路的入口。

　　这条日本最主要的高速公路不过 4 个车道，显然土地在日本极为珍稀。这个多山狭长的岛国有着许多短促的河流，在日语里称其为川，一路上似乎有过不完的桥梁。日本人与水的关系密切之至，不仅国土四面环海，河流纵横，而且处处可见温泉。近代大画家横山大观＊的代表作就叫《生生流转》，这是一幅近 40 米的长卷巨作，该画戏剧性地描绘了千流万转变迁而来的水的一生，把一年四季自然界的变化和与

＊　横山大观（1868—1958），日本画家，曾任东京美术学院教授，参与创办日本美术院，被誉为日本近代绘画之父，对中国画家傅抱石颇有影响。

此相应的人类生活的种种事项联系在一起，被视为国宝，相当于中国的《清明上河图》。据说此画于大正十二年（1923）年首次在东京美术院展出，揭幕当天中午，关东大地震发生，画家拼死拼活相救，才得以使此画平安无事。

驶近神奈川和静冈两县的交界处，汽车向右拐进了一条盘山而上的公路。D已预订了一家温泉旅店的客房，这家旅店位于箱根山的脚下，当晚我们在此歇脚。旅店的日文名字我已记不起了，只记得英文叫Good Chat，可以译成"神聊"。洗过温泉池浴，我们各换上了一件条纹的和服，D耐心地教我如何穿上。此时，老板娘已为我们准备好可口的晚餐，日本人做事非常精细，两个人吃饭竟需要20多个碗碟。可是，到头来感觉仍不见饱。如果用中国人的标准，日本的传统烹调较为单一，大米是唯一的主食，副食只有很少的一点鱼、蔬菜或腌菜。虽然如此，日本的鱼产量名列世界第三，仅次于中国和盛产沙丁鱼的秘鲁。

8

翌日，一个阴云密布的秋日，吃过早餐，我们继续向西，来到了箱根群山中的芦之湖。芦之湖是个高山湖泊，海拔 700 多米，样子和大小都接近于中国台湾地区中部的日月潭。我们驱车绕湖一周，然后在南岸租了一只木船，荡起了双桨。将近 10 点钟，天空才露出了一片

从芦之湖远眺富士山

去往富士山途中。杜风沙摄

亮光，可是太阳始终未曾露面。据说天气晴朗时，在湖面东北方向可
以看见终年积雪的富士山。凉风嗖嗖的湖面空空荡荡，唯有一艘庞大
的仿古帆船满载着一群观光的游客，从我们身边缓缓驶过。那大船上
的人见到我们欢呼雀跃，发出一阵叽里呱啦的尖叫声，像是中国的共
青团员们在搞野外活动。

　　回到岸边，D 主动建议带我去看富士山，我们经过很长一段偏僻
的山路以后，在公路的左侧见到一处悬崖，上面站着许多游人，还立
着不少石碑，都是政界要员的题词。我们下了车，走近那个悬崖，远
处正是那座闻名于世的活火山。这是我以往经常能在图片或挂历上见
到的风景，日本一家电影制片厂的片头也以此为背景。只是由于天气

川端康成与妻子秀子
（左）和妹妹君子（1930）

的缘故，眼前的白雪灰暗了许多，富士山是日本海拔最高的山峰，Fuji
在日语里有两重含意，即"犬"和"大"。眼下已过了夏季，那山巅白
色三角形的高开始伸长。D 告诉我可以沿盘山公路直达积雪的地方，
我谢绝了他的一番好意，我想能从远处看上几眼就挺好了。

　　我们下山找到了东名高速公路，一会儿就到了沼津市，从这里往
南就是著名的伊豆半岛。半个世纪以前，年仅 27 岁的川端康成*以一
部《伊豆舞女》的小说名扬世界。我曾看过由山口百惠和三浦友和主
演的同名电影，那是一片纯朴的乡村和岛屿。川端的作品从不触及世

---

* 川端康成（1899—1972），出生于大阪，自幼父母双亡，1968 年获诺贝尔文学奖，
4 年后口含煤气管自杀。从 19 岁开始，每年造访伊豆，7 年后写成《伊豆的舞女》。

界和国家大事，不问大自然与社会的构造，经常从以历史为主体的事件中逃避，一味地想把世界局限在眼前这块小地方，用眼睛看，用手指抚摩女人的肌体。《伊豆的舞女》正是他微妙、细练的手法描写美的风格的典范，怪不得批评家称川端是"伟大的小诗人"。

汽车沿着海湾行驶，在过了静冈市之后到达滨松，已经是中午时分了。我们把车停在一座海滨公园内，这里的地势高出水面几十米，繁茂的树权拦在向海的路边，我们只能透过枝丫和叶片的间隙看见太平洋。日本的国土虽然被大海环绕，海水浴场却很少见到。稍事休息，吃过几只豆沙粽子，我们便上路了。前面已是伊势湾，公路拐向了西北方向。午后两点，我们到达了D的家——爱知县冈崎市，这个小镇大小的城市没有一条宽阔的马路。经过几座拱形的小石桥之后，我们沿着一条小河的堤岸行进，甚至两辆小汽车都无法在这里正常交换，其中的一辆必定要先停下来。日本留给我的美好至少表现在两个方面，一是清洁卫生的环境，二是优良的社会秩序，这里户外的自行车甚至摩托车都无须挂锁。

在一幢宽敞的寓所里我见到了久违的D夫人森田女士，她是抗战时期日本遗留人员的后裔，自幼在黑龙江乡村长大，后来结识并嫁给了到东北插队落户的D君。20世纪80年代初期她先返回故国，接着D也来到日本。森田女士还记得我小时候的一则趣事，那是70年代后期的一个春节，家父宴请兄长的一些朋友，D君和新婚夫人应邀出席。酒过三巡之后，我突然拿起一只酒杯给D使劲加酒，D本来酒量就不好，那天又喝了不少，脸上早已经绯红。见此情景森田女士着实吓了

名古屋的传统节庆　　人祭

一跳，这时候大家突然哈哈大笑起来，原来我手里拎着的是一只空瓶。日子过得真快，他们现在已有了3位千金，看上去有点营养过剩，说不上几句中文。见到我从美国带回来的感恩节礼物，那小的两个争抢起来，其中一个还哭了，对此森田女士和D君都毫无办法。

晚饭后，D陪我去了市中心的一家神社。与喧闹的街道相比这里显得格外地宁静，老远地在门口就听见水流过竹筒滴落的声音。佛教、基督教和神道教是日本的主要宗教，三者之中，唯有神道教源于日本本土，因而最有特色，所有的神社每年都在特定的节日庆祝自己的神社节。那时候，神社的院落里摆满了各色各样的杂货摊，喝得有点醉意的青年人会吵吵嚷嚷地抬着社神到处转悠。孩子们在一年一度的男孩节或女孩节，常常被家长们带到神社去参拜，神社也是举行婚礼的场所，有些社员甚至在自己家里也设立了神龛。

9

28日上午，我离开了冈崎，和D一起去关中名城名古屋。应我的要求，汽车绕道经过了丰田，这个小巧玲珑的城镇四周全是农田。我们经过了唯一的十字路口，看不出来，这儿就是世界上最大的汽车生产基地。大约个把小时之后，我们到达了目的地。名古屋又称中京，因其位置介于西京（京都）和东京之间。作为日本第三大城市，名古屋却屈尊为小小爱知县的首府，东京人甚至把这里视作乡下。Nagoya在日语里是"和谷"一词的读音，和谷意为坡度很小的谷地，因为名古屋濒临伊势湾。

　　D先陪我去了著名的名古屋城，这座阁楼式的建筑是名古屋市的标志，其建筑面积比北京的前门要大出几倍。古时候它是一位将军的府第，现在开辟成了公园。园内载有许多樱花树，樱花是日本的国花，可惜我来得不是时候。我曾读过这样的和歌诗句，"如雪樱花漫天舞，春日曙光白蒙蒙"。D告诉我，这里与京都的圆山公园和东京的上野公园都是著名的赏花之地，游人可以见到醉醺醺的赏花客们的狂歌乱舞，

松尾芭蕉行舟图。芜村作

　　而满树的樱花则成了狂欢节的舞台布景。

　　据说樱花的花期只有数日，这与日本民族的个性极为吻合。日本一位著名的法师曾经这样写道："世无定数，遂见其美。"或许正因为樱花的花期短暂无定，才使她成为日本人心目中最动人的花，也成了日本历代文人骚客吟咏的主题。我读过江户时代的俳人松尾芭蕉为一位诗人的俳句所续的连歌，意境质朴秀美：

　　　　隐见一丛花，

　　　　农家小柴扉前，

　　　　众人频进出。

芭蕉被后人尊为俳圣，他的许多俳句都记录在游记文字里，其中以《奥州小道》最为有名，据说芭蕉足迹所到之处，现在都竖起了诗碑。2007 年，我赴东京参加俳句诗歌节，就曾在街边见到类似的诗碑。

中午我们在 D 开的一家多国料理喝酒，这是他在日本的 3 家饭店里最大的一个。不过最近几年，D 的业务已扩展到了中国，在上海和杭州分别开设了模具厂和蔬菜公司，客户自然都是日本人了，D 因此每年都要三番五次地往中国跑。这家餐馆虽然是中式的，布置倒颇有点像"兆治的酒馆"。掌柜是一位中国来的打工仔，与他同居的女招待来自贵州农村，毕业于中国的最高学府，到日本留学不久就放弃了学业，我没想到异国生活对一个年轻学子如此残酷，不知道她仍在北京工作的丈夫是否知道这一切。D 动用了楼上的包厢为我饯行，他并邀请了几位擅长书画的中国留学生与我作陪，我能体会到日本文化对他们的深刻影响。

下午 3 点，D 送我到了名古屋火车站，他热情地为我买了去东京

奥州小道上的芭蕉诗碑

的车票，300多公里的路程票价将近1万日元。我们在月台上挥手告别：杭州再见！这列火车的出发地是大阪，恰好是我下一次日本之行的目的地。那时我尚不知道，会有中日数论会议召开，且由两国轮流举办，而我会是唯一每次都不缺席的中方学者。我对新干线慕名已久，它的速度代表了中国的未来。从名古屋到东京几乎没有停车，窗外是望不断的城镇和房屋，就如同在江南水乡的铁路线上望不断湖水一样，日本特别是东京和大阪之间的人口密度之高由此不难想象。

因为在美国坐了那么多天的火车，我对车厢内的气氛尤其敏感。与美国人的开朗和热情相比，日本人可是拘谨多了，他们过分地讲究实效。日本人对于火车上那种偶遇式的交谈缺乏兴趣，更愿意自己一个人读报，或者干脆闭目养神。又如日本人喜欢寒冬季节的冷水浴，无论过去还是现在都只是为了锻炼意志，而不像印度人那样出于体验神秘的原因。自从中世纪以来，坐禅一直非常流行，但很少是为了超凡悟道这个本义，而更多地是为了培养自我约束力。日本人已经聚敛起全世界最多的财富了，也许真的成了哥伦布梦寐以求的地方，可是日本人的生活质量并不太高。

10

下午5点钟，新干线抵达了东京站，我找到丸の四出口处，我的大学学友兼同乡H在门口迎候。H当年所学的专业就是日语，毕业后在杭州一家投资公司工作，她是中国最早的股票票友之一，时常往来于东海两岸，1989年以后干脆定居日本，现在东京一家著名的保险公司任职。我们先去了一家天津餐馆，边吃边谈起历历在目的往事以及几位校友近况。那天夜里她正巧有要事，很快便匆匆离去，我们约定次日会面。她给了我一张东京的市内交通图，把我送上了车站的月台上。由于日本的地震频繁发生，因此东京没有建地铁，电车是市内的主要交通工具。当时正值下班高峰，车厢里挤满了人，我打量着眼前这些陌生的面孔，突然见到了一幅难忘的画面。

一位西装笔挺的中年男子临窗而立，他左手一边握着拉钩，一边协助右手展开一叠报纸。这位眉头紧蹙的男子正在阅读体育版上的棒球新闻，而报纸的反面恰好是彩色的娱乐版，赫然印着一位全裸的女子写真照，镜头的特写给了那对硕大的乳房。正对着那张报纸坐着的是一位放学的少女，她背着书包，低下了羞涩难堪的脸，再看看那位可以做她父亲的中年男子，依然气宇轩昂，目不转睛地阅读着。日本人有着双重的道德标准，一方面不把性关系视为有罪的观念，另一方面又恪守各种各样的社会准则。过去年代的艺伎在今天的日本仍然存在，只不过改变了形式。

当晚我下榻在地处横滨市的大和证券公司单身男子宿舍，H 的一位朋友替我安排好一切，这儿有专供员工的客人住的客房，室内的陈设既整洁又简单，仅有一张榻榻米和一只茶几。随后这位朋友带我去洗温泉淋浴，我和他谈起车厢里的一幕，没想到他对此已经熟视无睹，这位文质彬彬的上海人用柏拉图式的语调来谈论日本人。他认为，日本人有一种与世隔绝、独特的民族意识，这不仅因为它相对独立的语言、地理和历史的缘故，同时与它作为东方唯一的主要工业化国家这一地位不无关系。

作者游逛东京小超市

2007 年秋天，在早稻田大学 3 位教授陪同下游东京浅草寺

　　日本人的排他性较其他民族为甚，他们认为外国人终究是外国人，外国人在日语里写成"外人"，以至于像 D 君这样与日本人结婚且已定居日本 10 多年的人都不愿加入日本籍，因为即使他们加入了日本籍在日本人眼里依然是"外人"。这与美国人的开放心态适成对照，美国实际上是一个移民国家，美国人普遍存在着这么一个想法，就是在美国的任何外国人，无论来自多么遥远和偏僻的地区，具有多么奇特的民族个性，最终都想成为美国公民。一个小小的意外是，宿舍管理员大竹先生对我表示出特别的尊敬，并成为我东京之行唯一结交的一位日本朋友。

　　大竹年轻时曾在美军驻日基地工作过，学会了一些简单的英语，虽然发音不标准，但已经十分罕见。对大多数日本人来说，学习英语无异于破解密码一样。虽然一般人都认识几百个吸收到日语中的英文单词，但这些词的发音已变得使一些说英语的人都难以听懂，而说英语的人说这些词时日本人通常也听不懂。例如，Hello（您好）念成了Haro，Goodbye（再见）念成了Gudo-bai。与此同时，日本人对会说流利英语的人都十分崇敬，当大竹听说我遗失了一只手表时，立刻拿出一只多余的硬塞给了我，还送给我许多点心和罐装的朝日啤酒。说到朝日，它无疑是日本最有名的啤酒了，如今早已打入开放了的中国市场。可那会儿，我还没有读到不久以前出版的《在中国的岁月》，这是新西兰记者詹姆斯·贝特兰晚年撰写的回忆录，书中提到了朝日啤酒*。

翌日上午，我吃过大竹先生送来的早点以后，便乘车去新宿与H会聚，她带我去了东京塔。这里是东京都所在地，我们乘电梯到了顶层第50层。东京30层以上的高楼很少，因此我们得以饱览城市的风光。午后，天空下起了小雨，我们撑着花伞去逛银座的一条电器街。日本的电器名声远扬，几乎独霸了全球市场。在我的印象里，银座是东京最热闹的地方，可是最近几年来，银座的繁华已逐渐让位给新宿。傍晚，我随H去了她在佳吉町的寓所，10来个平方米的房间，卫生间边上的过道兼作厨房，月租金高达800美元。幸好，她快拥有一套比较宽敞的住房了，这对在东京的中国人来说非常不易，在那儿她将建立起自己的小家庭。而我自己尚没有预感，我会在接下来的十几年里

---

* 依照《在中国的岁月》记载，1937年8月7日，日本军队开进了北平，先是坦克和装甲车，接下来是骑兵和步兵，殿后的正是朝日啤酒车。

四度造访日本，交替参加数学会议和诗歌活动。

　　10 月 30 日午后，我独自乘地铁去东京站，再从那里换乘 Narita Express（成田特快）去往成田机场。在车上我遇到 3 位从中国台湾新竹来的工程师，他们刚刚从台北飞来，要在东京换乘飞机。中国台湾的民航被安排在仅供日本国内班机起降的羽田机场，对此他们愤愤不平。一个小时以后，候机大厅里的一位瑞典商人知道我是中国人时告诉我说，他愿意去上海而不是东京或首尔做生意，原因非常简单，中国人能讲一口流利标准的英语。登机前半小时，我想起那只遗落的手表，跑到失物招领处取了回来。6 点 40 分，我乘坐的西北航空公司的波音飞机准时滑行在跑道上。在系安全带时才发现，我的左手和右手各戴着一只手表。我最后的目的地，在任何语言里发音都非常悦耳动听的中国城市——上海，已经在夜雾笼罩的大海尽头伫立良久了。

数字时代的文字记忆术 ①
——答王西平

———————

　① 这篇访谈是在 2011 年 6 月进行的，提问者王西平是宁夏 80 后诗人、《核诗歌》杂志主编。当他得知此文要用作《美国，天上飞机在飞》附录，特意添加了问题，回答也及时跟进。

一、遥想与记忆

王：记忆往往具有欺骗性，有时候它表现出来的"不可靠"令人惊奇。比如您所记得的他或她，是那个真实的样子吗？那么自己呢，昨天的真实在今天的记忆中又是什么样子？远去的记忆正如一座"看不见的大陆"，一旦被发现，会带有强烈的欺骗性，错乱因此产生。那么，在您的"经验"中，如何甄别记忆的真伪和避免"错乱"的发生？在记忆的迷障中，您如何识别自己？也就是说，一个人的"自己"或"自我"到底是怎样的？

蔡：从某种意义上说，记忆是一种哲学或宗教，只要能自圆其说也就可以了。甚至数学也是，它的许多内容和命题是基于若干公理或公式之上的。当然，个人的记忆也需要与别人的记忆相吻合，至少不矛盾、不冲突，在数学上叫相容性。对我来说，有两点有助于提高记忆的准确性。一是从童年开始的手绘地图，那是每次旅行归来最乐于完成也最简单的功课；二是童年频繁的迁移，每到一处停留的时间、遭遇的人物与上学的年份相对应，后者经过无数次表格填写后铭记于心，难以忘怀。在数字时代，每个自我都可幻化为若干自然数之并；而对于诗歌来说，则添加了一项文字记忆术。

王：诗人杨小滨小时候编过词典，在采访他的稿件中，我将这一现象称之为"分门别类"的独立精神。您童年也表现出一种奇特而独立的潜意识——绘制地图，即利用测绘术以达到某种人生诉求。您当时有多大？有意思的是，这种潜意识印证了您的人生。从这个意义上讲，您是一个非常幸运的人，对吧？

蔡：那时我快满 9 岁了。直接原因是美国总统理查德·尼克松首次访华，深层次的原因是因为生活过于单调和寂寞。而从心理或性格上分析，可能是我敏感、细致的品格使然。颇有意味的是，这一嗜好一直保留至今，否则的话，童年的灵感也仅仅是一个美好的记忆而已。我非常注意旅行路线的选择，即使被迫重复，也因为季节或交通工具的不同，世界万象会呈现不同面貌。比如我的第一次印度之行（1997），去时经深圳、香港和曼谷，归途经加德满都、拉萨和成都，绕成一个圆圈。又比如 4 次湖北之行，分别是在 1991 年秋天、2012 年夏天、2014 年春天和冬天。而 4 次青岛之行虽说都在夏天，却采用了不同的交通工具——火车（1981）、轮船（1991）、汽车（2009）和飞机（2014）。这就好比一个熟悉的朋友，看到岁月在他或她脸上和体态上呈现变化，会有一种类似收获的喜悦，进而可以比较自己的人生。从这个意义上讲，我承认自己是个幸运者。

王：法国您去得最多，曾 20 多次从不同的地方或以不同的方式进入，但法国并非您最喜欢的国家，您更喜欢南美，这是为什么？至今您有没有过真正意义上的冒险式旅行？

蔡：我从未说过法国不是我最喜欢的国家，也从未说过法国是我最喜欢的国家。喜欢南美有 3 个原因，其一，至今我只会说用以问候的法语，而西班牙语显然会得多一些，甚至葡萄牙语和意大利语也能借光听懂一些；其二，拉丁人的音乐、舞蹈让我着迷，且生活在那个大陆有让我们并起并坐的感觉；其三，南美比法国（至少对中国人来说如此）更不容易抵达。我不知道你说的"冒险式旅行"指的是什么？不会是去攀登珠峰吧？那可是一般经济收入的人无法从事的活动。我个人以为，去哥伦比亚的麦德林是我一生最冒险的一次远游，那是大毒枭埃斯科尔巴的老巢。当然，那次旅行所得的回报也最丰硕，我学会了一门新的语言，开始结识世界各国不同语种的诗人，并逐渐融入诗人这个大家族，且完全是凭着一己之力。

王：华兹华斯认为童年至老死是至真至善逐渐销蚀的过程，"年龄越大，人越走下坡路，需要对童年的回忆，对自然印象的回味来滋养自己的心灵。"那么您是利用什么手段来抵制这种"销蚀"呢？写诗？旅行？还是其他的什么？

蔡：华氏说过如此精辟的话？那么我写《小回忆》也算是个佐证，此书不仅是我那个时代的童年回忆录，也容纳了 14 首诗歌和数不清的旅行。还需要别的销蚀物？除了写诗、旅行、游记、摄影、手绘地图也算是吧。我还是愿意把人生分几个阶段来过，我想晚年写回忆录的人多半是个大人物。另一方面，我们可以把旅行看作是对童年的探访，我曾说过，每次长途旅行尤其是洲际旅行归来，都像是重获一次新生。

王：美国是你第一次远游抵达的国度，先后 5 次访美共逗留了两年多。这两年您都做了哪些事？游历了哪些地方？20 世纪美国最重要、最具影响力的女诗人之一伊丽莎白·毕晓普的传记《与伊丽莎白同行》是那个时候酝酿的吧？您后来还翻译和介绍过阿根廷女诗人皮扎尼克，您是碰巧对女诗人特别重视吗？美国之行您有没有留下遗憾？

蔡：是的，除了中国之外，美国是我停留时间最多的一个国度。主要是前两次访问，在东西海岸各停留了一年。第一次我还是单身，写了很多诗，去了很多地方，主要是坐火车和汽车；第二次数学做得更多，也去了很多地方，因为不是一个人了，主要是自驾游。那时候我还年轻，以为生命还很漫长，后来出国停留的时间越来越短了。除了怀俄明和南达科大，美国大陆的其他州我都去过了，加拿大也去了 5 次，其中两次是去参加诗歌节。我对毕晓普发生兴趣是第一次美国之行，我在大学图书馆里看到她的一部纪录片，她也是一个漫游的人，我后来在有意无意中抵达了她逗留过的每个地方，因此写成了那本传记。皮扎尼克的生活也很传奇，她是被汉语诗歌忽视的诗人，故而率先翻译她的诗歌并做了详细的介绍，后来豆瓣上建起了她的兴趣小组。可惜那时我不懂摄影术，或者说不重视，这也是最大的遗憾，幸好有后来的部分弥补。

二、诗歌与摄影

王：关于数学与诗歌，已故数学家谷超豪教授有精辟的论断，他认为"数学和诗词有许多相通之处，比如数学重视对称，中国古典文学中也讲究'对仗'，很有味道"。您也写过一篇《数学家与诗人：一种惊人的对称》的文章，您和谷先生都提到了"对称"，您的"对称"跟他的"对称"有区别吗？

蔡：谷老（好像还有其他前辈）说的对称应是数学图像或概念之间的，就好比人体、植物、建筑和自然中存在已久的对称。而我说的是两种不同事物之间的对称，实际上是一种相似性，仅仅用肉眼是看不见的。这篇文章在《中华读书报》刊载时编者加了副标题，后来收入上海《高中语文》读本时保留了下来。值得一提的是，此文已被译成5种语言发表，其中英译文刊登在（世界范围内）发行量数十万册的《美国数学会通讯》上（2011年第4期）。

王：您经常外出，喜欢摄影并不奇怪，不过对您来说应该是"后来的事"。这不像美国摄影大师凯斯·卡特（Keith Carter，1948—　）那样，童年的时候就从泛着橙黄色灯光的水槽旁发现了摄影的奇妙，这位"平凡的诗人"一直用特别的镜头表达着谜一般的世界。作为摄影家的他，提供了经典而可视的"诗歌范本"，这就是视觉的可能性，那么在您的镜头里，这种可能性有多大？

蔡：当我第一次在户外站到照相机面前，童年已经快要结束。我兄长的一位中学同学把我从乡下带进县城，带到我父亲那里，用海鸥120相机为我们拍了唯一的合影，同时也为我拍了一张单人相，那是我童年唯一在户外拍摄的单人相。因此，我不可能有凯斯·卡特那样的记忆。我个人觉得，摄影主要由三部分组成，即反应、判断和选择。先是一个画面引起你的大脑反应，接着在短时间内判断是否有意义，然后迅速选择最合适的构图拍摄。这其中判断尤为重要，对我来说，诗歌在其中起了指导作用。至于是否成为"经典"或"范本"，还需要一点点运气。

王：有人说过，"诗人拍片子／一定没框框"，这一点在您最新晒出的摄影作品上得到了印证，要么具象，要么抽象，摄影无非如此，包括杨小滨，他也玩"斑驳"或"涂鸦"，北岛和默默也是这样，玩概念。不过诗人笔下的诗歌一旦超越诗歌本身，也是有镜头感的。比如，博尔赫斯说："那颗子弹／终于在河边追上了他！"这不，还有动感呢。您自己也曾表示您的诗画面感比较强，那么在您自己的诗歌里，您是如何运用影像技巧的？很多外国译者认为您的诗歌富有画面感和色彩感，这种感觉有多少来源于摄影呢？

蔡：小滨可能是最早出版抽象摄影集的中国台湾诗人，他看过我2010年秋天在乌克兰拍的一些作品（翌年年初我在纽约拍得更多），他认为我的抽象不同于他的抽象，他主要专注于"斑驳"而非"涂鸦"，而我两者兼收，且我们对"斑驳"的尺度嗜好也不尽相同。当然，对"涂鸦"我也有所限制，即只拍摄那些涂鸦者自己不认为是艺术创造的东西。无论哪种抽象，都有一种评判的尺度，虽然这种尺度本身也是抽象的。另外，我对具象作品仍有浓厚的兴趣，个展的主要作品仍是具象的。至于我个人诗歌中的画面感，可能来源于早先对现代绘画（尤其是20世纪前半叶）的喜爱甚或迷恋，而与后来的摄影无关。20多年前我就写过，浪漫主义的诗歌接近于音乐，现代主义的诗歌接近于绘画。画面感强的作品在翻译时不容易失去。至于我的摄影作品，除了受诗歌影响以外，无疑也得益于绘画（有些作品被认为具有油画的质地）和几何学（一种天然的均衡感）。而色彩，我个人感觉更多地与情感因素有关。

王：在您身上，我看到了经验是通用的。您说过的，您会把旅途中获取的经验，首先用来摄影和写诗，过一段时间再写随笔或游记。还有一些材料没有用上，也许将来可以写小说。相同的经验用于不同的文体，您是如何做到甄别与舍取的？那么什么样的"材料"派不上用场，只有用来写小说？

蔡：我的原话是有些材料没有被用上，而不是无法用上。我相信对诗人来说，任何材料都可以被用上，这只要读读 T. S. 艾略特的诗歌就明白了，随笔或游记也是这样。如果一定要有所取舍，我想抒情成分比较重的，可以交给小说或戏剧，虽然原本那是诗歌所擅长的。随笔是散文的现代形式，在《在耳朵的悬崖上》后记里我表达过这样的观点，我对有些诗人专注于散文写作感到不解。

王：现在我发现您是"强化诗歌的故事性"那一类诗人，而不太注重"语言才是诗歌的基本材料"这一特性，从这个意义上讲，您的诗歌也充当了除影像以外的记录功能，难道不是吗？

蔡：您的发现相当准确，但那主要是 2000 年以后的写作。在此以前，包括 20 世纪 90 年代我旅居美国期间的写作，都是特别注重语言的。这可能与我写作方式的转变有关，以前我主要在自己的居所里获得灵感，后来更多地在旅途中即兴写作，并幸运地在每个大洲或区域都留下一定数量的诗篇。至今我仍无法判断，哪一种写作方式更适合我。无论哪一种，都具有记录功能，心灵的或图像的，更多的是两者的结合。另一方面，过去几十年来，中国的官方语言或媒体语言（报纸、杂志、电视新闻等）几乎完全政治化，因此有很多人对诗歌的语言有特别的期待，甚至忽视了质朴这个诗歌的基本特性，这也是流传至今的古典诗歌的菁华。而就现代诗来说，以张枣的《镜中》为例，这首脍炙人口的少壮之作深入人心，其语言的质朴也跃然纸上。

三、拼贴与记忆

王：我想您不仅仅喜欢巴赫，肖邦，或特蕾西·查普曼的叙事乐吧，我的意思是您可能还喜欢爵士，或朋克？但是您的诗歌的确很安静，从音质上讲，是民谣的，从气质上谈，是接近于英伦的，从画面感上说，是拼贴的技艺。我不知道这种阅读体验对您的诗歌描述准确不？

蔡：我不知你说的英伦气质确切含义是什么？或许它可以置换成法兰西、美利坚或伊比利亚、亚平宁，但一定不会是俄罗斯或德意志，这里有着南方与北方的差异。说到爵士乐，我曾专程去它的诞生地——新奥尔良，我喜欢爵士乐，无论是古典的还是现代的，它的律动感让我着迷，我想这是最好的舞曲之一，可以与拉丁音乐和非洲音乐媲美。我与黑人有着天生的亲近感，随意发出几个声音便可以和他们混熟。有一次我在一位剑桥学生诗人的陪同下游览牛津，看到一个黑人男生和一个白人女生在草地上约会，那男生带来录音机取悦女生，一边播放一边扭动身体。草地中央有一棵小树，那女孩趄在树荫下乐开了怀。我拿出相机，准备拍下这幕有趣的情景，没想到男生非常警觉，遂关掉音乐怒目而视。面对这一尴尬，我面露笑容，用右手轻轻打了一个响指。那情形仿佛在述说咱们是兄弟，果然他心领神会，很快又摁下录音机开始跳舞，并不断变化姿势为我摆 pose，那女孩笑破肚子直打滚。这则故事够朋克的吧？

王：说到拼贴，您曾经撰文表示"披头士"在配器方面体现了这种技艺，电吉他、电钢琴、电风琴，同时还有种类极其繁多的伴奏乐器……现在中国一些民谣乐队也在玩这一套，比如从我们宁夏走出去的苏阳乐队，现在的演奏也变得很花哨，乐器的拼贴，使得效果反而没有以前纯粹……所以，即使再过 50 年，中国人还是玩不过外国人，因为我们缺少诗人气质的乐手，即使有左小祖咒、周云蓬，还远远不够。美国朋克女诗人佩蒂·史密斯（Patti Smith，1946—　）出过 3 本诗集，兰波是对她影响最大的诗人，在她的歌词中，还能找到许多兰波的风格，有些歌甚至近似金斯堡的滔滔不绝和泥沙俱下……反过来说，我们也缺少像兰坡、金斯伯格这样对摇滚音乐产生重大影响的大师，对此您怎么看呢？

蔡：1984 年 1 月，我在济南买到一张学生半票，乘火车旅行到了银川，在那座有着"塞北江南"雅称的城市逗留了一个星期。那时我无法想象，宁夏有一天会有苏阳乐队，会有你策划的诗歌节，还邀请了 5 位外国诗人。兰波也影响了鲍勃·迪伦，后者在自己鼎盛时期发行的唱片《愿望》（1974）封面上写道："紧紧跟随着兰波，像一颗摇晃的子弹。"英国大诗人迪兰·托马斯自称是故乡"库姆唐金大街上的兰波"。甚至当今美国诗坛泰斗约翰·阿什伯里前不久又一次亮相《纽约时报书评》头版，也是因为重译了少年兰波的诗作。说到金斯堡，他的影响已超出了其发迹地加利福尼亚，即使在受东方文化影响较少的美国东海岸，2010年也开始举办"嚎叫诗歌节"。2011年初春，我曾在纽约出席该诗歌节的闭幕式，见识了金斯堡式的疯狂朗诵，吸引了许多观众。拼贴是现代艺术和现代科学的共同特征，也是最显著的特征。但如果要选择一个词来概括21世纪的中国，我想还是"模仿"。民谣也许是东方人更容易让人接受的风格，以亚洲邻居印度为例，过去几十年来最重要的音乐人物帕班达斯珀尔（Paban Das Baul）也属于民谣风格，他出生在西孟加拉邦，现在居住在巴黎，他与伦敦出生的女同胞 Sam Mills 有许多精彩的合作，比如专辑 Real Sugar（1997）。

王：前不久，已故大师博尔赫斯之墓遭智利作家爱德华多·拉巴尔卡便溺一事，引起了阿根廷民众的愤怒，对此拉巴尔卡的解释是："作为作家，博尔赫斯是个巨人，可作为公民，我一点也不鸟他。他都是老头子了，眼睛几乎全瞎，还跑去见当时整天忙着杀人的独裁者皮诺切特。"对此您有什么看法？

蔡：我在《南方的博尔赫斯》里写到过，聂鲁达曾不吝溢美之词称赞博尔赫斯，但博尔赫斯却似乎从未提到聂鲁达，后者只比前者小8岁。2002年夏天我途经日内瓦，专程探访了博尔赫斯的墓地。墓的周围一片枯草，空地很多，游人稀少，便溺大概也不太煞风景。而如果是另一座瑞士名城苏黎世，乔伊斯的墓地修剪得十分整洁、美观，那就另当别论了。博尔赫斯去智利领奖的确是他文学生涯的一个污点，那也可能使他失去了获得诺贝尔奖的最后机会。但就其作品的重要性来说，我认为丝毫不受影响。阿根廷人既然发明了探戈，就表明他们大多不是贵族出身的移民后裔，博尔赫斯本人也担任过独裁统治时期的国家图书馆馆长。再考虑到球王马拉多纳的所作所为，博尔赫斯的智利之行实在也算不了什么。

王：您曾经写到，"写作就是预言"。您能不能给我们讲述几个，您所"预言"的真正成为现实的例子？

蔡：在《数字与玫瑰》里有一篇游记《地中海日记》，曾在《书城》连载，其中谈到罗马的那沃纳广场，那里有一座贝尼尼的雕塑《四河》，包括南美洲的拉普拉塔河，它让我想起博尔赫斯的一首同名九行诗。我说过，这首诗有一天会把我带到诗人的故乡。果然，不久以后我便受邀来到哥伦比亚，并两次到达拉普拉塔河边。那次南美之行让我得以完成《南方的博尔赫斯》，同时修改了毕晓普传记中的巴西一章。事实上，传记初版问世 5 个月后我就去了巴西，那是女诗人生命中的一个重要驿站，我在此书的后记里曾表达了探访巴西的愿望，没想到那么快就实现了。那次拉丁美洲首届数学家大会在里约召开，我接到组委会邀请并被提供全程旅费。多年以前我在一首诗中写到，"秋天紧接着春天来临"，那时我尚未有机会走出国门，显然也未曾考虑到南北半球的季候差异。

四、诗歌与随笔

王：您对当下中国诗坛现状满意不？或者，作为一个诗人，在这样的一种语境中，应该需要警惕什么？在您看来，诗有底线吗？

蔡：中国古典诗歌有着几千年的传统，我想 1917 年前后的变革或选择是十分果敢的，否则的话，我们今天可能仍然无法与外部世界的同行交流，我们的文明也无法真正迈入现代。不过，诗人和知识分子在获得一种全新的外来文化的同时，也失去了相当一部分读者，他们从内心遵循古老的传统和习俗。过去 20 多年来，由于受经济大潮冲击，诗人和诗歌都有些无所适从，逐渐演变、形成了当前所谓的"诗坛现状"。多数诗人游离于民间与官方、自由与权力、个体与小团体之间。有些人在利用手中的话语权，但这并非永久的，也是需要我们警惕的。在当今社会，任何人（尤其是诗人）都需要拥有一个强大的内心。从数学的观点来看，诗歌是一条移动的、变幻的曲线，它分开、同时也连接着诗人与普通大众，有些人就在这条曲线的边界上，更多的人与这条曲线保持一定的距离，甚至很远的距离。还有一点需要提醒或警惕的是，诗歌被人读懂（而非读不懂）应是诗歌写作的目的之一，至于能否做到那是另外一回事。

王：春节过后，您又远渡重洋去纽约和中美洲参加了几个诗歌活动，都是些什么活动呢？我知道法国诗人兰波故乡一家大书店的玻璃窗上写着您的两行诗句，而以色列人将您的 10 首诗的希伯来译文配上儿童画制成一套明信片出售。很多中国艺术家希望自己的身份更国际化，那么能否简单描述一下作为诗人蔡天新的"国际化"状况吗？西川曾经直呼："诗人生在中国，真是太不幸了。"没有出国交流过的诗人不能完全理解这句话，我想您肯定能理解的？借此请您谈谈全球语境下的中国当代诗歌？

蔡：这次主要是去参加尼加拉瓜诗歌节，这是我相隔十年以后，首次重返拉丁美洲，我重温了西班牙语，发现已经退化了许多。因为需要在美国的某个城市中转，必须申办美国签证，因此我联系了纽约的诗人，没想到他们热情地欢迎，安排了我在曼哈顿的两场个人朗诵会，同时与几位美国诗人联袂举行了一场朗诵会。自从 2000 年春天我参加了麦德林诗歌节以后，至今已受邀五大洲 30 多个国际诗歌节和文学节，我的诗歌作品也得以被译成 20 多种语言，其中有 6 种语言已出版了我的个人诗集（其中西班牙语有两种）。另外，纽约、巴黎、剑桥、法兰克福、墨西哥城、利马、内罗毕、阿鲁沙、科托努、比杰比森西奥等不同国度的城市曾举办过我的个人诗歌朗诵会。一般来说，每次诗歌节都有安排人专门出售与会诗人的诗集，我的作品常常是外国诗人中卖得最多的或之一，这对翻译和朗诵效果是一个检验。反观中国，随着经济的不断发展，诗人的聚会和活动也愈来愈丰富多彩，吃吃喝喝更胜于欧美各国，因此如果有一天，一位西方诗人来过中国以后撂下一句话，"诗人生在中国，真是太幸运了。"我一点都不会感到奇怪。当然，中国诗人也有遗憾：其一是与大众的阅读有所脱节；其二是对外交流，这一方面是因为语言的障碍，另一方面也与生活方式（交流方式）有关。这方面的问题日本和韩国诗人也存在，但我认为，中国人的个性更开放，更容易与其他国家的同道结交。问题是要淡定，我发现许多老外（不一定是诗人）原本对我们很友好，但在来中国不久以后就被"宠坏"了。而无论官方还是民间，我们都没有一家基金会持久以恒地鼓励诗人写作或旅行。至于中国诗歌在世界上的地位，主要还依靠唐诗的现代翻译，即阿瑟－慧黎和庞德的译介和鼓吹，可以说影响力在印度史诗和欧玛尔·海亚姆的四行诗之上。无论在哪个国度，优秀的诗人都读过甚至熟悉李白、杜甫、白居易、王维和陶渊明等人的诗作。

王：不少人认为布罗茨基之所以获得了诺贝尔文学奖，是因为他的随笔集《小于一》为他加了分。那么，从《数字与玫瑰》、《难以企及的人物》、《在耳朵的悬崖上》到《南方的博尔赫斯》、《与伊丽莎白同行》，再到《小回忆》、《欧洲人文地图》、《英国，没有老虎的国家》、《德国，来历不明的才智》……随笔，这种号称"诗歌以外的语言"为您赢得了什么？

蔡：不可否认，我的随笔比诗歌拥有更多的中文读者，即使在诗歌圈，情形也没有太多的不同。有位相熟的诗人在酒后把它归因于我的交游方式，而与我的诗歌质地无关。欣慰的是，我的诗歌写作一直未有减弱，而且可以将每个大洲写的作品各自汇集成册。我甚至以为，如果不是目前中国诗歌和诗人的声誉受损，我的诗歌应该与随笔一样有足够多的中文读者。说到随笔，我并未赢得过任何褒奖，你提到的这些书也没有一本进入畅销行列，但的确每一本都与诗歌有关，通过这些随笔，更多读者读到并理解了我的诗歌。这在另一方面也确保我写作的稳定，假如将来有一本走红了，其他的书也会跟着沾光。（上述情形最近两年有所改变，不仅随笔获得了多种奖项，诗集《美好的午餐》问世后也在短时间内加印。）我认识的不少诗人都同意，诗歌的鉴定有时是费力和盲目的，而随笔往往一目了然，几行字就可以分出高下，有些聪明的诗人干脆就不写其他文字。另一方面，在汉语以外的世界，除了韩国出过我一本厚厚的随笔集，我的影响主要通过诗歌，包括出游机会的获得。除了少数曾长期旅居海外的诗人以外，我的诗作可能是被译介最多的或较多的，并且译者几乎毫无例外的都是诗人。我有些担心，一些重要的中国诗人的译者（比如法语、德语、意大利语、荷兰语）是同一个自信的外国学者。

五、生活与梦想

王：在中国诗人中，闻一多14岁考上清华大学，海子15岁考上北大，您15岁也考进了大学。应该说这背后一定有一套可以复制甚至推而广之的教育模式，能分享一下您的家族育才经验不？也就是说，在您15岁的时候，您的父母利用什么办法将您成功地送进了大学？

蔡：由于运气和"文革"时期的特殊性，学制的缩短和乡村入学年龄的不受限制，我得以在14岁高中毕业。那一年是1977年，本来我已金榜题名，却因为政审未通过而推迟半年上大学。虽然我的父亲就读于西南联大（毕业于北京大学），但几乎从没有教导过我（参见《小回忆》），我是随只读过4年小学的母亲长大的，因此不存在你说的成功教育模式，否则的话我会首先应用于自己的孪生女儿。不过，家族中有一个好的榜样，有时确实是能够激励后代的。

王：数学家吴文俊说过："生活无时无刻不在数学中运转。"那么数学在我们生活中到底扮演着什么样的角色？您除了利用数学在巴黎做金融交易外，还用来做什么，买过彩票吗？

蔡：我还没有买过一张彩票，也没有做过股票、基金或期货。数学扮演的角色的确很多，比如，它可以保持社会稳定。在中、南美洲，由于数学教育或理性的落伍、匮乏，社会稳定和安全始终是一个问题，即使赢得奥运会和世界杯主办权的巴西，情况也是如此。

王：如果抛开您的学术外衣，有时候我感觉您就是村上春树小说中的人物，喝可乐、咖啡、啤酒，听歌剧、古典音乐，看西部片、欧美小说，用我们熟悉的家用电器，或不停地旅行，乘公共交通或步行，穿梭在五光十色的都市，我想这不是您生活中的全部吧？

蔡：这个感觉怕是有误，虽然多数时尚媒体采访过我，但我却不是时尚中人，我用的手机、电脑、汽车功能都是最简单、最普通的。据说目前中国已有近 4 亿手机用户开通手机上网，我却不属于 4 亿之列（这一情形现在已经改变，我也有了自己的微信）。事实上，我毕生喜爱的两样东西——数学和诗歌可谓门庭冷落，只有旅行忽然变得热门了，而我之所以能去那么多地方，是因为童年太过孤独，且到过的地方实在太少。

王：您会不会希望自己有很多的读者？截至 2011 年 6 月 23 日，我发现您新浪微博的粉丝已达 53770 个（至 2014 年 12 月 29 日，这个数字变成了 235530，腾讯微博的粉丝则更多一些）……您是如何做到与您的粉丝"随时随地分享身边的新鲜事儿"？

　　蔡：我相信，每位作家和博客都希望自己有更多的读者。多年以来，我一直遵守"三不原则"，即不入作协、不上论坛、不写博客。几年前最后一条破戒了，且从博客一路写到微博（微信）。每天早上起来，我一般先泡一杯茶，一边喝一边上网，看过信箱和国内外要闻（主要是体育新闻）之后，便到固定的某家外国网站浏览并下载过去一天世界各地的有趣图像，闲时写上几个字贴在微博上，这些地方多数是我去过的。当然，我自己也有许多照片，但通常不大舍得拿出来。我已养成一种习惯，就是无图不发微博。

　　王：知识有时候也很无用，这正是人类面临的最大精神困境。比方说，读（写）了很多书，您是不是觉得有时候会突然陷入一种莫名的沉思，或巨大的空洞感？反正我有这种感觉。

　　蔡：书本只是一个缩小的世界，它的功能有时候与一滴水是一样的（布莱克语），所以明代的书画家董其昌才把"读万卷书，行万里路"提高到人生的境界。为了填补你说的空洞感，人类创造了多种多样的文明，宗教、艺术、诗歌、科学，还有爱情、亲情、友情、美的胴体。前几天我路过布朗大学的一座建筑物，上面写着"love is as strong as death"。其实，完美的生活也很无趣，甚至可能是一个巨大的空洞。如同哥德尔不完备性定理所显示的，不存在一个无矛盾性的集合。当空洞最终无法填补时，还有死亡这个最高的境界和手段。

王：描述一下您现在的周围环境吧。再谈谈 2015 年有什么旅行或写作、出版计划。

蔡：在我看来，是不一样的，读诗的人与不读诗的人是不一样的，正如写诗的人与不写诗的人是不一样的。他（她）们有着不同的视野和观察事物的方式。我发现在中国，每个诗人周围都有许多需要诗歌的人群，但他们却加以拒绝。不过，以我个人的经验，每次讲座高潮都出现在朗诵诗歌时，无论学校还是社会、国内还是国外。上个世纪末有一次我去罗马参加一个数学会议，会后经过巴黎逗留了几天，然后飞上海再坐火车回杭州，我发现地铁车厢里的阅读气氛不太相同。喜欢足球和时装的罗马人多数看的是杂志，巴黎人多数看的是书籍，上海人则以看报纸居多。而如果现在坐地铁你会发现世界大同，多数人看的是手机，当然内容不尽相同。我记得英国出过一本《伦敦地铁诗选》，选了一些适合地铁乘客阅读的诗歌，结果印了几十版（次）。今年是我出国旅行最少的一年，不到一个星期，但却去了美索不达米亚。2015 年，我希望与过去的 22 年一样，能够造访一个新的国度。至于新版或修订的书籍，在 2014 年的高峰（含外文版共 7 种）之后，或许会有所减少，不过仍会有数学、诗歌和游记方面的新书出笼的。

图书在版编目（CIP）数据

美国，天上飞机在飞／蔡天新著. —杭州：浙江
大学出版社，2015.12
ISBN 978-7-308-15121-4

Ⅰ.①美… Ⅱ.①蔡… Ⅲ.①游记—作品集—中国—
当代 Ⅳ.①I267.4

中国版本图书馆CIP数据核字（2015）第213273号

美国，天上飞机在飞
蔡天新 著

责任编辑	王志毅	
文字编辑	张 昊	
责任校对	周红聪	
装帧设计	罗 洪	
出版发行	浙江大学出版社	
	（杭州天目山路148号 邮政编码310007）	
	（网址：http://www.zjupress.com）	
制 作	北京大观世纪文化传媒有限公司	
印 刷	北京中科印刷有限公司	
开 本	880mm×1230mm 1/32	
印 张	12	
字 数	253千	
版 印 次	2015年12月第1版 2015年12月第1次印刷	
书 号	ISBN 978-7-308-15121-4	
定 价	52.00元	